FOLIO POLICIER

A. D. G.

Kangouroad Movie

Gallimard

A.D.G. (de son vrai nom Alain Fournier) est né à Tours en 1947. Après avoir été enfant de troupe, bouquiniste à Blois, employé de banque, clown, marmiton et journaliste à partir de 1971, il est conseiller de direction au journal *Minute* où il tient la rubrique pamphlétaire « Mon œil » et la critique des polars, cet autodidacte se proclamant volontiers d'extrême droite se fait remarquer comme romancier en 1972 avec *La nuit des grands chiens malades* suivi en 1974 par *Je suis un roman noir*. A.D.G., après cinq années de silence, part vivre en Nouvelle-Calédonie dans les années 1980. Il revient en métropole en 1990, publie *Kangouroad Movie*, prix des Grands Espaces 2004, et s'éteint à Paris le 1er novembre de la même année.

À Martine J.,
ma finaliste.

REMERCIEMENTS

À Florence Décamp, Frank Depierre, Laure Le Mat, Georges Maître, Marcel Pétron (†), Jim Reeves, Alain Sanders, Alexandre Siaus.

« Such Is Life. »

(*Dernières paroles*
de Ned Kelly)

« With mirth and blazing bingo
Did we try the long trail,
But the flame-haired young dingo
All our nights, came to wail. »

ROBERT SOULAT

CHAPITRE 1

On avait établi notre campement sur la rive droite du Gunpowder Creek, à l'ombre d'un grand gommier-spectre au tronc blanc à l'écorce en lambeaux.

De toute façon, on n'avait pas le choix. D'autres eucalyptus croissaient plutôt mal que bien le long du creek, mais aucun n'était assez important pour nous apporter un peu de fraîcheur, alors qu'il était pourtant près de dix-huit heures. La journée avait tapé à pas loin de 40°, la cabine de la Land Cruiser Toyota nous donnait l'impression d'être deux mattes de nickel dans un haut fourneau et la poussière de la piste nous avait enduit la gorge d'une espèce de plâtrage ocre que l'eau des bouteilles puisées dans la glacière n'avait pas réussi à dissiper et sur lequel seul le thé aurait emprise.

Pick ramassa du bois mort avec des gestes économiques et toujours gracieux pendant que, harcelé par les mouches à bœufs, je contemplais le lit à sec du Gunpowder avec un ressentiment certain. Je rêvais d'un bain, bien improbable à cette saison précédant Noël où l'Australie du Nord connaissait ses plus grosses chaleurs. Il y avait peut-être des trous d'eau plus loin, à l'approche du confluent avec la rivière Leichhardt, mais par ici, autant rêver d'attraper un émeu à la course.

— Pick, dis-je à mon coéquipier aborigène qui nettoyait le sol afin de préparer le feu, tu ne crois pas qu'on aurait mérité un coup de pisse de houblon ?

— Homme noir lui pas boire, rima-t-il gentiment en arrangeant avec ses mains non gantées des touffes épineuses et coupantes de spinifex sèches comme de l'amadou.

Je savais par expérience que quand l'honorable Pickwick-Pickwick Kadigbaku adoptait le langage pidjin, c'est qu'il se foutait de ma gueule dans les grandes largeurs. Mais c'était vrai que Pick ne buvait jamais d'alcool, ni bière ni gnôle, lorsqu'on était au boulot dans le bush. Au repos, à notre base de Cloncurry — pur joyau sec de l'État du Queensland Nord —, c'était une autre histoire dont tous les pubs et les magasins de liqueurs connaissaient le détail et dont le poste de flics avait dressé une liste aussi longue que les attendus de la loi Mabo qui, en 1992, a reconnu aux Abos le droit à revendiquer leurs terres ancestrales, du nom de celui qui déposa un recours devant la Cour suprême.

Je me résignai par solidarité et je me dirigeai, le pas lourd dans mes chaussures Grizzli Workforce, vers le plateau de la Toyota où étaient dissimulées, sous une épaisse bâche, les deux glacières Eski, l'une pleine de canettes de bière Four X que je négligeai, l'autre contenant la bouffe emballée dans du papier d'alu, nageant parmi les glaçons qui commençaient à fondre. Pickwick avait déjà allumé le feu, versé deux litres d'eau dans le contenu du *billy*, la bouilloire du broussard qui sert aussi à se brûler les paluches, et l'avait suspendu par son anse à un assemblage de deux fourches de mulga[1] écorcées.

Pick était un Aborigène de sang plein[2], originaire je crois des territoires du Nord, mais je n'en savais pas plus car, comme tous les siens, il était d'une prudente discrétion quant à ses origines, ses femmes, ses croyances et même son véritable nom tribal, « le nom de peau », celui qu'il arborait sur ses papiers d'identité n'étant qu'une plaisanterie destinée à contenter l'indécente curiosité des Blancs. Lorsque je l'avais interrogé sur l'origine de son prénom, il m'avait seulement répondu que « sans doute son vieux aimait *sacrément* bien Dickens » et quant à son nom officiel, Kadigbaku, cela voulait dire « igname » en kakadu, une tribu du côté de Darwin.

Le soleil commençait enfin à décliner, rapidement maintenant, incendiant le ciel d'une violente couleur pourpre. Un vol de cacatoès galahs arriva en piaillant, le rose vif de pâte d'amande de leur gorge tranchant sur le gris de leur plumage, mais, voyant que l'eucalyptus abritait notre pick-up, ils s'en détournèrent avec un ensemble parfait et partirent vers le soleil couchant, indignés, un éclair rose pâle balafrant le dessous de leurs ailes.

1. Arbuste de l'espèce des acacias.
2. *Full blood.*

Pick s'était accroupi près du feu qu'il arrangeait constamment de ses longs doigts effilés. Il portait une espèce d'informe flottant jaune qui laissait voir ses grandes jambes incroyablement fines sous un ventre un peu ballonné et, n'ayant comme tous les siens presque pas de fesses ni de hanches, son short glissait souvent jusqu'à la naissance de la raie du cul. Au-dessus, il portait un tee-shirt d'un vert éclatant, échancré sous les aisselles pour laisser l'air circuler, et quand je m'étais marré en lui faisant remarquer qu'il arborait ainsi les couleurs officielles d'Oz, l'Australie, vert eucalyptus et jaune fleur d'acacia, il n'avait pas manqué de me rétorquer que c'était aussi celles du drapeau aborigène, auquel il ne manquait que le rouge qu'on avait en abondance avec la foutue poussière.

Mais Pick n'était pas susceptible et lorsque je disais une bêtise, il se contentait de me regarder comme si j'avais été un tableau accroché légèrement de travers, souriait de ses trente-six mille dents dans son visage rond couleur chocolat et parlait d'autre chose. Je l'aimais bien et, je crois, c'était réciproque. Depuis six mois qu'on faisait équipe à patrouiller le long de nos soixante kilomètres de clôture à dingos[1] pour le compte de l'État du Queensland, on n'avait jamais eu un sujet de brouille. Connaissant son expérience du bush, je l'écoutais toujours sur le choix des campe-

1. Chien sauvage d'Australie, responsable de massacres de moutons. La *Dingo Fence*, clôture de grillage et de barbelés qui s'étend du nord au sud en deux tronçons, mesure cinq mille trois cents kilomètres et protège également les cultures contre les invasions-migrations de lapins importés au début du siècle.

ments, sur la météo, les animaux et toutes ces sortes de choses, lui admettant implicitement que j'étais meilleur en mécanique, en radio et en connaissance du monde où j'avais longuement routé avant de revenir au pays et d'y devenir fonctionnaire.

L'eau se mit à bouillir et mon pote noir jeta dans le billy deux poignées de thé, le sortit du feu sans se brûler les doigts et le couvrit pour le laisser un peu infuser. Je lui passai une dizaine de pommes de terre qu'il enveloppa dans du papier alu et disposa dans les braises avant de présenter aux flammes le gril graisseux qu'il laissa flamber. Puis il y déposa six côtelettes achetées le lundi matin à Cloncurry et qui avaient été salées et abondamment poivrées avant d'être roulées dans les feuilles d'étain, le procédé garantissant une mesure supplémentaire de conservation dans la glacière.

Bien entendu, l'administration nous avait dotés d'un réchaud de camping et de matériel moderne pour randonneurs émérites, mais Pick et moi préférions en rester aux méthodes traditionnelles et c'est dans nos quarts de fer cabossés de broussards de l'ancien temps, les *pannikins*, qu'il versa le thé brûlant que nous sucrâmes généreusement.

La nuit était presque tombée et j'allai chercher la lampe Coleman que je dus pomper deux minutes avant de parvenir à l'allumer afin de la suspendre à une basse branche du gommier. Les mouches se faisaient moins insistantes. On ne voyait plus rien alentour et ce n'était pas dommage car il n'y avait rien à voir, rien que le désert ocre parsemé d'herbe spinifex et de bouquets de mulgas, le seul accident dans le relief étant, à l'ouest, le mont Oxide qui devait culminer à trois cent soixante-quinze mètres.

La clôture était de ce côté-ci du creek, mais on l'avait assez vue comme ça pendant la journée et on se passait très bien d'elle la nuit venue. On savait qu'elle n'allait pas bouger, ni aujourd'hui ni demain, ni jamais, et qu'il faudrait sans cesse la raccommoder à coups de pinces et de tenailles démultipliés, étirer les barbelés au tendeur à crémaillère, vriller les torons. Puis rempoter sa base en filet plastifié enterrée à un mètre pour décourager les galeries de lapins, en décrocher les émeus stupides, ces espèces d'autruches qui s'étaient obstinées jusqu'à mourir à tenter de passer en donnant des grands coups de tête dans le grillage tendu, ramasser les dingos pris au piège ou empoisonnés, les scalper du crâne à la queue pour toucher la prime de dix dollars[1] par tête, clouant ensuite leurs dépouilles aux piquets dans le vain espoir de décourager leurs congénères et rouler, toujours rouler, dans les cahots et la poussière, à raison de quinze bornes par jour et dix arrêts par heure, cinq jours d'affilée, sur le même secteur depuis maintenant quatre mois. On avait l'impression d'être les héritiers des rudes *boundary-riders* du siècle dernier, ces cavaliers chargés d'entretenir les clôtures par les *squatters*, les premiers colons.

C'était un boulot dur mais qui laissait la tête tranquille quand elle était bien protégée par le

1. Environ cinq euros.

chapeau en feutre Akubra comme la mienne ou une casquette réclame de bière Foster's pour celle, coiffée à la rasta, de Pickwick-Pickwick. Et puis j'aimais le bush et n'avoir personne sur le dos. Jusqu'à mes trente ans, il y a cinq ans, j'avais eu assez de pères, de mères, de fiancées, d'officiers, d'épouses, d'enfants, de compagnons de route ou de beuverie pour pouvoir désormais me passer de tout cela et me contenter de la seule présence, narquoise et silencieuse, de mon « Igname » de voisin qui retournait maintenant les côtelettes du bout de sa branche épointée de mulga.

— C'est prêt dans une minute, dit-il. Encore du thé ?

— Tu sais qu'il y a autant de caféine que dans le café, répondis-je en lui tendant mon pannikin noir de tanin. Et si on allait ne pas dormir ?

En tant que tableau, je sentis devant son regard brillant sous ses arcades sourcilières proéminentes que j'étais toujours aussi mal accroché au mur. La chaleur nous assommait tellement que, à huit heures, on plongeait dans les vapes sans avoir besoin que le Grand Kangourou Roux des légendes vienne nous bercer et ce jusqu'au lever du soleil, le lendemain un peu avant six heures. Pick retira la viande du gril et, concession à l'administration ou au modernisme, la déposa dans deux assiettes en carton qui finiraient dans le feu. J'étais courbaturé et les yeux me piquaient. Le soleil de la journée était tellement ardent qu'il m'arrivait de rester aveugle l'espace de cinq secondes. Ça durait parfois plus longtemps pour mon pote qui avait six ans de plus que moi et qui se glissait alors quelques grains de sucre en poudre aux coins des yeux, pleurait un bon coup et retrouvait immédiatement une vue d'une acuité surprenante.

Nous engloutîmes les côtelettes, poussées par ce qui nous restait des galettes faites à l'eau et à la farine sans levain, des *dampers* cuits la veille lors d'un bivouac moins tardif. Le silence régnait sur le désert et seuls les crépitements de notre feu troublaient ce grand calme noir de la nuit tropicale. Au-dessus de nos têtes, la Croix du Sud, flanquée du Centaure, brillait sans ciller tandis que Mars, une terre aussi rouge et désolée que celle où nous campions, pourchassait maléfiquement les Pléiades. La Voie lactée adoucissait ce chaos organisé en ruisselant de scintillements maternants et des étoiles filantes entamaient leurs descentes vertigineuses. Je pensais à mes deux filles et Pick dut sentir que ça ne me plaisait pas, car il rompit ma méditation morose :

— Tu n'as pas fait la vacation radio, observa-t-il. À Mount Isa, ils vont croire qu'on a été dévorés par les goannas[1].

— Tu sais ce que je pense des bureaucrates, dis-je, soulagé de la diversion. On devrait pouvoir en chier un chaque matin et s'essuyer le cul avec les autres !

— Argent à eux bon pour les nous autres, fit-il avec une petite grimace faussement craintive et affectant la voix geignarde que les imitateurs racistes prêtent aux Abos.

1. Grands lézards du désert, pouvant atteindre deux mètres cinquante.

Puis, reprenant son timbre normal, celui d'un gars qui avait eu son *leaving*[1] à Darwin dans les seventies, il gloussa :

— En tout cas, il faudrait leur rappeler, aussi chiants soient-ils, qu'on n'a pas encore touché la nouvelle Land Cruiser. L'équipe de Richmond a sa HZJ75 climatisée depuis plus d'un mois.

— Pauv' gars blanc accouplé à pauv' gars noir mal vus par chefs à eux, ripostai-je en tirant une Winfield de mon paquet de trente et l'allumant à une braise. Je n'ai pas voulu tenter le diable avec la radio. Hier soir, c'était déjà très faible, j'ai l'impression qu'elle va nous lâcher. De toute façon, c'est pas la première fois qu'on oublie de leur donner des nouvelles et comme on n'a rien à signaler… Et puis demain soir, on rentre à Cloncurry, on leur téléphonera.

Nous étions en effet jeudi, ça commençait à se sentir à nos odeurs de roussettes, ces chauves-souris frugivores qu'on trouve sur toutes les terres du Pacifique ; légèrement plus âcre chez moi qui transpirais, contrairement à Pick qui semblait ignorer le salaire de la sueur. Il faudrait, le lendemain, passer près d'une heure sous la douche de l'hôtel pour décaper la poussière rouge qui s'était infiltrée partout sur et dans notre corps. Pickwick rechargea le feu tandis que j'allais sur le plateau de la Land, encombré par le dévidoir à barbelé et à fil de fer, les outils, la coulisse à enfoncer les pieux, le montoir-écarteur, les quatre roues de secours et les innombrables jerricans d'eau, pour

1. *Leaving Certificate*, équivalent du baccalauréat.

arranger ma couchette : un matelas mousse, un sac à viande[1] et un oreiller aussi rouge qu'une cape de toréador. Pick était plus rustique ou plus ancré dans ses traditions, il se contentait de creuser le sable auprès du feu afin d'y caler sa hanche — à la manière des kangourous — et se recouvrait parfois d'une vieille couverture de l'armée quand la nuit était trop fraîche. Je ne l'aurais imité pour rien au monde, même pas pour un appel téléphonique de mes filles, tant j'avais peur des serpents depuis un certain stage de survie dans le désert de Nullarbor. J'allai jeter ma clope dans le feu et regrimpai sur le plateau pour me glisser dans le duvet. Les étoiles filantes giclaient de partout, comme si on avait trait les mille tétines du ciel

— B'nuit, grand Pickwick, dis-je à mon compagnon.

— Bonne nuit, petit Sam Weller[2], me répondit-il en se lovant dans son trou de sable.

Et je sombrai immédiatement, comme si j'avais glissé sur le toboggan de la Voie lactée qui m'aurait plongé dans un grand lac crémeux et apaisant.

1. Les Australiens emploient *swag*, mot très populaire. Un *swagman* est un vagabond qui était traditionnellement équipé de ce sac de couchage, faisant aussi office de balluchon.

2. Samuel Weller est le très pittoresque valet de M. Pickwick dans leurs aventures écrites par Charles Dickens.

CHAPITRE 2

— Résumons, dis-je à la grande roussette engoncée dans ses ailes parcheminées et dont la fine tête de renard volant était surmontée de la casquette à damier des flics du Queensland, je suis accusé d'avoir écrasé un émeu et d'avoir abandonné mes filles ?

Je ne sus jamais ce que la gigantesque et sévère chauve-souris me répondit car je fus réveillé par Pickwick qui s'était hissé sur le plateau sans même le faire frémir et qui tenait sa main sur ma bouche pour me faire taire, un doigt sur la sienne redoublant le message.

La lune grosse était assez lumineuse pour que je sache qu'il n'était pas encore minuit. Il régnait dans le bush un silence envoûtant. Seul, au loin, retentit le ululement d'un hibou boubouk dérangé dans sa chasse nocturne. Je vis que Pick tenait dans sa main la gaine kaki de son sabre d'abattis des surplus de l'armée. Par signes, mimant une mise en joue, il me fit comprendre d'aller prendre dans la cabine de la Toyota la carabine qui était accrochée au-dessus du pare-brise et de le suivre.

Je ne comprenais rien à ce qui se passait mais je lui obéis, m'extirpant en silence du sac et, rampant jusqu'à l'extrémité baissée du plateau en essayant de ne pas me heurter aux jerricanes presque tous vides, je glissai à terre, pieds nus, seulement vêtu de mon short en jean et de mon débardeur de tondeur de moutons. Les vitres de la Land Cruiser n'étant pas remontées, je n'eus pas à ouvrir la portière pour saisir ma Remington 243 fixée à la tôle par de gros clips et chargée à cinq balles.

Ce n'était pas pour jouer aux viandards que nous étions ainsi armés. Officiellement, nous étions seulement chargés de la maintenance légère de la clôture à dingos et de la surveillance de ses abords. Mais officieusement, il nous était licite d'abattre tout prédateur visible et ça allait du dingo, bien sûr, aux chats sauvages, des sangliers aux renards, en passant par les hordes de lapins, tous animaux qui — sauf le canidé importé par les premières migrations aborigènes — avaient été introduits par l'homme blanc et proliféraient maintenant au détriment des espèces endémiques.

Sans compter qu'il pouvait arriver que des buffles sauvages, autre importation du plus génial prédateur au monde qu'est le Visage pâle, descendent de la Terre d'Arnhem ou du Cap York et qu'ils nous chargent ou défoncent la clôture, tout cela expliquait pourquoi l'administration tolérait que tous ses véhicules 4×4 soient équipés de calibres aussi puissants.

Pick était déjà dans le lit de la rivière parsemé de gros blocs latéritiques, tenant sa machette toujours gainée et me faisant signe de le suivre.

J'étais rien moins que chaud pour cette petite expédition, ne sachant d'ailleurs pas à quoi elle rimait. Partie de chasse ou réel danger ?

Toujours pieds nus (j'essayais de me remémorer si les très venimeux serpents du désert, rois-bruns ou taïpans, avaient des mœurs nocturnes), je lui emboîtai le pas, le fusil à la sécurité et sans balle montée dans le canon. Trois années exécrables passées dans les SAS[1], au terme desquelles j'étais devenu le sergent Paddy O'Flaherty, éclaireur de pointe et chuteur opérationnel, m'avaient formé, quand elles ne m'avaient pas déformé, mais je ne pouvais qu'admirer l'économie de gestes et le silence parfait avec lesquels mon compagnon se déplaçait dans le creek asséché, dans le sens de l'aval.

À cet endroit, les rives n'étaient pas très hautes et d'ailleurs, nous étions payés pour savoir que lorsque les pluies diluviennes de février et mars arrivaient, elles transformaient tout le secteur en un gigantesque lac, vite évaporé deux semaines après. Mais après une demi-heure de progression toujours aussi mystérieuse, nous nous trouvâmes sous un éperon rocheux d'une trentaine de mètres qui faisait gorge avec une mini-falaise sur l'autre rive. Pick s'accroupit, je l'imitai, assez près de lui pour qu'il puisse me chuchoter à l'oreille.

— J'ai entendu des cris, souffla-t-il. Plus haut.

— *Corroboree*[2] ? interrogeai-je.

1. *Special Air Service* : commandos parachutistes australiens, calqués sur les fameux Bérets verts britanniques mais formés à la guerre de jungle et du désert.

2. Cérémonie aborigène qui peut être soit une fête, soit une cérémonie sacrée d'initiation.

— Cris de douleur.

— *Corroboree* ! insistai-je.

Je savais que certaines séances d'initiation chez les Abos pouvaient être aussi éprouvantes qu'un week-end torture chez les Papous ou les Dayaks. Entre la circoncision-subincision où les pénis des jeunes étaient pelés comme une banane, l'avulsion d'une incisive ou le moment joyeux où les vieux grignotaient le cuir chevelu des impétrants, il y avait de quoi produire toute une gamme de cris de douleur.

— *Kardiwas*, murmura-t-il, l'air vexé.

Je savais que c'était le nom que les Abos donnaient aux Blancs, dans le coin, et je n'ignorais pas non plus que Pickwick ne s'y serait pas trompé. Les rares fois où je l'avais vu torse nu, les scarifications rituelles sur son ventre et son dos montraient qu'il savait ce que initiation voulait dire.

— Plus un bruit depuis que je t'ai réveillé, chuchota-t-il encore. Mais nous prudence.

J'eus l'impression troublante que, cette fois-ci, il ne singeait pas le langage de ses frères moins évolués que lui et que, à moins qu'il n'ait voulu économiser ses mots, c'était comme si cette virée nocturne sous la lune pleine l'avait fait replonger dans le passé des siens... J'acquiesçai en silence, jetant des regards alentour pour voir si un grand serpent brun n'était pas en train de ramper vers mes pieds nus qui me faisaient mal.

Pick me désigna une espèce de sente qui contournait l'éperon de grès à partir d'un pandanus étique. Sans doute une piste de wallabies, ces mini-kangourous de roche, qui aboutissait au sommet. Le creek faisant une large boucle depuis notre campement, nous étions maintenant assez éloignés de la barrière qui, elle, poursuivait un chemin rigoureusement droit. Il était étrange que quelqu'un soit venu se perdre par ici, les deux pistes situées de part et d'autre de la clôture étant d'ailleurs rigoureusement interdites à toute circulation sous peine de cinq mille dollars d'amende, et nous étions aussi chargés de veiller à ça.

Pick commença de gravir le sentier, les doigts de pied vigoureusement crochés dans le roc, ses talons cornés ne touchant pas terre, ne prenant aucun appui des mains. Quant à moi, je le suivis à quatre pattes, le fusil en bretelle, faisant, malgré toutes mes précautions, dévaler de menus cailloux derrière moi. En passant devant une petite anfractuosité, j'entendis un bref remue-ménage et je suspendis mon ascension, le cœur battant, appréhendant d'en voir sortir une nichée de reptiles aux crocs menaçants et peu m'importait qu'il s'agisse du dugite brun, de la vipère de la mort, du serpent-râpe de Java ou de l'infernal taïpan dont le venin d'une seule morsure peut tuer jusqu'à cent personnes.

Pickwick ricana doucement sans se retourner.

— Wallaby, dit-il. Couple amoureux.

Je fus soulagé. Là où il y a des wallabies, il y a presque certainement un nid de kookaburah[1] et notre moqueur national est très friand de serpents qui ne s'y frottent pas. Nous étions arrivés au

1. Sorte d'oiseau « martin-chasseur » dont le cri ressemble à un éclat de rire.

sommet du roc envahi par les spinifex et je me dis que si nous devions les traverser, j'avais du souci à me faire pour mes pieds et mes jambes. La lune déclinait mais sa clarté permettait de voir loin, jusqu'à la rangée de mulgas qui bordaient les deux pistes parallèles de la clôture et sous lesquels était rangé un vieux combi Volkswagen de couleur violette qui n'était pas là quand nous y étions passés en fin d'après-midi.

Rien ne bougeait. Accroupi, la tête dans les mains, les coudes reposant sur la machette posée à plat sur ses genoux, Pickwick scrutait les environs, ses larges narines palpitant doucement. J'étais essoufflé et indécis, ne comprenant pas pourquoi nous n'allions pas franchement vers le véhicule garé sous les acacias. Le temps des *bush-rangers*[1] était fini et celui de *Mad-Max* pas encore arrivé. Mais je respectais l'expérience et l'instinct de mon compagnon qui, en plusieurs occasions bénignes, m'avait fait montre de savoirs et de pouvoirs mystérieux, comme beaucoup d'Abos dont on disait qu'ils étaient télépathes.

Se relevant sans effort, Pick ôta son tricot et me le tendit. Son torse était barré de boursouflures bien ordonnées en traits parallèles et en croissants de chairs dont la cicatrisation avait sans doute été perturbée par l'injection d'argile. Son dos, en revanche, témoignait d'une scarification plus anarchique mais pas moins profonde, comme

1. Bandits australiens du siècle dernier. Le plus célèbre fut Ned Kelly, populaire hors-la-loi portant une cuirasse et un heaume, qui déclara avant d'être pendu : « C'est la vie ! »

si un enfant s'était amusé à le gribouiller avec un poignard.

— Enlève ton débardeur, Paddy, dit-il très bas, et enveloppe tes pieds jusqu'aux mollets. Arme aussi ton fusil.

J'obéis, me confectionnant ainsi avec les deux tricots deux espèces de mi-bottes en tissu qui me protégeraient à peu près des coupures et des piqûres occasionnées par les feuilles des spinifex. Je fis monter une balle dans le canon, ne pigeant pas ce qu'il craignait de ce véhicule qui paraissait abandonné et dont la couleur écœurante me rappelait quelque chose. On a avancé au ralenti pour franchir les deux cents mètres, cette fois-ci moi en tête, Pick sur mon flanc gauche, la machette dégainée, tout à fait semblable à un de ces guerriers des peintures rupestres qu'on trouve dans des grottes et qui représentent ses ancêtres, la jambe tendue comme des échassiers.

Tout se passa alors très vite. Il me sembla entendre sur ma droite comme une course légère et régulière qui ressemblait aux bonds réguliers d'un joey[1] mais me détournant, fusil à la hanche, je ne vis rien qu'une forme qui ne semblait pas humaine, très semblable à la gigantesque roussette de mon rêve. Se fondant sur la lisière des mulgas, elle atteignit l'éperon rocheux et disparut dans un bref et sourd claquement qui évoquait le bruit d'un pavillon de tête de mât d'un voilier par jour de grand vent.

Pick paraissait aussi éberlué que moi et contem-

1. Surnom populaire du kangourou (également *roo*).

plait le ciel sombre vers l'ouest, dans la direction qu'avait prise l'énorme roussette, la lune étant encore devant nous et éclairant le combi sur les flancs duquel étaient mal peints en lettres blanches les mots WAGGABOONYA RESORT [1].

Comme s'ils avaient été transpercés par ces lettres cursives éclaboussées de sang, cinq corps humains gisaient le long du minibus, dans ces postures grotesques que la mort violente affectionne.

1. Hôtel de Waggaboonya ou, plus exactement, espèce de gîte tribal.

CHAPITRE 3

Pickwick-Pickwick paraissait épouvanté devant le spectacle de carnage que nous pouvions maintenant détailler de près. N'étant pas d'un naturel cruel, sauf pour ce qui concerne leurs croyances, la vue du sang choque profondément les Aborigènes et les met dans un état de confusion extrême. Certains boxeurs abos ont ainsi abandonné le ring parce qu'ils répugnaient à redoubler de coups sur les arcades sourcilières de leur adversaire et, d'une manière générale, la mort est chez eux un sujet tabou, au point d'effacer sur des photos le visage de leurs défunts et de n'en jamais plus parler.

Et Pick avait beau avoir fait des études et apparemment avoir zoné dans l'Australie entière, il lui restait des traces de cette éducation traditionnelle.

Il faut dire que les cinq monstrueux hamburgers humains géants que nous avions sous les yeux avaient de quoi rebuter le plus acharné des viandards et le faire illico devenir végétarien. J'avais été en poste pour l'ONU au Liban et en ex-Yougoslavie et j'avais pu voir le résultat de bombes humaines dans une foule ou des gosses piégés par des mines antiperso, mais là, j'étais presque aussi secoué que mon compagnon dont le visage avait pris une teinte grisâtre.

— Chierie ! sifflai-je. Qu'est-ce que c'est que ce foutu bordel ?

— Le *yowie*, dit-il, secoué. C'est le yowie qui a fait ça…

Il y avait deux femmes blanches et trois hommes, dont un noir, étendus le long de la carrosserie du bus du petit hôtel de brousse qui se trouvait pas loin du mont Oxide, dans cette chaîne peu élevée du Waggaboonya où nous nous trouvions, entre le creek Sandy et le creek Gunpowder. Ils avaient été tués comme à coups de gigantesque masse et affreusement tailladés par quelque chose de tranchant, comme si un marteau-pilon avait commencé le boulot et qu'une faucheuse l'avait terminé. Les nombreuses hémorragies avaient fait couler une grande quantité de sang, que la terre sèche n'avait pas fini d'absorber. Les deux femmes, jeunes à ce qu'on pouvait distinguer de leurs visages fracassés, étaient vêtues de shorts très clinquants et de blouses-corsages qui ne l'étaient pas moins. Elles portaient des paraboots fantaisie qui n'auraient pas tenu deux jours dans le bush et ne semblaient pas avoir été violées. L'une d'elles, une blonde dont les cheveux étaient poisseux de sang, avait les deux mains étroitement jointes, comme si elle avait prié.

Les deux Blancs, jeunes également, étaient du même type : ils s'étaient fait un look de Crocodile Dundee d'opérette avec jean collant pour l'un, short Stubby[1] pour l'autre, chapeau de feutre avec dents de crocodile pour les deux. L'un avait été éventré avant ou après avoir eu le crâne défoncé et ses mains étaient enfoncées dans ses viscères. Le second avait été énucléé, égorgé et un coup violent lui avait à moitié coupé une jambe en deux.

Seul l'Aborigène semblait avoir eu une mort plus paisible, encore que son visage bouffi exprimât une terreur absolue. Il avait été piqué derrière la carotide et s'était vidé de tout son sang en quelques minutes. Lui n'était pas passé par l'espèce de hachoir fou qui avait torturé les corps de ses quatre compagnons. Il avait une trentaine d'années, était sans doute sang-mêlé, grassouillet et ses lunettes reposaient encore sur son nez épaté. Il portait un pantalon de gabardine usé, des tongs et une chemise blanche sale à manches longues où le sang avait tracé un mince filet jusqu'à l'épaule gauche.

— Tu les connais ? demandai-je à Pick qui semblait parti dans une autre dimension, un Temps du Rêve[2] qui n'avait rien de folichon.

À regret, il se détourna de l'intérieur douillet de son Esprit-Enfant et me regarda de biais, après avoir jeté un rapide coup d'œil sur les cinq cadavres massacrés. Cette fois-ci, exceptionnellement, c'était lui qui tenait le rôle de tableau suspendu de travers…

1. Short moulant invariablement vert, sans glissière, très populaire et très frimeur dans le Nord.

2. *Dream Time*, époque de la création du monde selon les croyances aborigènes et à laquelle ils se réfèrent souvent.

— Lui, le métis, fit-il en le désignant de l'index sans toutefois le fixer. Il travaille au Waggaboonya. C'est aussi un responsable de la Commission de réattribution des terres. Je ne sais pas qui sont les petits Blancs, ça doit être des touristes.

— Jolie déduction, Sherlock, plaisantai-je pour atténuer l'angoisse qu'il avait de parler d'un mort qu'il connaissait. Et maintenant, que fait-on ?

— C'est toi le Blanc, non ? lança-t-il avec une pointe d'agressivité. C'est ta justice qui doit s'occuper de ça…

— D'accord, dis-je suavement, mais dans les faits ? Il faut que l'un de nous reste ici et que l'autre retourne au campement pour appeler la police. À moins qu'il n'y ait un poste radio dans le combi…

Un rapide coup d'œil à l'intérieur m'apprit que s'il y en avait eu un, une CB en l'occurrence, elle avait été massacrée avec autant d'acharnement que les êtres humains. Des duvets avaient été roulés en boule, il y en avait cinq, le compte y était si on voulait bien considérer que le chauffeur dormait également dans un sac à viande, ce qui était étonnant de la part d'un Abo. L'apport du métissage, sans doute… Des sacoches, des sacs à dos et des bananes ventrales étaient posés sur les sièges mais je me gardai bien d'y toucher, ainsi qu'au reste qui se résumait à un camping-gaz, un télescope, une espèce de filet à papillons, une glacière, des tubes en carton, du genre qui sert à rouler des dessins ou des posters : les flics même de brousse ont vu assez de feuilletons policiers pour vous reprocher d'avoir mis vos doigts partout et je me doutais que cette histoire allait faire un sacré barouf.

Je sortis avec précaution du minibus pour retrouver Pick qui s'était accroupi en tournant le dos aux cadavres. Je regardai le sol sablonneux et argileux et constatai que mes traces de pieds emmaillotés étaient bien reconnaissables.

— Tu ne peux pas me demander de rester ici tout seul, Paddy, me lança-t-il d'une voix sourde. Je vais aller à la voiture…

— Et tu vas pouvoir te démerder avec la radio ? interrogeai-je. Déjà qu'elle déconne…

Mais je vis qu'il était inutile d'insister. Il avait pris un air buté qui ne lui ressemblait pas et même, Dieu me harponne, il mettait ses mains devant son visage comme un vieil indigène honteux.

— Bon, dis-je, on va y aller tous les deux, de toute façon, ils ne bougeront pas et tous les charognards sont couchés. Je vais quand même allumer leur lampe à gaz au cas où un sanglier rôderait dans le secteur. Mais j'aimerais, avant, que tu ailles examiner les traces dans le coin où on a vu l'espèce de machin qui a disparu comme un fantôme. Ça m'intrigue drôlement, cette histoire.

— Je n'ai rien vu comme espèce de machin, fit-il d'une voix qui avait retrouvé toute sa fermeté et en me regardant avec candeur. Tu as dû rêver.

— Le… yowie, non ? murmurai-je, l'air innocent. C'est quoi un… yowie ?

— Une connerie superstitieuse, dit-il, un truc à les nous autres, pauv' nèg' ignorants…

Je compris que je ne tirerais pas davantage de lui. Sur le siège avant du minibus, j'avais remarqué une lampe torche et, la lune ayant décliné, je m'en saisis machinalement pour aller jeter un œil à l'éperon rocheux par où s'était évanoui le supposé yowie que je persistais, quant à moi, à appeler la méga-roussette. J'étais un bien moins bon traqueur que Pickwick, mais j'avais quelques notions, comme tous ceux qui ont été élevés dans le bush, l'armée m'avait appris le reste.

Mais je crus être devenu franchement mauvais quand, ayant suivi le trajet qu'avait dû parcourir la méga-roussette, je ne vis aucune trace sur un sol pourtant assez meuble pour imprimer les marques de son passage. Tout juste relevai-je, juste à l'aplomb du vide qui donnait sur le creek et où j'avais vu disparaître la créature, une plume d'émeu, l'autruche australienne, un duvet plutôt, accroché à la feuille épineuse d'une touffe de spinifex. Je braquai la torche sur cette courte penne et remarquai, à sa base, comme du sang coagulé. J'appelai Pick qui arriva sans enthousiasme, balançant sa machette au bout de son long bras grêle, l'autre essayant de remonter son flottant qui glissait sur son cul plat. Je lui montrai la plume.

— Ce serait un émeu qu'on aurait vu ? demandai-je, sceptique. Et qui, effrayé, se serait lancé dans le vide ?…

— Probable, dit Pickwick-Pickwick d'une voix neutre, comme si cette hypothèse lui paraissait bienvenue. Tu connais les émeus, il n'y a pas plus stupide, ils sont capables de courir des kilomètres devant une voiture plutôt que de penser à s'écarter de la route…

C'était vrai. Mais ce qui était vrai aussi, c'est que, bien qu'étant des oiseaux, les émeus avaient depuis longtemps perdu l'habitude de voler et que l'inconscient volatile se serait écrasé trente mètres plus bas, sur les gros rochers du creek desséché… Or, nul cadavre emplumé n'y gisait et, par ailleurs, nulle trace des grosses pattes pleines de bourrelets de la bestiole n'apparaissait sur le sentier escarpé des wallabies.

— Bon, dis-je en revenant vers les mulgas et le minibus, on va y aller. Comme on n'a plus de raisons de jouer aux Sioux, on va revenir par la piste en longeant la clôture. J'appellerai la police et je reviendrai ici avec la Land pour qu'aucune bête sauvage… même pas un yowie, plaisantai-je, ne vienne les bouffer.

— Tu dois être un connard superstitieux, me lança-t-il. Désarme donc ton fusil, ça aussi, ça porte malheur !

*

Après avoir laissé la lampe allumée comme un fanal à une basse branche de mulga, nous prîmes la piste extérieure longeant « notre » clôture, salués par le ululement de soulagement du hibou boubouk qui s'était tenu coi pendant toute notre présence dans ce lieu maudit. Je m'étais débarrassé de mes bottes improvisées, avec d'autant plus de plaisir que la nuit devenait fraîche et qu'enfiler mon débardeur me réchauffa. Nous marchions sans parler et pourtant je bouillais de questions informulées.

Qu'était un yowie, mot que j'entendais pour la

première fois dans la bouche de Pick ? Pourquoi diable des touristes étaient-ils venus en pleine nuit, par une piste interdite de surcroît, camper dans un endroit aussi désolé où il n'y avait rien à admirer ni à photographier ? Je me souvins alors que je n'avais vu nulle part d'appareils photo ni de caméscopes, attirail pourtant obligatoire de l'espèce voyageuse. Pourquoi l'étrange créature entraperçue à proximité, qui sautait comme un kangourou et semblait voler comme une roussette, n'avait-elle laissé aucune trace sur le sol ? Et pourquoi, oui pourquoi, Pickwick avait-il l'air aussi franc qu'un buffle qui recule pour charger ?

— Parle-moi un peu du métis, dis-je pour rompre le silence. Comment s'appelle-t-il ?

— Jack Cromley, mais on l'appelle Wasp[1] Cromley, marmonna-t-il. Un foutu faiseur d'embrouilles. Je ne suis pas contre le fait qu'on récupère nos terres, mais ce branleur en fait des tonnes. Il voit des sites sacrés partout, en invente au besoin et se fait payer en sous-main par les compagnies minières ou les traceurs de route. Son job à l'hôtel n'est qu'une couverture pour toucher les allocations. Je ne serais pas étonné si c'était lui ou quelqu'un de sa famille qui possédait le gîte.

— Il était sorcier ou chamane, ou quoi ? demandai-je, sachant combien cette situation était importante dans les tribus.

— Bien trop con, incapable de distinguer un Rêve de Fourmi À Miel d'un Rêve de Wombat À

1. Méduse.

Narines Dénudées[1]. Je crois que son père était un wong[2] qui pêchait les perles à Broome, sur la côte ouest. Sa mère est une Abo du coin, et sa sœur…

Il s'interrompit en faisant mine d'observer le grillage qui était impeccable puisque nous y étions passés quelque six heures auparavant.

— Quoi sa sœur ?

— Tu verras bien, fit-il avec fatalisme, rebouclé dans son intérieur tapissé d'animaux étranges, mi-complices, mi-menaçants.

Il commençait à sérieusement m'échauffer les oreilles que j'ai grandes, comme tout descendant d'Irlandais qui se respecte, mais mon irritation se transforma en colère, contre moi cette fois-ci, quand je constatai que, connement, j'avais conservé à la main la lampe torche trouvée dans le minibus et sur laquelle était écrit, en Lettraset, le mot « Waggaboonya Resort ». Je pensai que les flics n'allaient pas du tout aimer cette distraction de ma part, non plus que d'y trouver mes empreintes digitales à foison…

Nous arrivâmes enfin à notre campement, au bord du creek. À ma montre, il était deux heures du matin mais j'avais l'impression d'être parti depuis une éternité. En fait, deux heures seulement s'étaient écoulées depuis que Pick m'avait réveillé. Cela aussi m'intriguait : comment diable avait-il pu entendre des cris provenant d'environ deux kilomètres à vol d'oiseau et pas le bruit du moteur du minibus quand il était arrivé ? Puis je

1. Marsupial autrefois très commun, devenu une espèce protégée.
2. Asiatique (péjoratif).

décidai de m'en ficher comme de mon premier pot de Four X[1]. Il s'arrangerait avec les flics, encore que je savais que ceux-ci n'auraient pas la partie plus facile que moi avec lui.

J'allai enfiler des chaussettes et mes demi-bottes en daim repoussé avant de grimper dans la cabine et d'allumer la radio HF Outpost afin qu'elle chauffe. Elle était en principe calée sur le canal de notre bureau à l'Isa[2] mais je constatai qu'étrangement le compteur digital affichait une fréquence correspondant à celle du satellite de communications Telstar qui pouvait se brancher sur n'importe quel téléphone, mobile ou de base. Je supposai que Pick avait tripoté le bidule à un moment ou à un autre et composai au doigt le triple zéro qui est le numéro d'appel de la police pour toute l'Australie.

Rien ne crachouillait et l'aiguille de puissance restait désespérément dans la zone neutre. Je me recalai sur le canal du bureau d'Isa sans plus de résultat, puis sur celui du RFDS[3] qui a le meilleur potentiel de veille permanente et, devant le même insuccès, je me demandai si je n'allais pas appeler Roma pour réveiller Jerry Stanley, notre grand patron. Intrigué, j'éteignis le poste et rejoignis Pick qui rallumait le feu, couvert de sable lors de notre départ.

1. Ou XXXX Gold, marque de bière très populaire dans le Queensland.

2. Contraction coutumière pour Mount Isa, le chef-lieu de comté de l'endroit, tout comme Alice Springs est familièrement appelée « The Alice ».

3. *Royal Flying Doctor Service*, les fameux médecins volants du désert, organisation d'ailleurs créée à Cloncurry.

— Encore un coup du yowie, dis-je en m'accroupissant à ses côtés. La radio est détraquée, je n'attrape rien. Tu pourrais pas faire un coup de télépathie pour alerter les flics ?

— Ne plaisante pas avec ça, dit-il, ça ne marche qu'entre pauv' négros. Alors ?

— Alors, dis-je pensivement, il va falloir trouver un téléphone ou une autre radio ? Il doit bien y avoir ça au Waggaboonya ?

— À ta place, marmonna-t-il, je n'irais pas là-bas...

— À la tienne non plus, dis-je, mécontent mais très peu fâché de ne pas avoir à franchir les monts Waggaboonya en pleine nuit pour me retrouver en pleine tribu abo, et une des plus reculées du territoire.

J'étalai la carte du secteur, pendant qu'il allait ranger le matériel sur le plateau et fixer la bâche. La solution logique serait de se propulser vers Mount Isa qui, avec ses vingt-quatre mille habitants, abrite le poste principal de police de la région, mais seule la piste qui suivait la clôture et le creek y menait, et elle n'était pas très bonne. En revanche, en remontant vers le nord, c'est-à-dire en revenant sur nos pas, nous atteindrions assez rapidement la Burke Highway qui était très carrossable et grâce à laquelle nous pourrions redescendre directement sur Cloncurry où se trouvait un poste annexe de la police de l'État.

— Pas de *station*[1] plus proche ? interrogeai-je,

1. Ferme d'élevage (bovin : *cattle station* ou ovin : *sheep station*), l'équivalent australien des ranches américains. Certaines *stations* sont plus étendues que des départements français.

tout en sachant que ce serait le diable et son train pour y arriver en pleine nuit.

— Il y a Kamileroi qui a une piste d'aviation, répondit Pick, mais ça nous ferait remonter trop haut. Et d'ici à Lorraine ou à White Hills, il n'y a pas de pistes praticables. Le plus rapide, c'est d'aller à Cloncurry.

— Pas de problème, lançai-je en verrouillant le rabattant de la benne. En plus, on va retrouver notre chambre… et la douche.

CHAPITRE 4

Sur sa suggestion, Pick avait pris le volant pour me laisser dormir un peu. Il conduit remarquablement bien et voit même des trous cachés sous les spinifex ou les *saltbush*[1] qui m'auraient échappé. On avait environ cinquante kilomètres de bonne piste à faire et que nous connaissions comme un petit *roo* connaît la poche de sa mère puisque c'était celle de la clôture. Ensuite, parvenus à la route Burke, cent vingt-cinq bornes pratiquement en ligne droite jusqu'à Cloncurry, ce qui se ferait en une heure, on n'allait pas respecter les limitations de vitesse et «Ned Kelly», notre vieille Range Rover (ainsi appelée parce qu'elle était quasiment blindée, comme l'avait été le célèbre bush-ranger philosophe), avait eu le moteur assez bidouillé pour gonfler le coaltar.

Arrivés à la hauteur du bouquet de mulgas faiblement éclairé par la lampe à gaz toujours vaillante et qui durerait bien jusqu'au lever du soleil, je demandai à Pickwick de stopper, afin

1. Herbe graminée du désert.

de déposer la lampe torche que j'avais empruntée.

— Elle est derrière je ne sais où sous la bâche, maugréa-t-il, on n'a pas le temps, laisse tomber, bourre ta main et dors.

S'il se mettait à parler comme un *stockman*[1] mal embouché (ils le sont tous), je n'avais plus qu'à obéir et je m'endormis, pas dérangé pour un cent par les cahots de Vieille Neddie sur cette piste tracée au grader et régulièrement esquintée par les intempéries.

*

Il était trois heures pile du matin quand je me réveillai et constatai que nous étions sur le bitume, filant à vive allure sur la Burke qu'on appelle plus souvent la Matilda Highway, ainsi nommée en référence à notre hymne officieux, *Walzing Matilda*, composé par « Banjo » Paterson pour honorer les ancêtres des routards.

Je m'étirai et regardai dehors : une éolienne près de la route ne me renseigna pas sur notre position. Dans le coin, il y en a une tous les dix kilomètres. Je constatai néanmoins avec plaisir que Pick avait eu la bonne idée de transférer le reste du thé chaud dans la thermos et qu'il l'avait bien sucré. Je bus une longue gorgée et fus tout revigoré.

— Où on est, Sir Pickwick ? interrogeai-je.

1. Bouvier des stations d'élevage, équivalent du cow-boy américain.

Il conduisait, l'air concentré, ce qui ne se justifiait guère puisque la route était droite comme une chaîne d'arpenteur. Il avait conservé les projecteurs de toit, des fois qu'un conducteur de *road-train* montant vers le nord, sur Normanton, aurait oublié sa dose rituelle d'amphétamines et se serait endormi à cent vingt kilomètres/heure en dépit du fait qu'il lui faudrait un kilomètre pour arrêter son tracteur de 500 chevaux tirant ses trois remorques.

— On a passé Quamby. La station-service était fermée.

— Mais la cabine téléphonique ouverte, dis-je en bâillant. Pourquoi on n'aurait pas appelé les flics, histoire de préparer notre glorieuse arrivée…

— Ils étaient six dans le minibus, dit-il sans me regarder.

— QUOI ! hurlai-je, très bien réveillé cette fois. Qu'est-ce que tu racontes ? Arrête-toi immédiatement, on ne s'entend pas avec ce boucan !

Il stoppa sur le bas-côté, après avoir soigneusement enclenché ses feux clignotants, bien qu'on ne vît, devant comme derrière, aucun autre véhicule et ce sur dix kilomètres d'un côté comme de l'autre. Il coupa le moteur et me regarda cette fois en face, mais toujours avec cette exaspérante expression me donnant l'impression qu'il me considérait comme une œuvre d'art ratée accrochée de travers.

— Ils étaient six dans le minibus, répéta-t-il patiemment. Il y avait une *sheila*[1] en plus.

1. Une jeune fille, mais plutôt « gonzesse » ou « meuf ».

— Et où est ce sixième cadavre ? demandai-je, exaspéré.

Il pointa son long pouce spatulé vers l'arrière et cligna de l'œil vers moi.

— Dans la benne, sous la bâche.

— QUOI ? hurlai-je à nouveau. Mais t'es brindezingue, mec ! Pourquoi tu l'as pas laissée avec les autres ?

— C'est qu'elle était pas d'accord, dit-il.

Puis après un temps destiné à me faire digérer cette affirmation surprenante, il ajouta :

— Peut-être aussi parce que c'est pas un cadavre. La sheila en question… elle est foutrement vivante.

*

Je descendis en quatrième vitesse de la cabine et, me dirigeant vers l'arrière de la Land Cruiser, je grimpai sur le plateau. Je ne savais toujours pas qui était cette fille ni ce qu'elle faisait là, mais que je sois pendu sur-le-champ si je n'allais pas l'apprendre immédiatement.

— Sortez de là, vous ! dis-je d'une voix qui ne devait pas être trop aimable.

Et quand j'entendis qu'on me répondait d'un petit timbre flûté « Oui ? » au lieu du *Ouep* australien, je sus qu'on n'était pas au bout de nos emmerdes. Non seulement c'était une fille, non seulement elle était mêlée de près à un massacre collectif, mais en plus, c'était une étrangère…

La bâche se souleva et, à la lueur d'un des projecteurs que M. Pickwick-Pickwick Kadigbaku avait obligeamment dirigé vers l'arrière sans quitter sa place, je vis apparaître derrière le dévidoir à barbelé une petite figure pâle qui, au premier abord, me fit penser à un chat-marsupial, ce minuscule animal arboricole qu'on ne voit plus guère que dans les zoos et qui, malgré son nom, possède une tête de souris. Encadrant son museau, deux nattes blondes incongrues à la Gretchen lui donnaient un air rustique qui n'allait pas avec son allure générale de baba-cool affranchie, sanglée qu'elle était pour l'essentiel dans une tenue cycliste bleu fluo très moulante et qui ne dissimulait rien de l'ensemble plutôt attractif de ses formes, combinaison sur laquelle était enfilé un vieux poncho imperméable de l'armée américaine. Elle était également, ainsi que je pus me rendre compte quand elle se mit debout et sauta légèrement sur la piste, chaussée d'incroyables bottines noires à boutons nacrés qui évoquaient irrésistiblement les chanteuses de beuglants de la ruée vers l'or.

Elle avait une tête (jolie, la tête, et moins marsupiale quand elle souriait — parce que, en plus, cette idiote *me souriait* !) de moins que moi, ce qui n'était pas difficile car je mesure près d'un mètre quatre-vingts pour quatre-vingts kilos et j'ai remarqué que les étrangères sont *toujours* plus petites que les Australiennes. Elle tenait la lampe torche trouvée dans le combi Volkswagen et portait par ses bretelles un gros sac à dos de longue randonnée qui, comme le poncho, devait venir des surplus ricains et sur lequel était cousue une grande croix blanche sur fond rouge.

— Premiers secours ? m'enquis-je en la désignant.

— Non, dit-elle dans un anglais un peu hésitant, seulement nationalité suisse.

Ça aurait pu être pire, *une Française* par exemple ou encore une de ces belles babouchkas hystériques qu'on voyait de plus en plus venir de Russie pour faire du tourisme... hum, galant à Sydney ou à Melbourne (seule Adélaïde échappe au phénomène, les habitants ne savent pas qu'on peut payer pour faire l'amour). Mais c'était une Suisse. Qui voyageait en minibus. Dont tous les occupants, sauf elle, avaient été massacrés. Victimes que nous avions découvertes. Suisse de type femelle qui s'était cachée — avec la complicité, semblait-il, de mon coéquipier — dans notre bagnole.

Je prévoyais que ça n'allait pas être du sucre d'orge que d'arriver à expliquer tout cela aux flics de Cloncurry. Déjà que je n'en comprenais pas la moitié, sûr qu'eux allaient flotter comme des poissons-ballons du Grand Récif.

— Laissez votre sac à dos où il est, commandai-je sèchement, et montez dans la cabine.

Elle sourit encore et grimpa gracieusement, me montrant un derrière parfait sous la combinaison fluo, et alla se coller contre Pick qui lui fit un *Hoo roo !*[1] ma foi très amical. Je le fixai avec animosité tandis qu'il lissait ses nattes rastas sous sa casquette publicitaire verdâtre et qu'elle lui dédiait un de ses infernaux sourires d'ingénue suisse dévergondée.

1. Salut traditionnel évoquant le kangourou et qui veut dire aussi bien « bonjour » que « bonsoir » ou « au revoir » ou « adieu ».

— Ne démarre pas encore, dis-je à mon compagnon alors qu'il s'apprêtait à mettre le contact. On a à causer, tous les trois. Comme trois vrais bons potes. *Trois Mousquetaires*, ajoutai-je en français car j'avais passé six mois en Bourgogne, dont deux à faire les *vendanges.*

— Oh, vous parlez français, observa-t-elle avec une moue ravie de petite fille à qui on vient d'offrir un tour de manège gratuit.

— NON ! dis-je en australien.

— Tu m'avais caché ça, me reprocha Pick qui avait croisé les mains derrière sa tête.

— J'ai voyagé après l'armée, commençai-je, et… STOP ! hurlai-je à nouveau. Je veux tout savoir : premièrement, comment et quand êtes-vous montée dans la benne de Ned Kelly ?

— Ned Kelly ? interrogea-t-elle, l'air intéressé.

Mais je passai outre. Je voulais une réponse (en fait, j'en souhaitais une quantité invraisemblable) et Dieu me savonne si je ne l'avais pas. Devant mon mutisme furax, elle secoua ses nattes attachées par deux petits rubans jaunes et prit l'attitude d'une écolière très appliquée.

— Avant que vous reveniez du minibus, répondit-elle avec simplicité. Et c'est moi aussi qui ai détraqué votre radio en essayant d'appeler… quelqu'un.

— QUOI ! meuglai-je.

— Elle dit qu'elle a détraqué cette putain de radio, traduisit Pick. J'avais repéré ses traces sous les mulgas quand on était près du combi, ajouta-t-il toujours aimablement, parce que j'avais constaté au nombre de pieds qu'il y avait trois sheilas et non pas deux. D'autant qu'avec ses bottines à talons elle n'est pas compliquée à situer sur une piste. J'ai vu qu'elle nous avait précédés quand on revenait, qu'elle était entrée dans notre campement et qu'elle s'était glissée sous la bâche…

— Mééééais ?… bêlai-je. Pourquoi tu ne m'as rien dit ?

— Elle m'a fait signe de me taire, expliqua-t-il, comme si c'était la chose la plus naturelle du monde que de planquer la rescapée d'un homicide de cinq pékins sans rien lui demander et, SURTOUT, sans rien en dire à son partenaire. Je lui ai laissé la lampe pour la rassurer. Mais je t'en ai parlé quand il en était temps, conclut-il en mettant le contact pour faire chauffer le diesel.

Après ça, il n'y avait plus qu'à tirer l'échelle. Sa logique particulière avait eu le dernier mot et il venait de se réfugier, je le savais, dans le cocon familier de son Esprit-Enfant.

Il remit Neddie sur le coaltar de la Matilda, toujours aussi déserte et sombre, comme si nous étions seuls au monde. Mais à l'est, du côté de Cairns, on voyait que le soleil prenait son élan afin d'apparaître sous les nuages déjà rosés. Je tapotai l'épaule (agréable, l'épaule, et charnue juste ce qu'il fallait) de la Suissesse au regard mutin (vert, le regard, et un peu trop mutin à mon goût).

— On a encore une quarantaine de bornes avant Cloncurry et son pimpant poste de police, dis-je. Ça nous laisse tout juste le temps de causer…

CHAPITRE 5

Pick roulant lentement pour atténuer le bruit du moteur de Vieille Neddie et le ménager, elle eut en effet le temps de me dire ce qu'elle voulait bien me dire et moi celui de croire ce que je voulais bien croire.

Le soleil n'était toujours pas visible sur notre gauche, mais une clarté laiteuse s'étendait sur les latérites rouges des étendues mornes qui nous entouraient et leur donnait une teinte irisée, tendre et inhabituelle. Aux gommiers-spectres succédaient des gommiers larmes-de-sang dont les feuilles vert bronze ne paraissaient pas affectées par la sécheresse.

Elle parla d'une voix posée encore qu'enjouée, comme si elle postulait pour un emploi de déclamation littéraire. Son anglais était bon mais scolaire, émaillé de quelques-uns de ces hilarants mots faux-amis qui plongent toujours les francophones dans la consternation et leurs interlocuteurs dans la jubilation la plus extrême. Je résume :

Elle avait vingt-cinq ans, venait de Genève avec un visa touristique de six mois (il y avait cinq mois et vingt jours...) et s'appelait Anaïs (Moi : « Anne-Alice ? » Elle : « Non, A-NA-ÏS ») Unger et se disait étudiante en entomologie. Depuis son arrivée, elle semblait avoir zoné sur toute la partie orientale du pays, de Melbourne à Sydney en passant par la Gold Coast, le festival country de Tamworth (Pick et moi approuvâmes ; nous étions des fans de country), vendu des sandwiches au chou-fleur dans un boui-boui de Byron Bay pour finir à Brisbane où elle était restée un mois à faire je ne sais quoi (elle était très évasive sur ce dernier séjour).

Désirant poursuivre son périple vers l'intérieur jusqu'à Darwin et de là s'envoler pour l'Europe par le vol Qantas sur Singapour, elle avait utilisé la fin de son *pass*[1] jusqu'à Townsville où elle avait fait du pouce sur la Flinders Highway jusqu'à arriver à Mount Isa, à bord d'un gros-cul dont le conducteur s'était, semblait-il, montré un peu trop gaillard et qui l'avait plantée là, sur Station Street, devant la gare ferroviaire.

Elle apprit vite que, précisément, le train n'allait pas plus loin. Elle se mit alors à pleurer comme *une madeleine* (du diable si je compris ce qu'elle voulait dire : dans mes souvenirs de France, la *madeleine* était un gâteau cher à Marcel Proust) et, bonheur, elle tomba sur deux couples de routards qui allaient passer une semaine dans le Grand Jamais-Jamais[2], à Waggaboonya pour tout dire, où ils lui offrirent de venir avec eux, lui promettant

1. Formule économique permettant un certain nombre de vols intérieurs ou de trajets en bus.

2. *Never-Never*, contrée désolée, encore plus loin que l'Outback.

qu'on y trouvait des insectes tout à fait épatants à observer (jusque-là, ses études sur les insectes n'avaient pas paru l'occuper beaucoup, à moins que Surfers Paradise[1] ne recèle des spécimens rares de coléoptères qui auraient échappé à tous les naturalistes. Et quant aux bestioles qui pouvaient grouiller dans les monts Waggaboonya, à part les moustiques, les mouches à viande, les fourmis à miel, les scolopendres et les scorpions, je ne voyais rien de plus affriolant).

« Wasp » Cromley, le gros métis, était venu chercher les cinq jeunes gens à l'Isa et elle avait été, selon ses dires, charmée de pouvoir enfin pénétrer dans une tribu, l'étude des sociétés primitives et leur bonté naturelle étant pour elle presque aussi passionnantes que l'examen des activités sexuelles d'un bousier au microscope.

Nous en arrivions au moment du drame qui était le soir même de son arrivée, alors qu'elle avait passé l'après-midi à s'entretenir avec les *lubras* et les *gins*[2] de la tribu waggaboonya qui tenaient le gîte — un endroit « parlant », selon elle — et habitaient dans le campement voisin — cette fois-ci, le lieu était jugé « gratifiant ». Les deux couples de routards, l'un *Aussie*, l'autre *Pommie*[3], avaient alors décidé d'aller faire un

1. Station balnéaire chic de la Gold Coast, en dessous de Brisbane.

2. Femmes et jeunes filles aborigènes (plus affectueux que péjoratif).

3. *Aussie* : Australien. POM : Anglais (abréviation ironique de *Prisonner Of His Majesty*, terme se rapportant aux *convicts* anglais déportés en Australie).

mini-*walkabout*[1] nocturne sur les bords du creek Gunpowder, afin d'observer les étoiles (d'où le télescope) et lui permettre, à elle, de capturer quelques diptères nyctalopes (d'où le filet à papillons).

Ils avaient dîné au *resort*, puis étaient partis sur le coup de neuf heures du soir et Wasp Cromley s'était perdu alors qu'il cherchait le lac Waggaboonya (desséché à cette époque). Ils s'étaient alors arrêtés sous les mulgas vers onze heures, décidant d'y passer la nuit et de repartir à l'aube pour le gîte.

— Et après, demandai-je, que s'est-il passé ?

Là, je dois avouer qu'elle fut grande. Alors que Pick semblait émerger de sa sacrée méditation pour s'intéresser enfin à son récit, Miss Anaïs Unger ouvrit ses grands yeux émeraude qui semblaient contenir toute la candeur du lac Léman et déclara paisiblement :

— Je ne sais rien, je dormais.

À l'en croire, alors que les cinq autres s'étaient couchés à la belle étoile filante, elle avait préféré s'enfermer dans le minibus pour échapper à la lubricité qu'elle avait cru distinguer dans les yeux de méduse de Waspy et elle n'avait été réveillée que par les cris de douleur de ses compagnons. Elle s'était acagnardée sous une bâche (c'était une manie) et n'avait osé sortir que quand tout fut redevenu silencieux. Horrifiée par le spectacle, elle s'était enfuie pour se cacher le long de la

1. Voyage rituel ou simple balade des Aborigènes dans le désert.

clôture et avait été encore plus effrayée quand elle avait vu arriver deux hommes, l'un portant un grand coutelas, l'autre un fusil, qui étaient sans doute les meurtriers et qui revenaient pour l'achever.

Ça, c'était nous, Sir Pickwick et son facétieux valet blanc.

Elle avait alors couru le long de la barrière anti-dingo, se tordant les pieds, et était parvenue à notre campement. Elle avait alors tenté d'appeler au secours avec la radio mais n'avait pas su la faire fonctionner et, quand nous étions arrivés, elle s'était cachée dans la benne, derrière le grand dévidoir à barbelé et fil d'acier.

— Vous croyiez que nous étions les assassins et vous vous êtes réfugiée dans *notre* bagnole ? m'étonnai-je. En outre, Pick vous découvre et au lieu de vous enfuir, vous lui faites signe de se taire ? Tout cela me paraît un peu contradictoire, non ?

Elle prit un air aussi penaud qu'innocent et tapota l'épaule droite de mon partenaire.

— Il avait une bonne tête, souffla-t-elle, et j'ai pensé qu'il aurait pitié, que lui n'était pas responsable, que c'était vous le chef.

— Pauv' nèg' entwaîné vers le mal par méchant Blanc, opina Pickwick avec gravité.

Elle le regarda quant à elle avec un soupçon d'étonnement tandis que je me sentais profondément vexé. Je sais bien que j'ai une tête de dessous de mêlée avec mon nez cassé, mes oreilles en dentelle et que mes cheveux coupés ras me donnent l'allure d'une espèce de reître pas très engageant, mais je pensais que la bonté native qui émane de mon regard bleu irlandais était immédiatement perceptible par tout un chacune.

— Et vous n'avez absolument pas vu celui ou ceux qui ont commis ces crimes ? insistai-je. Pas aperçu avant notre arrivée une sorte de grand monstre aux allures de chauve-souris ?

— Batman ? s'enquit-elle en femme qui considère les mammifères insectivores comme d'écœurants prédateurs.

Je haussai les épaules. Pick paraissait à nouveau déconnecté, comme s'il avait appris tout ce qu'il souhaitait savoir. J'étais quant à moi très loin du compte et je présumais que pour notre plus grande confusion, les flics n'y trouveraient pas non plus le leur.

Nous entrions alors dans les faubourgs de Cloncurry qui, ne comptant que deux mille habitants, étaient Cloncurry elle-même. On ne peut pas franchement dire que ce soit une ville attrayante mais le mélange entre son côté d'ancien village d'élevage et de plus récente cité minière lui donnait une âme que, à mon sens, l'Isa n'avait pas, uniquement dévolue, elle, à l'industrie, avec ses hauts fourneaux et ses habitants qui semblent vivre avec un éternel casque de chantier sur la tête.

Cloncurry conserve un petit côté western attendrissant et si on ne voit plus de chevaux attachés devant les bars, il n'est pas rare d'y voir entrer, descendus de leurs motos de trial, des stockmen en jeans et bottes santiags raides de poussière qui viennent s'en jeter un, leur long *stockwhip*[1] enroulé

1. Fouet en cuir tressé destiné à mener les troupeaux de bovins.

sur leur épaule. À côté de vieilles maisons de bois retapées aux larges vérandas, on trouve bien sûr les sempiternels cottages préfabriqués des mineurs et encore quelques éprouvants baraquements demi-lune Nissen mais, l'activité minière s'étant arrêtée dans les années vingt, alors qu'elle constituait la plus grande production de cuivre du monde, c'est aujourd'hui une petite ville tranquille, avec son cimetière chinois et son cimetière afghan où sont enterrés les chameliers arabes émigrés au début du XXe siècle, sur laquelle règne paternellement la statue rendant hommage au révérend John Flynn, le pasteur-missionnaire presbytérien qui créa le corps des Médecins volants et qui se flatte d'avoir vu passer l'expédition Burke & Wills[1] en 1861, bien que l'agglomération ne fût même pas alors à l'état de projet.

Pour en terminer avec son bref pedigree, c'était aussi la ville qui avait battu le record absolu de chaleur en Australie — 53,1° en 1889 —, où se déroulait chaque 24 avril (jour anniversaire de la foutue Reine) un renommé concours de poésie du bush, où chaque août amenait le Merry Muster, le rodéo, et dont le nom lui avait été donné en hommage à sa cousine Lady Elisabeth Cloncurry par mon fichu compatriote irlandais Robert O'Hara Burke.

Le jour s'était maintenant complètement levé, même si le gros soleil orangé était encore très bas sur l'horizon. Il n'y avait pas grand monde dans

1. Explorateurs qui, en 1860, tentèrent la jonction sud-nord et finirent tragiquement dans le désert.

les rues : un livreur du journal local qui ferait certainement un tabac le lendemain quand les corps seraient découverts, le conducteur barbu d'un *Truck* rouge vif, ses trois remorques chargées de conteneurs, qui dégourdissait des jambes et des épaules poilues, mises en évidence par un short moulant et un débardeur lâche, en attendant l'ouverture des snacks à breakfast où il prendrait une douche bien méritée et, enfin, un joggeur solitaire qui fonçait dans les rues géométriquement tracées comme un émeu fou, au risque de se prendre dans le premier grillage venu.

Mon équipier nous conduisit près du modeste poste de police situé près du musée de la mine d'uranium de Mary Kathleen, mine également fermée mais plus tardivement que celles de cuivre, dans les années soixante. À ma connaissance, qui était celle de la fréquentation modérée des quelques pubs de la ville pendant mes jours de repos, les flics étaient cinq et je ne les connaissais pas, ni des lèvres, ni des gnons. Tout juste savais-je que leur sergent était une femme que j'avais parfois croisée, assez vilaine et boudinée dans son uniforme bleu marine, jupe sombre sous corsage plus clair, et affublée de cet étrange chapeau à large bord que les forces de l'ordre faisaient alterner avec les plus classiques casquettes à damier.

Il était sans doute un peu tôt pour aller pousser la porte de ce sinistre petit immeuble en béton au fronton duquel battait mollement le drapeau national, mais cinq cadavres à déclarer valaient tous les passeports… pour la morgue. Pick se gara sagement devant la porte fermée. Il n'avait d'évidence strictement aucune envie d'entrer dans cet endroit où il avait connu à maintes reprises la cellule de dégrisement après un court trajet dans le *booze-bus*[1] et sans doute quelques joyeusetés privées de la part des *Salvos*[2].

Tout d'un coup, alors qu'il venait de couper le moteur de Vieille Neddie, Miss A-na-ïs se cacha le museau (joli, le museau, pointu mais élégant) dans ses mains et éclata en sanglots, les plus déchirants qu'on ait pu entendre dans ce pays depuis la mort de l'Australien Errol Flynn. Nous la contemplâmes, interloqués et bouleversés par ses deux coquettes petites nattes dont les rubans jaunes tressautaient spasmodiquement.

— Qu'est-ce qu'elle a la sheila ? interrogea paternellement Pick. Un coup de blues ou une nausée à l'idée d'entrer chez les flics ?

Elle poussait des sortes de brefs « ouin-ouin », très différents des pleurs des sheilas de chez nous. J'étais un jour passé à Genève, en remontant de mes vendanges françaises et content de voir sur le lac des cygnes blancs[3] mais je dois avouer que je n'avais jamais entendu chialer une Suissesse. C'était très éprouvant et on comprenait mieux comment ils avaient réussi à rester neutres pendant la guerre.

— Je-ne-veux-pas-y-aller, finit-elle par marteler

1. Fourgon de police (avec cage arrière) destiné à embarquer les ivrognes après contrôle (très) rigoureux d'alcoolémie : 0,05 % de tolérance.

2. À l'origine, membres de l'Armée du Salut. Se dit ironiquement des policiers dans cette partie de l'Outback du Queensland.

3. En Australie, les cygnes sont noirs.

entre deux sanglots qui ressemblaient au son de leur longue trompette alpine qui ressemble tellement au didgeridoo[1], je-ne-peux-pas-aller-à-la-police !

Voilà qui donnait à penser et salement. Du vouloir au pouvoir, il y avait un monde et mon Esprit-Enfant à moi, nourri à la Foster's et aux tourtes à la viande, me disait que ça devait avoir rapport avec son mystérieux séjour à Brisbane et son non moins mystérieux walkabout impromptu dans le bush du Grand Jamais-Jamais.

— Pourquoi ça, mon enfant ? paternai-je à mon tour.

Et c'est vrai que cette gamine me faisait penser aux deux miennes qui ne m'avaient pas donné signe de vie depuis cinq ans, depuis ce jour où elles m'avaient offert ce couteau ridicule en guise d'adieu.

Elle arracha un mouchoir en papier à la boîte fixée dans le vide-poches, se moucha comme un garçon et nous présenta à tour de rôle deux petits lacs d'émeraude made in Swiss.

— Je vais vous expliquer, dit-elle, mais pas ici…

Je consultai ma montre : cinq heures moins le quart du matin. Autant laisser les poulets dormir encore un moment, autant prendre un solide breakfast et peut-être une douche.

— À l'hôtel, honorable Pickwick-Pickwick, commandai-je.

Elle me zieuta avec stupeur et je me rendis

1. Instrument de musique traditionnel des Aborigènes.

compte alors que je ne nous avais pas présentés. Je remédiai à cette faute de *mauvais goût* (en français dans le texte) tandis que l'honorable en question s'empressait de quitter ces lieux maudits pour gagner la rue Ramsay proche où se trouvait notre motel, le Chuck Wagon.

*

S'il ne date pas de l'expédition Burke & Wills, le bâtiment qui abrite le Chuck Wagon, du nom des chariots bâchés du siècle dernier, a au moins connu le révérend John Flynn quand il vint prêcher la tempérance et l'avion thérapeutique. Il est construit dans le style plinthes et rondins qui faisait également florès dans le Far West américain et une plaque que je n'ai jamais lue explique son histoire. Mais, tout touristique qu'il semble être, il est simple et confortable, loue des chambres au mois et l'administration nous offre royalement une chambre double pour trente dollars[1] par jour et nous y avions nos habitudes trois nuits par semaine. Encore qu'il n'était pas rare que Pick découche et s'en aille, le démon Démon sait où, mais vraisemblablement au petit campement abo situé près du cimetière afghan, à la sortie de la ville.

Le propriétaire de l'établissement, un rouquin jovial d'origine écossaise qui, par mimétisme national, ressemble à une cornemuse gonflée et toujours prête à éclater sous l'influence des terrifiants ragoûts qu'il cuisinait lui-même (kangourou

1. Seize euros.

au houblon, outarde flambée au J & B, barramundi[1] farci à la crème de bruyère), nous considérait comme d'excellents clients, encore qu'il n'était pas fâché quand Pickwick allait gambader ailleurs.

Il était déjà levé et épluchait des oignons sur la véranda, ce qui lui faisait pleurer des larmes de whisky. Il sembla intrigué par la présence de Miss Ouin-Ouin mais, en authentique gentilhomme du clan des MacBiberonneurs, il fit comme s'il était tout à fait naturel de voir rappliquer à cinq heures du matin une jeune aventurière à nattes blondes, portant un gros sac à dos sur un poncho camouflé, encadrée par un Irlandais et un Australien de souche, tous trois rouges de poussière.

— B'jour, fis-je au ventripotent Calédonien. On peut avoir trois brekkies rapidement ?

— Certainement, noble dame et gentils seigneurs, s'empressa-t-il en filant vers sa cuisine. Avec steaks et patates ?

— Affirmatif, dis-je, et avec des toasts au Vegemite[2].

— Je prendrai seulement un café allongé, minauda-t-elle, avec des rôties.

MacMachin revint, éberlué, posant la clé de notre chambre sur la table. Il parut vouloir demander d'où venait cette princesse lointaine, y renonça par pure galanterie celtique et, résigné, regagna son antre odorant. Nous nous installâmes

1. Succulent grand poisson d'estuaire, un peu semblable au brochet.

2. Substance bitumeuse obtenue à partir de levure que les Aussies adorent tartiner à toute heure de la journée.

sur la terrasse, sous la véranda, Pick et moi contemplant des gens qui partaient déjà au travail, avec la profonde satisfaction de deux gars qui viennent de décider de s'octroyer un congé maladie impromptu[1], A-naïs (j'y arrivais presque) reniflant avec des petites manières de chat mouillé.

— La police, rappelai-je alors qu'elle ne semblait pas particulièrement pressée de manger ce morceau-là en attendant ses « rôties ». Pourquoi ne pouviez-vous pas y aller ?

— C'est à cause de ce type de Brisbane..., commença-t-elle.

Elle fut interrompue par un long crissement de ferraille et de pneus martyrisés qui nous parvint de la rue. Seule à y être stationnée, notre Vieille Neddie venait d'être prise en levrette par l'énorme road-train rouge sang chargé de conteneurs que j'avais vu à l'entrée de la ville et, malgré le frein à main serré à bloc, glissait vers le carrefour dans une extravagante débauche d'odeur de caoutchouc chauffé.

La Land Cruiser s'avançait, lentement mais sûrement, vers le carrefour que la rue formait avec la route nationale Flinders. Là où passaient assez vite et dans les deux sens une assez bonne quantité d'autres non moins énormes camions à deux ou trois remorques.

1. Un des « sports » nationaux australiens : prendre sa *sickie* — sa maladie —, c'est tirer au flanc un jour ou plus.

CHAPITRE 6

« S'il y a une énorme connerie à faire », avait l'habitude de dire mon commandant de compagnie à Swanbourne où j'avais fait mes classes, « vous pouvez être sûr que O'Flaherty la fera. » Il ajoutait même que ça pouvait réussir ou même être héroïque (là, il me faisait de la lèche parce que j'étais le rejeton d'un officier supérieur), mais que quoi qu'il arrivât, ce serait pourtant une connerie.

Je dois dire que mon ex-femme était aussi assez de cet avis, sans parler de mon général de père qui considérait que j'étais à moi seul une connerie montée sur deux pattes. Sans doute que lorsqu'il penchait la tête en plissant les paupières devant l'étrange tableau encadré accroché de travers que j'étais parfois à ses yeux, Pickwick-Pickwick émettait-il un avis similaire encore que plus mesuré.

Alors pourquoi, quand je commis LA connerie, s'y joignit-il ?

Je dévalai en effet les trois marches de la terrasse en véranda et, ouvrant la portière de la pauvre Neddie martyrisée, je m'engouffrai à l'intérieur alors qu'alternaient bruits de ferraille blessée, geignements des pneumatiques laissant leur traînée noire sur l'asphalte dans une odeur de surchauffe qui faisait penser à l'état de la couche d'ozone. Entraînée par l'irrésistible poussée du tracteur Mack Superliner/CH 600 dont je pouvais voir le bouledogue emblématique surmontant le capot rouge sang dans mon rétroviseur alors que je tentais de maîtriser la direction, notre Land Cruiser avançait inexorablement vers le carrefour où la Highway avait priorité. Les trucks semblables à mon pousseur y passaient sans ralentir et je pouvais en voir traverser sans cesse le croisement, soit venant de Mount Isa vers le Pacifique, soit au contraire gagnant Tennant Creek pour y retrouver la route Stuart, véritable épine dorsale de l'Australie.

C'est alors que devant mon capot, horrifié, je vis passer Pickwick qui, conduite à droite oblige, devait contourner Neddie pour grimper à bord et se hisser à mon côté. Il leva un pouce quand il y fut parvenu alors que la crémaillère du frein à main cédait avec un craquement sec de vertèbre brisée.

Mais il y avait encore plus dingue ou, au choix, plus con que nous deux : jetant un œil dans mon rétro pour tenter d'identifier le chauffeur du Mack qui faisait rugir son moteur de 500 chevaux, je vis passer sur le plateau, par-dessus le dévidoir à barbelé, un sac à dos orné d'une croix blanche et apparaître à ses côtés la frimousse helvétique de notre petite camarade de jeux nocturnes et meurtriers.

Nous n'étions plus qu'à une cinquantaine de

mètres du carrefour et je mis le contact, en prise en seconde avec les quatre roues motrices, puis lâchai la pédale d'embrayage. Neddie rugit comme un tigre blessé, tenta une échappée par l'avant mais le tracteur la maintenait fortement : notre pare-chocs était encastré dans l'énorme *bull-bar* ou dans le non moins impressionnant *roo-bar*[1] du monstre aux trois remorques dont les pipes d'échappement verticales soupiraient en chuintant, tandis que l'un quelconque de ses dix-huit rapports ne nous laissait aucune chance d'échapper à son incroyable poussée.

— Dégage-toi ! cria Pickwick (je crois bien qu'en deux ans c'était la première fois que je l'entendais élever la voix).

— T'en as de bonnes, mec, dis-je en tentant toutefois, par de brefs coups de volant à gauche et à droite, de détacher mon pare-chocs arrière imbriqué.

Vingt mètres avant la cata routière, je passai en troisième et Neddie parut satisfaite de changer de régime quand je rétrogradai, accélérant brutalement alors que nous arrivions devant un *souvenirs* (en français dans le texte) aux étagères surchargées d'objets d'art aborigène, de paréos représentant d'improbables Temps du Rêve, de didgeridoos en faux gommier, de boomerangs fabriqués à Taiwan, de porte-monnaie en couilles

1. Protection contre le bétail errant ou les kangourous des pare-chocs de ces monstres motorisés (115 tonnes, de 350 à 550 chevaux, valant autour de 500 000 dollars, 50 mètres de long en trois remorques supportées par 18 essieux et 120 roues).

de kangourou et de chapeaux de stockman Akubra en peaux de lapin.

Je fermai les yeux une fraction de seconde, non sans avoir enregistré que, venant de ma droite, arrivait un tracteur Peterbilt au long nez peint tout en jaune et traînant trois remorques-citernes également jaunes, décorées d'un élégant coquillage signifiant qu'on avait affaire à la société pétrolière Shell. Le chauffeur fit hurler ses trompes en me voyant déboucher dans le carrefour tandis qu'à gauche c'était un Kenworth sale et poussiéreux, lui aussi sans doute équipé comme son vis-à-vis d'un moteur Caterpillar, qui se pointait venant de l'Isa, remorquant trois bétaillères à étages accueillant dans les cent cinquante à cent soixante vaches d'abattage, meuglant comme si elles avaient vocation de klaxons.

J'allais être pris entre ces deux baleines de la route parce que mon pousseur avait décidé de me laisser à mon destin : pilant net puis reculant en un éclair, il arracha mon pare-chocs comme un fétu de paille, me laissant me propulser seul dans l'enfer bitumé du croisement principal de la coquette cité broussarde de Cloncurry.

— *Mimis !* murmura mon voisin en priant ainsi des petits dieux aborigènes extrêmement gentils et si fragiles que le moindre vent peut leur briser les os.

J'accélérai brutalement alors que j'étais en plein milieu du carrefour et que, par bonheur, aucun autre véhicule ne venait en face de moi sur cette route Burke que nous avions empruntée il y avait à peine une demi-heure pour entrer en ville. La dernière vision que j'eus avant que l'enfer se déchaîne fut, dans mon rétroviseur, les deux nattes blondes de la sheila suisse encadrant un joli visage tordu dans l'angoisse tandis que, à l'arrière-plan, le pare-brise teinté du Mack rouge sang m'empêchait de distinguer nettement le chauffard.

Car ce fut bien l'enfer que son action criminelle déclencha dans ce très petit matin de décembre : tentant de s'éviter mais braquant dans la même direction, les deux road-trains se prirent mutuellement leurs premières remorques en écharde alors que je me faufilais miraculeusement entre leurs capots dans un fracas de trompes gonflées et de ferrailles écrabouillées.

Parvenu de l'autre côté du carrefour, je stoppai, le cœur battant au-delà du raisonnable, juste à temps pour, me retournant, voir l'essieu avant du Peterbilt de la Shell grimper sur le châssis longeron du Kenworth qui se renversa dans un long gémissement d'agonie de freins et d'acier raclant la chaussée en des gerbes éblouissantes d'étincelles. Disloqué, le système d'attache des citernes se rompit et les deux premières se couchèrent sur le flanc, arrosant d'essence les bêtes affolées de l'autre bahut, prises dans un carcan de ferraille, mugissant de terreur et de douleur.

— Le barbecue du siècle, articula machinalement mon équipier pendant que je faisais demi-tour pour me retrouver face à l'incendie qui, effectivement, se déchaîna en un instant.

J'eus le temps de voir les deux conducteurs des road-trains descendre à une vitesse folle de leurs cabines climatisées encore quasiment intactes et se ruer hors de portée des flammes qui s'élevèrent soudain, noires et sales, puant le carburant puis, progressivement jusqu'à devenir insoutenable, la viande grillée.

Les trois remorques-citernes contenant pas moins de cent mille litres de carburant s'embrasèrent, imbriquées dans les remorques bétaillères du Kenworth W900B et l'une d'elles explosa alors qu'une vingtaine de vaches, évacuées de la remorque de queue, croyaient échapper à leur destin. Mais elles furent rattrapées par une vague d'essence en feu qui les submergea et les noya dans des flammes grasses et odorantes où on les voyait s'agiter un bref moment avant de raidir les pattes calcinées dans des postures grotesques. L'incendie faisait rage et quelques habitants commençaient à se montrer aux fenêtres, certains descendant de chez eux, en short et torse nu.

Catastrophé, je contemplai la scène apocalyptique qui transformait la tranquille bourgade en annexe d'Hiroshima. L'honorable P.-P. Kadigbaku, à mon côté, sifflotait d'un air absent et, dans le rétroviseur, je ne voyais plus notre passagère plus ou moins clandestine. Qui avait ainsi voulu, non pas nous tuer parce que le conducteur du Mack rouge ne pouvait supposer que nous embarquerions follement dans la Toyota embringuée, mais à tout le moins nous donner un sérieux avertissement ? Était-ce lié aux événements de la nuit et à la découverte que nous avions faite du massacre le long de notre Dingo-Fence ou avions-nous affaire à un fou dangereux ?

De l'autre côté du carrefour, dans la rue Ramsay,

le road-train rouge aux conteneurs manœuvrait avec difficulté pour faire demi-tour et s'échapper, rentrant au passage sa remorque de queue dans la vitrine de souvenirs : il fallait néanmoins être un champion de conduite ou de mikado pour effectuer ainsi un *U-turn* sur place avec un tel engin sur un si petit espace en ne jouant que sur l'alignement de la sellette de remorque. Le conducteur y parvint alors que retentissaient les premières sirènes des modestes pompiers de Cloncurry. Je me pris une colère irlandaise en découvrant le gâchis épouvantable qui régnait sur le carrefour : toutes les bêtes avaient été carbonisées mais, Dieu merci, les deux conducteurs s'en étaient tirés et, comme unis dans l'épreuve, se tenaient ensemble à l'entrée du pont qui menait vers le golfe de Carpentarie, au nord. La chaussée était en feu et le bitume brûlait, mêlant maintenant ses odeurs goudronneuses aux relents d'essence et de viande carbonisée.

— Par Dieu et tous les saints mais plus particulièrement par saint Patrick, jurai-je en passant la première. Cet enculé ne s'en tirera pas comme ça !

— Par Warnayarra, le grand Serpent-Arc-en-Ciel, approuva Pick en secouant ses dreadlocks d'un air courroucé, tu as raison, homme blanc !

Nous franchîmes le carrefour en évitant le centre où les deux trucks entremêlés continuaient de brûler, enchevêtrés l'un dans l'autre comme deux dinosaures qui se seraient mutuellement exterminés dans un combat préhistorique sans pitié, et je fonçai dans la rue Ramsay, alors que le criminel road-train rouge sang se trouvait déjà à trois cents mètres devant nous, embouquant la route qui descendait vers le sud et le Grand Désert de Simpson.

En passant en trombe devant le Chuck Wagon, sur sa terrasse, portant le plateau de nos petits déjeuners avortés, je vis MacMachinchose contempler alternativement d'un œil exorbité notre rodéo et l'incendie qui obscurcissait le ciel de ses fumées délétères, muant du rose au bleu. Pour une fois qu'on lui commandait des « rôties » au breakfast, aurait-il pu prévoir l'intense carbonisation qui s'ensuivrait ?...

Appuyant à fond sur l'accélérateur, je grignotai l'avance qu'avait acquise le grand road-train qui roulait au maximum de sa puissance dans un rugissement tonitruant, tirant de leurs lits les rares habitants de Cloncurry encore endormis, malgré les explosions des réservoirs des trucks, malgré les dizaines de sirènes ululant sur la ville comme des rapaces nocturnes. Ce chahut inhabituel faisait s'envoler des troupes de cacatoès galahs gris, au plumage imprégné de matinal pollen d'eucalyptus et à la gorge de pâte d'amande rose vif, comme des paraphes mouvants sur la feuille infinie du jour.

Nous atteignions les limites de la ville, proches du campement abo qui jouxte le cimetière afghan au portail surmonté d'un croissant musulman rouillé, quand je vis avec stupeur Pickwick-Pickwick décrocher de ses clips la carabine Remington 243 dans le magasin de laquelle se trouvaient cinq balles Winchester Super-X.

Personne, sinon une horde de chiens faméliques et hargneux, mâtinés de dingos qui hurlèrent sur le passage concomitant du truck et de Neddie, n'était réveillé dans l'espèce de bidonville crasseux où s'étaient à demi sédentarisés une centaine d'Abos originaires des communautés de la région. Souvent en instance de partance pour un walkabout dans le désert, mais plus souvent encore fixés dans leurs baraques par le versement gouvernemental d'allocations immédiatement reconverties en liquides divers, les *murries*[1] du coin ne posaient presque jamais de problème, sauf dans leurs bagarres internes qu'ils n'avaient d'ailleurs généralement pas la force de poursuivre après le premier horion.

Leur frère de race, lui très évolué et supposé très malin, avait cependant baissé la vitre de son côté et, épaulant tant bien que mal après avoir fait monter un projectile dans la culasse, pressa sur la queue de détente un peu n'importe comment.

Je fus épaté en voyant, cent mètres devant nous, le grand rétroviseur extérieur droit du Mack voler en éclats.

— Joli coup, monseigneur, dis-je à Pickwick, hilare. Mais est-ce bien nécessaire ?

— Je veux, chum ! On est en légitime défense et je ne vois pas comment on pourrait l'arrêter. Tu ne vas pas te mettre à la poussette à ton tour, non ?

— Fais pas le poids, admis-je, tandis qu'il faisait monter une autre balle. Vise au moins les pneus !

— Qu'est-ce que tu crois que je fais ! répondit-il en lâchant un autre coup de feu qui ouvrit un trou au cul du dernier conteneur.

1. Terme *assez* péjoratif pour désigner les Aborigènes.

Ceux-ci portant en lettres orange la marque Hyundaï, on pouvait en déduire sans risque qu'ils contenaient des automobiles coréennes qui venaient embêter nos traditionnelles importations japonaises. Et supposer que le projectile de Pick, après avoir perforé la ferraille du conteneur, avait continué son œuvre de dévastation à l'intérieur sur les carrosseries des véhicules.

Nous avions maintenant atteint les limites de la ville où la route Matilda commençait sa morne descente vers le sud, la première ville d'importance étant McKinlay où avaient été tournées les scènes de bar de *Crocodile Dundee*. Nous longions l'ancienne ligne de chemin de fer qui descendait vers les mines désaffectées de la Diamantina. Je ne parvenais pas à regagner sur le Mack sanguin qui fonçait dans un nuage de latérite, ses bavettes publicitaires anti-poussière arrière à la gloire de Renault[1] giflant la chaussée qui n'était goudronnée que par endroits. Le témoin de la jauge d'essence de Vieille Neddie était allumé depuis longtemps, voisinant fâcheusement avec la loupiote clignotante et affolée du frein à main. J'aurais dû faire le plein à notre arrivée à Cloncurry. Il est vrai que, chez Shell, il risquait aujourd'hui d'y avoir de la pénurie…

Je me souvins soudain de notre passagère de la benne qui devait être acagnardée entre le dévidoir et les jerricanes vides et qui avait dû, elle aussi, connaître la peur de sa vie lors de notre faufile-

1. Depuis 1990, le groupe pennsylvanien Mack Trucks Inc. a été racheté par le groupe français Renault.

ment miraculeux entre les capots long-nez des deux trucks en folie.

— On n'a pas perdu la sheila ? interrogeai-je.

Pickwick-Pickwick Kadigbaku avait rentré l'arme à l'intérieur de la cabine mais la gardait entre ses pieds, l'œil farouche. Il se détroncha vers la vitre arrière, se tortillant pour avoir une vue d'ensemble sur le plateau.

— Ben si, dit-il après une minute d'examen. Elle n'a plus l'air d'être là, mec !

— *Fuck !* explosai-je en écrasant la pédale de frein.

Nous partîmes en chassant sur le bas-côté, le long des rails rouillés pour nous arrêter enfin devant un buisson de jeunes acacias wichetty et nous descendîmes à toute vitesse, Pick ne pouvant s'empêcher de tirer une troisième balle en direction du Mack rouge sang qui s'éloignait dans le désert, sa forme trapue dansant en contours flous dans la chaleur naissante.

Je fonçai vers la benne, soulevant la bâche. Il fallait bien se rendre à l'évidence : Miss Anaïs Unger, Helvète en vadrouille entomologique au pays d'Oz, avait disparu comme un cent de lapins dans leur terrier.

— *Anaïs in Neverland*, fait chier, murmurai-je pour moi-même en jetant mon feutre cabossé par terre.

CHAPITRE 7

Assis côte à côte dans la benne, les pieds ballants, nous contemplions le soleil né du Pacifique en majesté qui se dépouillait lentement de sa nuance orangée pour virer au jaune tendre et nous fîmes à peine attention à un van noir aux vitres teintées et aux fixations de surf sur le toit qui passa devant nous sans ralentir, venant de Cloncurry.

Plus la journée avancerait, plus cette céleste orange pâle se muerait en un ballon blond ardent, puis en citron agressif. À midi, sa véritable heure solaire, la grosse boule serait chauffée à blanc, générerait des mirages et resterait féroce jusqu'à l'heure du thé où, comme lassée de tant d'excès, elle se transformerait en pièce dorée, puis cuivrée, avant de s'abîmer dans l'océan Indien comme si elle voulait éteindre l'incendie qui la consumait et lui avait donné l'exacte teinte du désert rouge qui nous entourait.

Au-dessus de la ville, on voyait une épaisse fumée noire en panache qui montait vers le ciel bleu clair, dessinant un point d'interrogation grossier. On entendait les sirènes et, chassé par tout ce désordre inconvenant, un vol de cacatoès corellas passa sur nos têtes, griffant l'espace d'une cicatrice blanche éclatante. De l'autre côté, on distinguait encore la masse trapue du Mack rouge sang qui filait bon train vers Mitakoodi en délivrant lui aussi son petit message fumant de gaz d'échappement en tortillons verticaux.

— Elle a dû descendre quand tu as stoppé de l'autre côté du carrefour, estima Pick qui fixait ses tongs avec férocité. Et elle n'a pas oublié son sac à dos...

— Ce qu'elle a oublié, explosai-je, c'est qu'elle nous laisse dans la merde ! Tu nous vois aller chez les flics en leur expliquant qu'on a découvert un petit massacre le long de notre clôture, qu'on a recueilli l'unique survivante et qu'elle nous a filé entre les doigts après avoir provoqué un accident qui a détruit la moitié du centre-ville et provoqué la mort d'une compagnie de ruminants...

— Je crois, dit-il pensivement, qu'on ne va même pas avoir besoin d'y aller. Si tu veux un conseil, fais comme moi.

Sans se soucier de mon étonnement, il sauta gracieusement de la benne, appuya ses deux mains sur le flanc de la carrosserie, recula largement ses pieds en formant un angle de 35°, tout en écartant les jambes.

Je compris seulement dix secondes après les raisons de cette étrange gestuelle en entendant la sirène bien caractéristique de la police, qui ne pouvait se confondre avec celles des pompiers volontaires de Cloncurry (m'est avis que ceux-ci avaient dû demander des renforts à l'Isa et à Julia

Creek). Apparut alors au loin sur la route la forme tremblotante d'une voiture blanche surmontée d'un gyrophare bleu qui clignotait inlassablement. Pick avait une ouïe diabolique, qui ne le cédait en rien à l'acuité de sa vision et à la précision extrême de son odorat.

Et à propos d'odorat, même le mien pouvait constater qu'après quatre jours et quatre nuits passés dans le bush sans nous laver ou presque (le mardi, nous avions trouvé un *billabong*[1] dans le creek Gunpowder), nous dégagions une odeur corporelle qui aurait fait fuir un renard importé du pays de Galles.

La bagnole de police approchait et Pick conservait imperturbablement sa position de futur fouillé à corps. Il avait sans aucun doute davantage que moi l'habitude de cette situation et je n'étais pour l'instant pas d'humeur à l'imiter. Mon père, le général O'Flaherty (Corée, Vietnam, Papouasie et, aux dernières nouvelles, cimetière militaire de Paddington à Sydney), avait coutume de dire qu'un bon maintien devait être sans affectation mais exclure la soumission. C'était en tout cas l'attitude qu'il me préconisait quand il s'apprêtait à me fouetter pour quelque peccadille enfantine, et je n'avais pas du tout l'intention de me présenter en coupable devant la police. J'allumai une Winfield, l'avant-dernière de mon dernier paquet de trente.

L'automobile banalisée, une Yamaha, s'arrêta en coupant la route en biais à la pauvre Neddie qui avait l'air toute penaude sans son pare-chocs

1. Trou d'eau dans une rivière à sec.

arrière. Ils étaient trois à l'intérieur, le gros sergent femme en civil et deux sbires en uniforme (chemisette bleu marine clair, pantalon plus foncé ; leur holster de ceinture était débouclé) qui n'avaient pas l'air d'avoir inventé le sandwich aux nouilles. Vêtue d'une jupe rouille et d'un corsage beige, ses deux jambes comme des poteaux de clôture bons pour la réforme plantées dans des sandalettes sans forme et sans grâce, le sergent nous toisa du haut de son mètre cinquante pour quatre-vingt-cinq kilos et pointa vers moi un index rongé jusqu'à la chair.

— Allez vous mettre à côté de votre... ami (elle prononça le mot comme si elle le mordait de ses mauvaises dents), écrasez votre cigarette et adoptez la même position.

Assis sur le rebord du plateau, je regardai son visage ingrat qui m'évoquait quelqu'un : en forme de pleine lune, le teint légèrement fuligineux nuancé de bilieux, deux petits yeux noirs, légèrement bridés, essayaient en vain de s'extraire de la masse de mauvaise graisse qui avait envahi ses joues. Elle ne portait nul maquillage et ses cheveux raides, taillés à la Jeanne d'Arc, paraissaient mal soignés. Elle devait avoir mon âge, mais si elle faisait moins, elle faisait pire et je ressentis immédiatement pour elle la plus violente antipathie, qui semblait d'ailleurs équitablement réciproque. D'instinct, je sus qu'il fallait à tout prix éviter de le prendre de haut avec elle. Refrénant ma tentation de protestation, j'écrasai mon clope avec regret et, me levant lentement, j'allai me placer à côté de Pick, sans toutefois adopter son humiliant manque de verticalité.

— Appuyez les mains sur le capot, aboya-t-elle, et reculez les pieds.

Du coin de l'œil, je vis que l'un des acolytes mettait sa casquette à damier comme s'il craignait une chute de météorite et portait la main à son étui, tandis que l'autre pêchait son fusil à pompe dans la Yamaha dont le gyrophare tournait toujours.

— Fais ce que te dit le sergent CROM-LEY, articula Pick, nettement mais à voix basse et sans me regarder. On n'a rien à se reprocher…

— Toi le grand singe, tu la boucles, dit le flic au fusil, alors qu'un grand FUCK ! suivi d'une cascade de points d'exclamation explosait dans ma tête.

Le visage de la fliquette au regard de vipère de la mort pouvait bien en effet me rappeler quelqu'un : s'il avait davantage pris du côté asiatique que du côté abo, c'était la réplique en très peu féminin de celui du métis que nous avions trouvé défuncté sous les mulgas de la clôture. J'obéis sans plus insister à son ordre.

Le flic sans fusil vint nous palper soigneusement, reniflant ostensiblement pour souligner à quel point notre odeur le débectait. Puis, se penchant, il saisit dans la benne mon calibre 243, renifla le canon, l'examina et éjecta les deux balles qui restaient. J'entendis dans mon dos la voix reptilienne de la sœur de feu Wasp chauffeur de minibus.

— Il y a un étui vide sur la chaussée. Notez son emplacement et recueillez-le, dit-elle aigrement au Salvo au fusil (sans doute le coup du « grand singe » ne lui avait-il plu qu'à moitié…).

Je jetai un œil rancunier à Pick, impassible. Son

petit numéro de tireur d'élite pouvait nous apporter quelques emmerdes inutiles. Le flic à casquette se tenait toujours près de nous, matant mon Remington à lunette de visée comme s'il n'en revenait pas que deux types aussi malodorants puissent être en possession d'un fusil de ce prix.

— Redressez-vous lentement et déclinez vos identités, reprit le sergent Cromley qui avait extirpé un carnet noir de la poche de son vilain corsage.

Je revins à une position plus confortable, récupérai par terre ma cigarette écrasée, la reformatai et la rallumai avec mon Zippo, exagérant la lenteur qu'elle avait demandée.

— Paddy O'Flaherty, né le 31 octobre 1958 à Fremantle[1], demeurant à l'hôtel Chuck Wagon de Cloncurry, en détachement de l'administration de la clôture anti-chien sauvage de l'État du Queensland... en plus, c'est écrit sur nos portières, articulai-je nettement. Mais si vous vous dépêchiez, vous pourriez peut-être rattraper le camion qui a causé tout ce fourbi.

— On verra ça après, dit-elle en notant soigneusement ce qu'elle savait déjà sans doute. Vous ? aboya-t-elle en direction de Pickwick qui grattait ses nattes rastas comme si elles étaient pouilleuses, au grand dégoût du flic mâle qui recula d'un pas.

— Pickwick-Pickwick Kadigbaku, né en décembre 1950 (il était plus vieux que je le croyais), à Kathrine[2].

1. Ville de la côte ouest, près de Perth.
2. Petite ville du nord, près de Darwin.

— Communauté[1] ? cracha-t-elle alors qu'elle avait tout ça dans ses tablettes depuis le début du Temps du Rêve.

— Communauté Oenpelli, Terre d'Arnhem, sergent Cromley, dit-il avec une patience infinie, ajoutant toutefois avec sérieux : sang plein, papa et maman tout noirs.

Le teint de suie délayée dans un jus de citron du sergent vira au gris cendre. Les métis, qui en veulent aux Blancs, aux Noirs et à tous ceux qui restent, y compris à eux-mêmes, et il n'y a d'ailleurs aucune raison à cela, sont très susceptibles quand on évoque leur « demi-sang ». Lorsqu'en plus ils sont *wongs* installés sur le continent depuis plusieurs générations et qu'on les confond avec les immigrés asiatiques de fraîche date, ça tourne parfois à la frénésie paranoïaque. Chez Miss Cromley, apparemment, le pavillon noir et jaune ne flottait pas sans complexe.

— Vous êtes en état d'arrestation, conclut-elle en refermant son carnet d'un geste sec et en chaussant son petit nez épaté d'une paire de Ray-Ban fumées qui lui allait comme une guêpière à un koala. Veuillez nous suivre.

Une paire de menottes surgit comme par magie des mains du flic coiffé et chaque bracelet claqua sur nos poignets respectifs avec une joyeuse note de ferraille qui semblait donner le ton à la très ancienne petite chanson du bagne australien.

*

1. Terme pudiquement correct pour « tribu ».

Le Salvo à casquette conduisit la Yamaha climatisée, la fliquette-chef à ses côtés, tandis que nous nous pavanions (à la vérité, pas vraiment !) derrière. L'homme au fusil nous filait le train au volant de notre Land Cruiser et je m'abstins soigneusement de signaler à nos gardiens qu'ils auraient pu récupérer deux autres douilles sur la route. Pas la peine d'en rajouter dans l'opprobre.

— Sergent Cromley, dis-je alors que nous démarrions vers la ville où le panache de fumée s'était maintenant déployé comme un champignon atomique, je dois vous avertir que nous avons découvert un quintuple meurtre cette nuit et que…

— Je sais, m'interrompit-elle froidement alors que le chauffeur ricanait en tordant le nez. Un stockman de la station Verdun a trouvé les corps ce matin en traquant des dingos et son patron nous a appelés par radio. La brigade de Mount Isa doit déjà être sur place et nous attendons des experts scientifiques de Brisbane.

Je fus soufflé et une vague inquiétude commença à m'envahir. Jusqu'à présent, j'avais pu penser que nous n'avions été interpellés qu'en raison de l'accident du carrefour et peut-être aussi pour nos coups de fusil et la course-poursuite dans les rues de Cloncurry, mais le fait que nous n'ayons pas eu le temps de prévenir la police et que quelqu'un d'autre avait découvert les corps pouvait nous mettre dans une de ces salades assaisonnées à la ciguë affectionnées par les Grecs anciens.

Je me maudis, moi, mon bon cœur et ma faim

qui m'avait poussé à différer notre déposition. Puis je maudis Pickwick et toute sa lignée d'ancêtres émeus, varans ou wallabies, ses Esprits-Enfants ainsi que son fichu Temps du Rêve pour m'avoir réveillé la nuit dernière, pour avoir planqué Miss Fondue dans la benne, pour ne pas m'avoir empêché de me rendre à la police et pour avoir joué les bush-rangers dans la banlieue de Cloncurry dont le shérif était le frère d'une des victimes, ce dont accessoirement je pouvais également justifier afin de maudire son éventuelle descendance pour ne m'avoir rien dit à ce sujet.

Enfin, et là ma malédiction atteignait des sommets plus élevés que ceux de toutes les Alpes suisses réunies, je vouai la sheila helvète à tresses à la vindicte de tous les mauvais esprits du Grand Jamais-Jamais, à celle du démon Démon, je la promis à l'appétit du serpent Ganba qui sort de son trou la nuit pour dévorer les vivants et la recommandai même à l'attention spéciale des *Maams*[1].

Cette triple et salutaire séance d'exorcisme muet ne me soulagea nullement mais me fit réfléchir plus avant. J'étais un peu estomaqué par l'attitude du sergent Cromley qui devait bien savoir maintenant que son frère figurait sur la liste des victimes. Mais elle se comportait d'une manière si froide et si peu concernée qu'on aurait pu croire qu'elle avait été appelée pour constater quelque

1. Esprits-Enfants néfastes pour les Aborigènes, opposés aux *Mimis* qui sont des esprits aimables et que seuls peuvent voir les enfants.

chose d'aussi courant que l'écrabouillage nocturne d'un roo par un road-train.

Nous passâmes devant le campement abo et le chauffeur ricana derechef, ouvrant même sa vitre malgré la clim, comme si l'odeur extérieure et celle, additionnée, que nous dégagions exhalaient un fumet évoquant le plus grand désastre olfactif de tous les temps. Bien entendu, malgré leur légendaire indifférence aux activités fébriles, inutiles et polluantes des Blancs, quelques-uns des Abos étaient sortis de leurs cahutes de tôle ondulée et de carton fort pour contempler le grand nuage maintenant gris qui s'élevait du centre-ville. En outre, la sortie son et lumière de la Yamaha des flics ne leur avait certainement pas échappé, non plus que la nôtre quand nous étions passés devant le camp au cul du Mack rouge et que Pick avait fourni son navrant numéro de flingueur de rétro. Mais de ce côté-là, on pouvait être tranquilles : ce n'était pas les Abos qui allaient se précipiter pour témoigner et j'étais bien certain que les gosses avaient déjà récupéré et planqué l'étui vide de la balle de Winchester 243, chargée à cent trente grammes *power-point*.

Nous tournâmes à droite avant le carrefour tragique pour gagner l'antenne de police, non sans apercevoir au passage le ballet de toute une escouade de pompiers, semblables à des guêpes avec leurs pantalons jaunes, leurs vareuses noires barrées de bandes jaune ou rouge fluo et leurs grosses têtes d'insectes constituées par le casque blanc ou jaune à visière et le protège-nuque noir, qui s'activaient autour de leurs camions jaunes.

Pas de doute, les forces vives de l'Isa étaient là et bien là, mais d'avoir assimilé les soldats du feu à des hyménoptères sauvages me fit repenser à la jeune entomologiste nattée de Genève et une bouffée de ressentiment me ressaisit. Sans cette sheila pour corroborer nos dires et témoigner que nous étions arrivés sur les lieux après le massacre, je nous voyais pas très fringants dans un proche avenir et il était extrêmement vain d'espérer qu'elle soit allée se présenter d'elle-même à la police après la collision.

Le chauffeur grinça encore son étrange ricanement de femelle dingo en chaleur quand il s'arrêta devant le bloc de béton du poste de police où s'était formé un petit attroupement d'habitants, ceux en tout cas qui ne suivaient pas la manœuvre des sapeurs-pompiers bénévoles.

— 'Reusement, gloussa-t-il, qu'z' avez pas fait votre putain d'muster sur le nouveau pont, vous auriez privé la moitié du Queensland de ravito'.

— Taisez-vous, Galloway, cracha le sergent enjuponné en descendant de la voiture, enlevant ses martiales lunettes genre FBI, puis les remettant quand elle s'avisa qu'une équipe de télé locale de la station de Mount Isa et un photographe de presse figuraient parmi les badauds.

J'aimais de moins en moins, surtout d'être shooté menottes aux poignets, sale de quatre jours, pas rasé de la veille, avec ma grosse tête de demi de mêlée, mon nez cassé et mes oreilles en chou-fleur. Sans compter que la présence à mon côté, même si c'était mon meilleur copain — encore que pour l'instant c'était limite —, d'un Aborigène hilare (car il se marrait, le fichu imbécile !), aux dreadlocks dépassant d'une casquette Foster's portée à l'envers, en flottant de basket-ball tombant sur les fesses, dont les yeux rouges de fatigue ou de poussière pouvaient laisser croire qu'il s'était chanvré par tous les orifices et à qui j'étais relié par une chaîne, n'était certainement pas pour arranger le tableau.

Le sergent Cromley, dont j'ignorais le prénom, même si je penchais pour « Gouverneur-Blight[1] », fit traîner notre entrée, si bien que nous fûmes tous quatre, les deux affreux en guenilles et les deux impeccables Salvos, filmés sous toutes les coutures et que des murmures hostiles s'élevaient de la petite troupe de curieux, tous Blancs ou assimilés.

Douloureusement, je pensai à mes deux filles qui allaient me découvrir avec ma tronche de brigand aux informations télévisées de la journée. Elles avaient dix-huit et vingt ans, vivaient encore vraisemblablement avec leur mère qui commenterait avec toute l'acrimonie accumulée pendant deux ans de séparation qu'elle l'avait toujours bien dit…

En revanche, rien à craindre des réactions qu'on pouvait pronostiquer outragées du général de réserve Sean O'Flaherty, le vieux con qui restait là-bas au cimetière de Paddington, sûrement boycotté dans la mort par ses valeureux frères d'armes

1. L'ex-commandant du célèbre *Bounty* qui, après la mutinerie et son extraordinaire odyssée à travers le Pacifique, devint un des premiers gouverneurs de la colonie britannique où il eut à faire face à une seconde mutinerie de ses officiers.

qui, tous, l'avaient craint, détesté ou méprisé. Ma pauvre mère qui, par testament, avait refusé de partager sa sépulture, aurait, elle, peut-être, au paradis bien mérité où elle devait résider, un coin de son petit cœur navré au spectacle de son fils unique entravé à un natif.

Il n'était que huit heures du matin, j'étais affamé, assoiffé, sale et d'une humeur de pitbull. La journée s'annonçait longue. Et chaude aussi. Surtout chaude, à la réflexion…

CHAPITRE 8

À peine avions-nous franchi la porte vitrée du poste, précédés et suivis par l'insipide Galloway et la teigneuse Cromley, pénétrant dans la petite salle d'accueil où trônait un comptoir placardé d'appels à sauver la nature, à respecter les limitations de vitesse et les taux d'alcoolémie (0,08 %, c'est-à-dire, à peu de chose près, un pot de bière Four X et un bonbon à l'anis), que, Dieu le tamponne, j'aperçus assis sur le banc du public une très récente connaissance.

En short court, costaud et abondamment barbu, des tatouages pornos plein ses gros bras poilus, une casquette Rambo sur la tête, l'air d'écumer et de vouloir bouffer la baleine agonisante qui lui faisait face sur une affiche, le routier du Mack rouge leva la tête à notre arrivée et parut vouloir dire quelque chose, alors que Galloway nous libérait de nos menottes.

Le barbu n'eut pas le temps de parler. Bousculant Galloway et l'autre flic qui venait d'entrer après avoir garé Neddie, je fonçai sur le salopard et lui balançai un direct du droit sur la pointe du menton. Il partit en arrière sur son banc, se cognant la tête contre le mur, et je redoublai, toujours du droit, par un magistral crochet au foie qui le fit se plier en deux, pas pour très longtemps puisque mon genou monta à la vitesse d'un piston de locomotive à vapeur pour venir rencontrer sa mâchoire.

Passé le moment bien naturel de surprise, Galloway me ceintura tandis que je voyais le décadent Pickwick-Pickwick saisir l'autre flic par le cou et entreprendre allègrement de l'étrangler en beuglant :

— Moi King-Kong ! Moi King-Kong !

La confusion la plus totale régnait dans la minuscule pièce, sous l'œil consterné de toutes les espèces en voie de disparition du continent, celui égrillard des espèces protégées (je dois dire que celui du platypus[1] était le plus malicieux, mais le koala[2] paraissait aussi s'amuser beaucoup).

Le seul qui ne pouvait pas apprécier l'agitation musclée parce qu'il était tombé dans les vapes, c'était le camionneur et celle qui ne l'appréciait pas du tout, c'était le sergent Cromley qui s'avança vers moi alors que je me débattais et ruais comme un brumby ou un buck-jumper, chevaux sauvages dans un paddock, afin d'échapper à l'étreinte du policier Galloway.

Cette garce me saisit à la saignée du coude entre ses petits doigts boudinés et entreprit de me pincer

1. Nom anglo-saxon de l'ornithorynque, mammifère ovipare endémique à l'Australie.

2. Marsupial arboricole se nourrissant de feuilles d'eucalyptus. « Nounours » et mascotte des Australiens.

avec une force incroyable qui semblait indiquer qu'elle s'entraînait en déchirant des annuaires. Cela faisait affreusement mal, surtout qu'elle tournait entre deux doigts la chair tendre, et je déclarai forfait tandis que Pick continuait paisiblement à faire payer au Salvo injurieux son épithète de « grand singe » en proclamant toujours qu'il était King-Kong et en l'étranglant avec une lenteur gourmande.

Le sergent Cromley, voyant que je me tenais tranquille, se dirigea alors vers lui et lui parla rapidement en langue aborigène, deux phrases brèves qui le calmèrent immédiatement. Étendu par terre, le camionneur KO avait ramené ses jambes velues en position fœtale et, nonobstant la hargne que j'éprouvais à son égard, je le trouvais attendrissant comme un gros baigneur de celluloïd un peu disloqué.

Puis je m'émerveillai de sa capacité à se téléporter pour être revenu aussi vite à Cloncurry après être parti dans la direction du Grand Désert de Simpson une bonne demi-heure auparavant. Puis je me dis que j'avais encore fait une belle connerie, attendu que c'était complètement impossible qu'il soit là et qu'il convenait donc de ne pas voir en lui l'auteur de la tentative de meurtre sur nos personnes.

— M'excuse, lui dis-je poliment, ce qui n'eut pas l'air de l'aider à sortir de sa torpeur.

— On lui a volé son camion, expliqua le sergent Cromley en grimaçant de dégoût. Galloway, ranimez-le, et vous deux, venez dans mon bureau. Et tenez-vous tranquilles, sinon je vous fais remenotter sur-le-champ.

Elle ouvrit une porte dans le fond et nous la suivîmes dans un couloir aux murs lépreux, camouflés par des photos sous-marines de la Grande Barrière de corail, pour pénétrer dans un petit bureau climatisé dont elle baissa les stores vénitiens.

Là, nulle affiche, sinon le plan du secteur avec le tracé des pistes surligné au Stabilo, une grande carte du Queensland, son diplôme de l'école de police de Canberra et celui la nommant sergent, lesquels m'apprirent que cette méchante femme se prénommait incroyablement Jacinta, un prénom fleuri et parfumé qui lui allait comme une blouse à une bufflonne ou un smoking à un Papou.

Sa table de travail était nette et vide, débarrassée des dossiers bien rangés dans un classeur. Un gros ordinateur trônait à sa gauche sur une rallonge, un fax relié en réseau occupait le côté droit du bureau. Deux chaises lui faisaient face et nous nous assîmes sans y être invités, surveillés de près par la victime de l'incroyable King-Kong qui se tenait dans notre dos, armée d'une matraque.

Sous la fenêtre, dans une cantine militaire, étaient entassés des objets que je reconnus : le télescope, le filet à papillons, les sacs à dos et les tubes en carton qui se trouvaient dans le minibus Volkswagen des victimes. Ma Remington 243 était déjà posée à côté, ainsi que le sabre d'abattis de Pick et la lampe torche du resort et ça ne me plaisait qu'à moitié de les voir ainsi figurer parmi les pièces à conviction.

Le sergent Jacinta Cromley prit place avec difficulté sur son siège à roulettes et je souris en constatant que ses épaisses petites jambes ballottaient dans le vide, les hideuses sandalettes ne touchant pas la moquette. Un écriteau sur la table indiquant une cigarette barrée de rouge me dissuada de sortir ma dernière Winfield et je me contentai de masser doucement ma phalange douloureuse (le routier avait un menton en béton), tandis que Pick contemplait ses pieds nus et poussiéreux dans ses tongs avec la mélancolie d'un poète romantique incompris.

— Je vous écoute, dit enfin la grosse policière en plissant ses petits yeux bridés et pinçant ses lèvres charnues qui, seules avec son teint grisâtre, prouvaient qu'elle avait une maman ou un papa noir.

— Cette nuit ou ce matin ? demandai-je.

— Commencez par le commencement, siffla-t-elle en sortant son carnet noir qui me rappelait mon institutrice de Fremantle et me donnait envie de lui demander la permission de sortir faire pipi. Et essayez d'être bref, monsieur Flaherty.

*

Bref, il me fut impossible de l'être. Il s'était passé tellement de choses durant ces dix dernières heures que, n'eussent été la faim et la soif (j'obtins toutefois une bouteille d'Évian), j'aurais pu la tenir sous mon charme dialectique pendant presque autant de temps. Elle écoutait, prenait souvent des notes, se rongeait les ongles dans l'intervalle, tandis que l'aspirant matraqueur dansait d'un pied sur l'autre derrière nous et que l'estimable M. Kadigbaku Pickwick-Pickwick se contentait de dodeliner de la tête pour approbation, fixant la grande carte du Queensland Nord-Ouest fixée devant nous, un quadrilatère dont les quatre angles auraient été Burketown et Georgetown en haut, Charleville et Birdsville en bas.

Je lui racontai donc tout. Ou presque. Je tus le fait que je savais que son frère figurait parmi les victimes. Pour faire plus court, j'éludai le récit de ma découverte de la sheila dans la benne, affirmant seulement que nous l'avions recueillie sur les lieux du crime. Pickwick approuva mon tact d'un docte hochement de tête (il avait enlevé sa casquette et l'avait posée au bout de son pied, en équilibre sur la pointe de sa tong). Le sergent alluma son ordinateur et lança un programme, me demandant d'épeler le nom de la jeune femme.

— A-N-A-Ï-S-U-N-G-E-R, récitai-je sagement tandis qu'elle tapotait à toute allure.

Mais je ne fis pas état non plus de la réticence de Miss Genève à se rendre à la police et lui attribuai tout de même la responsabilité de la mise hors de fonctionnement de la radio HF, par ignorance, assurai-je, mais cette panne expliquait pourquoi nous n'avions pas pu alerter immédiatement les autorités de notre macabre découverte. Je décrivis l'étrange silhouette difforme entraperçue et sa non moins étrange disparition. Elle me regarda comme si j'avais abusé du pakalolo, le nom qu'on donne au cannabis dans tout le Pacifique Sud, tandis que Pick s'agitait sur sa chaise, seul signe manifeste d'embarras.

Je relatai notre arrivée à Cloncurry, prétendis que seul l'état de grande fatigue et de stress de la jeune Suissesse nous avait conduits devant un breakfast rapide avant de nous rendre au poste. Puis la partie de poussette avec le Mack rouge sang dont j'avais repéré le chauffeur en arrivant en ville et enfin, l'infructueuse poursuite du road-train transporteur de bagnoles coréennes.

— Point final, dis-je. Vous nous avez trouvés là.

Pickwick répéta mon histoire, en l'agrémentant de son exaspérante imitation d'imitateur d'un Aborigène abruti, de détails inutiles (notre menu de la veille, par exemple) et de considérations météorologiques sur la grande sécheresse qui régnait depuis trois ans. Pendant qu'il parlait, je m'étonnais qu'on ne nous ait pas séparés, ainsi qu'il est d'usage, pour fournir des déclarations successives et les confronter ensuite afin d'y déceler d'éventuelles contradictions.

Et précisément, à propos de contradiction, il s'en trouvait tout d'un coup une belle, bien grasse et rissolée. Pickwick racontait comment nous nous étions approchés du combi Volkswagen quand, à ma grande surprise indignée, il ne dit pas un mot de la « roussette humaine ». Jacinta ne nous rata pas.

— Vous n'avez pas vu cette… chose que prétend avoir vue M. Flaherty ? interrogea-t-elle d'une voix doucereuse.

— Non, m'dame, gars noir pas voir la vision de gars blanc. Peut-être c'est lui son Esprit-Enfant voir, peut-être c'est fatigue après tout…

J'étais stupéfait et tentai véhémentement de prendre la parole, mais la vision latérale de la matraque dont gars flic usait pour taper dans la paume de sa main ainsi qu'un rapide clin d'œil de mon partenaire me firent rasseoir sur ma chaise.

N'empêche, je bouillais intérieurement en laissant Pickwick arriver à la poursuite d'où il retrancha un coup de feu sur les trois tirés mais expliqua, ravi, comment il avait fait mouche sur un rétroviseur.

Buté et peiné, je contemplai à mon tour la carte murale, étonné comme à chaque fois de constater combien il y avait de taches blanches sur ce territoire, d'endroits sans rien que des dunes et des terres arides, sillonnées par des creeks à sec et des lacs évanouis. Je repérai les deux pistes parallèles, le long de la clôture à dingos qui figurait en pointillé, et constatai qu'il n'était pas étonnant que ce soit un employé de la station Verdun qui ait découvert les corps, l'endroit étant situé sur les terres de cette exploitation où, croyais-je me souvenir, on élevait des moutons, contrairement à la plupart des autres exploitations du secteur dévolues au bétail bovin.

La climatisation ronronnait dans le dos replet de Miss Sergent Jacinta qui transpirait malgré tout comme une pastèque dans un four à chaux. Le télécopieur éjacula soudain deux feuilles aux caractères serrés qu'elle lut avec attention alors que Pickwick récupérait sa casquette sur son pied et se mettait à la faire tourner dans ses mains comme s'il récitait un chapelet.

— Aucune citoyenne suisse du nom d'Anaïs

Unger n'est entrée dans le pays depuis six mois, dit-elle enfin. Je regrette… heu… messieurs, mais je dois vous garder pour vérifier toutes vos déclarations.

— Chierie ! explosai-je, c'est tout de même pas de ma faute si cette foutue bâtarde de sheila m'a donné un faux blaze ! Et vous n'avez même pas essayé de faire rechercher le camion rouge qui a tenté de nous tuer.

— C'est ce que vous prétendez, dit-elle froidement. S'il est avéré que ce camion a été volé ce matin à son propriétaire, c'est votre véhicule et lui seul que les deux autres chauffeurs accidentés ont déclaré être cause de leur collision. Di Georgio, ajouta-t-elle en se levant et en s'adressant au propriétaire de la matraque, emmenez-les en cellule.

— On n'a rien mangé depuis hier soir, protestai-je. Et on voudrait se doucher !

— Et faire le caca, dit Pick.

— Désolée, dit-elle, nous n'avons pas de douche à disposition des prévenus. Pour le reste, Di Georgio fera le nécessaire.

— De quoi exactement sommes-nous accusés ? arrivai-je à m'enquérir presque calmement.

Elle me regarda en souriant comme si elle allait darder des crocs pleins de venin et compta sur ses doigts aux ongles rongés.

— Un : meurtre sur les personnes de Daisy Brighton et Greg Nordside, citoyens britanniques, Michelle et Junior-Willem Braun, Jack Cromley, citoyens australiens. Deux : soustraction de témoin à la justice. Trois : non-respect du code de la route et de la priorité ayant causé un accident grave.

Quatre : délit de fuite. Cinq : non-respect de la réglementation sur les armes à feu. Six : agression et voies de fait. Sept : rébellion à la force publique. Ça vous suffira ?

— Il faudra bien, soupirai-je en me levant. Je peux appeler un avocat ?

Elle se leva à son tour et vint se poster devant moi, le sommet de ses cheveux gras m'arrivant au milieu de la poitrine. Elle leva la tête et me fixa bien droit de ses petits yeux méchants.

— Vous auriez peut-être dû commencer par ça, dit-elle avec la plus exquise suavité.

CHAPITRE 9

— Demande la cellule de dégrisement des *boongs*[1], me souffla Pickwick alors que nous suivions Di Georgio et sa matraque dans le couloir. C'est la seule qui a une fenêtre…

— Et alors, dis-je amèrement, tu veux peut-être t'envoler ?… Comme le… yowie !

Il haussa ses épaules maigres qui n'emplissaient pas son tee-shirt vert maculé de traînées ocre et remonta son flottant. Je comprenais ce qu'il voulait dire : les Abos ne supportent pas d'être enfermés dans une pièce et on ne comptait plus ceux qui s'étaient pendus, ou tout simplement laissé mourir, dans les cellules de l'État. Je souscrivis donc à sa demande et la transmis au bersaglieri Di Georgio qui portait encore autour de son cou épais les traces de la tentative de strangulation de mon copain.

— Si ça t'amuse, dit-il, pas de raison de t'en priver. Note bien que tu schlingues tellement que tu y seras à ta place. En plus, ajouta-t-il après un

1. Terme *très* péjoratif pour « Aborigènes ».

effort de réflexion qui lui fit plisser les yeux, c'est la seule où les chiottes sont à l'intérieur…

Il ouvrit une grosse porte munie d'un judas et nous poussa à l'intérieur de la pointe de sa matraque.

— J'vous apporte à bouffer et à boire dans cinq minutes, dit-il par le judas après avoir refermé bruyamment la lourde. Pas d'interdit alimentaire, genre casher ?

C'était la loi de poser la question, mais il y mettait bien entendu une intention désobligeante. J'évitai de lui dire que j'étais catholique, histoire d'éviter un propos salace concernant la Vierge Marie, mais je me souvins qu'il était d'origine italienne et que, au moins, cela devrait m'être épargné. Puis il repartit, nous laissant dans une demi-obscurité, la cellule n'étant éclairée que par une minuscule fenêtre, munie d'un seul et solide barreau.

Sans être abo, je me serais également peut-être pendu si j'avais été contraint de passer plus d'une journée dans cet antre puant, aux murs cradingues qui suintaient l'angoisse et la haine. Ce devait être une parfaite fournaise aux heures chaudes et une glacière terrible pendant la nuit. Des couchettes de fer superposées, dépourvues de matelas, permettaient d'accueillir huit invités forcés et de les empêcher de dormir autant qu'il le fallait. Les chiottards n'étaient qu'un seul trou, *à la turque* comme disent les Français, et je me détournai pour regarder par la fenêtre quand Pick s'y accroupit.

On ne voyait que la cour, une parabole et la grande antenne de communication située sur le corps de bâtiment d'en face qui devait être les logements des poulets, si j'en croyais les pleurs des enfants, suppliant leurs mères pour aller voir le bel incendie. Un coin de ciel bleu, grand comme un bikini, permettait tout juste de différer d'une heure la décision de confectionner une corde pour se pendre. Sous la fenêtre, on avait amené notre Toyota et le dénommé Galloway, assisté d'un flic en blouse blanche à l'allure de technicien, inventoriait le contenu de la benne.

Ayant terminé son affaire, aussi discret qu'un chat dans la cendre, Pick vint me rejoindre pour profiter de la vue qui aurait déprimé un cafard, lesquels d'ailleurs ne manquaient pas, du moins ceux qui ne s'étaient pas déjà suicidés.

— Pourquoi tu m'as fait ce coup-là, Pick ? interrogeai-je avec amertume. Je passe pour un barjot, moi !

— Une supposition, répondit-il après un temps de réflexion, que, après une nuit à écluser de la pisse de houblon, tu voies une soucoupe volante ou un yeti, ou ce que les Ricains appellent un *bigfoot*... Tu irais raconter au flic qui te fait souffler dans le ballon ta petite vision ?

— Dans ce cas-là, je ne vois que des kangourous rouges, dis-je, vexé. Et les kangourous roux *existent* ! Alors c'est ça ton yowie ? Un yeti sans les sherpas ?

— Oui, admit-il à contrecœur, ça y ressemblait.

Je voyais qu'il n'avait pas très envie de poursuivre sur ce sujet et je changeai de conversation.

— Tu connais un bon avocat ? demandai-je. Parce que j'ai l'impression qu'on est mal barrés.

Les seules traces qu'ils vont trouver autour du minibus, ça sera les nôtres puisque le supposé yowie n'en a laissé aucune et comme on a perdu la sheila, qu'elle nous a donné un nom bidon et que ça m'étonnerait qu'elle se présente pour témoigner spontanément, je nous vois bien partis pour finir au bagne de Brisbane.

Pick ne fit pas de commentaire sur notre vilaine situation et suggéra de faire appel à un avocat de Mount Isa qui serait plus vite sur place. Notre responsable de secteur basé là-bas pourrait s'en charger : il avait sans doute déjà été prévenu de nos frasques, tant diurnes que nocturnes.

— Tu as remarqué, dis-je pour combattre l'abattement qui commençait à me gagner, que deux des victimes, les Australiens, portent le même nom. Les pauvres devaient être tout juste mariés et si ça se trouve, c'était leur voyage de noces…

— Ça m'étonnerait, dit Pickwick qui paraissait connaître tout le monde dans le coin. Ils étaient frère et sœur. Ce sont les mômes de la station Verdun, les seuls enfants de Heinrich Braun.

J'avais vaguement entendu parler de ce Braun qu'on surnommait « le Nazi », ce qui, même dans un État aussi conservateur que le Queensland, n'était pas spécialement un compliment. Il passait pour un furieux original, solitaire, menant ses stockmen à la dure et surtout, ce qui le rendait peu populaire dans la région, il s'était consacré aux moutons alors que pratiquement toutes les stations du coin élevaient des bovins.

Miss Anaïs savait-elle que c'était sur les terres du père de ses copains que ceux-ci avaient été assassinés ? Encore une question à lui poser si j'arrivais à lui remettre la main dessus, après la bonne fessée qu'elle méritait (cette pensée, à ma grande honte, m'émoustilla plus qu'il n'est convenable...). J'aurais bien aimé aussi avoir des éclaircissements sur celui qu'elle avait appelé « le type de Brisbane ».

Di Georgio revint avec deux sandwiches, une théière en fer-blanc et un seul gobelet en carton sans oublier sa matraque coincée sous un bras. Il me tendit la théière de façon à ce que je me brûle et je n'y manquai pas, retenant à grand-peine un cri de douleur.

— Merci, camarade gondolier, fis-je d'un ton enjoué. Mais je vous rappelle aussi que j'ai le droit de passer un coup de téléphone.

— Toi, le bouffeur de patates, dit-il en faisant coulisser de manière obscène sa matraque entre le pouce et l'index joints, tu ferais bien de pas trop la ramener.

Puis il se tourna vers mon compagnon qui, très sagement à mon sens, ne s'était pas mêlé au débat culturel qui oppose traditionnellement les Irlandais aux Italiens, lesquels ne se retrouvent que sur un seul point, qui est de taper en chœur sur les parpaillots.

— Hey, le boong, quand t'auras fini de briffer, le sergent veut te revoir. Tu pourras téléphoner pendant ce temps-là, Flaherty, ça aérera la celloche !

Il resta devant la porte le temps que nous avalions férocement nos sandwiches aux frites, pauvrement agrémentés d'une mince couche de fromage fondu Kraft, enveloppé dans une feuille de laitue qui avait dû servir à épousseter les étagères. Les frites étaient molles, la sauce avait été fabriquée à base d'émeu écrabouillé ou de vrai cheval mort[1] et le pain avait certainement été oublié par Burke & Wills lors de leur passage à Cloncurry. Le tout manquait cruellement de Vegemite. En revanche, si j'ose dire, le thé, s'il était brûlant, était également insipide mais, étrangement, me revigora et appela du coup une cigarette, la dernière qui me restait.

L'enfoiré de rital, vrai bâtard de Mussolini et de Lucrèce Borgia, me laissa sortir mon paquet, allumer ma Winfield avant de me l'arracher du bec et de l'écraser au sol d'un talon jouissif en ricanant un « Espace non-fumeur ! » narquois. Je me promis, un jour ou l'autre, de terminer la besogne de strangulation qu'avait si bien commencée Pickwick.

Lequel passa dignement devant moi en essuyant sa bouche enduite de sauce d'émeu, sortit dans le couloir et attendit poliment que le flic le conduise jusqu'au bureau de notre belle amie Jacinta où il pénétra après avoir été annoncé.

— Radine, sac à purée, dit mon ami Mick[2] en me conduisant au bout du couloir. Tu vas pouvoir cornemuser à ton avocat à concurrence de cinq minutes.

*

1. *Dead horse* est le nom communément donné à la sauce tomate ou au Ketchup.

2. Sobriquet des catholiques.

Quatre minutes seulement me furent nécessaires pour appeler le bureau de notre administration à Mount Isa, parler à notre patron qui avait l'air perplexe ou distant et lui demander de nous procurer un avocat qui puisse radiner très vite à Cloncurry. Il me promit de faire le nécessaire.

Le téléphone était dans la salle d'attente du public, un lieu qui manquait singulièrement d'intimité : s'y entassaient en effet, outre notre ami Galloway revenu de la fouille de la Vieille Neddie, le camionneur barbu et tatoué qui n'avait pas l'air d'être tout à fait remis de notre petite algarade, le propriétaire du Chuck Wagon qui écrivait une déposition et qui me regarda l'air désolé — pour un Écossais, MacMachinchose était plutôt un chic type —, une vieille dame mal attifée qui devait être sourde à en juger par l'antique cornet acoustique qu'elle tenait à l'oreille, deux bibendums grincheux qui, à n'en pas douter, étaient les chauffeurs des trucks ruinés si j'en croyais les poils roussis de l'un d'eux, un chef de pompiers qui avait laissé tomber sa vareuse, exhibant les larges bretelles rouges retenant son vaste pantalon jaune et qui demandait du papier pour rédiger son rapport et enfin, assis très droit sur le banc, un géant blond d'une cinquantaine d'années, au visage dur comme du granit, habillé de la tête aux pieds de jean noir, coiffé d'un Akubra noir cerclé d'un ruban de métal argenté, en qui je devinai le nommé Heinrich Braun qui avait l'air de revenir d'une tournée d'inspection d'un camp d'extermination.

Quand j'eus terminé ma communication, qu'il

avait fatalement entendue, comme toutes les autres personnes présentes, excepté bien sûr la vieille dame sourde, il darda sur moi ses yeux d'un bleu cobalt de glacier d'Alaska et même Di Georgio, qui ne m'avait pas trop à la bonne, se mit instinctivement devant moi, comme pour me protéger. « Le Nazi » hocha doucement la tête sans me quitter des yeux et je soutins son regard comme je pus, c'est-à-dire en pensant à mon fumier de père de général (du cadre de réserve), Sean O'Flaherty, qui avait eu la même expression quand je lui avais annoncé que je quittais l'armée.

— R'tour en cellule, mon pote, dit presque aimablement l'enrouleur de spaghettis en me poussant du bout de sa matraque.

Je fis un lent demi-tour dans le silence congelé qui régnait maintenant dans la petite pièce où j'avais l'impression déplaisante que baleines, wombats aux narines dénudées ou poilues, perruches ailes-d'or et koalas des affiches écolo-gouvernementales me regardaient d'un air hostile. Il me sembla aussi que les deux flaques glacées des yeux de Herr Braun continuaient à me frigorifier la nuque, alors même que j'avais pourtant franchi la porte et que j'avançais dans le couloir, suivant la silhouette trapue de Di Georgio qui, pour une fois, ne me lança pas le moindre vanne xénophobe.

Je réintégrai mon petit nid d'angoisse aux chiottards écœurants et m'assis sur une couchette pendant que le flic bouclait la serrure. J'étais vide, creux et désemparé, avec l'impression d'être amputé de quelque chose.

En fait, c'était de quelqu'un. Pick n'était pas

revenu de son entretien avec le sergent Cromley et je me rendais compte que c'était la première fois, depuis quasiment une semaine et ce, jour et nuit, que le vieux gars noir n'était pas à mes côtés.

Je récupérai la cigarette brisée sur le sol crasseux de la cellule et allumai ce qui était encore sauvable. Je repassai en revue tous les événements survenus depuis le moment exécrable où mon équipier m'avait tiré d'un rêve délicieux où mes deux filles, redevenues gamines, joyeuses et habillées comme des modèles réduits de Scarlett O'Hara, entamaient une ronde endiablée avec moi sur une verte pelouse inondée de soleil, non loin d'une fontaine ruisselante. Une femme se tenait plus loin, qui n'était pas leur chienne de mère, une silhouette indistincte et gracieuse à qui je criais de nous rejoindre et dont je verrais enfin le visage, forcément doux et tendre.

Et que Dieu me cramponne si, à l'heure qu'il était et retrouvant dans la mi-pénombre moite de ma cellule puante le fil de ce rêve enchanteur et sucré, je ne complétais pas la forme féminine, légère et trop lointaine, d'une foutue paire de tresses blondes attachées par des rubans jaunes.

*

J'avais dû m'endormir sur la couche dure que parcouraient inlassablement de véloces cafards et ma première pensée, quand Di Georgio entra avec fracas dans la cage aux odeurs fauves, fut que le cauchemar recommençait, que j'allais devoir crapahuter à nouveau dans le creek à sec, découvrir d'autres cadavres en charpie, manquer être réduit en bouillie par des road-trains encore plus monstrueux que la moyenne et devoir subir un entretien avec Miss Cromley, sergent à gros mollets.

C'était hélas le cas, mais je fus surpris de constater en entrant dans son bureau que Pick-Pick n'y était pas et encore plus inquiet quand je réalisai que je ne l'avais pas croisé dans le couloir pour venir me remplacer dans le domptage des cancrelats. Peut-être l'avaient-ils mis dans une autre cellule, une sans fenêtre, histoire de le faire craquer et lui faire avouer n'importe quoi ?

Jacinta était luisante de transpiration, malgré la clim poussée à fond qui, quant à moi, me fit un bien fou, quoique, en général, je ne sois pas très fanatique de ces machines bruyantes, grandes productrices d'angines et d'allergies diverses. Elle ordonna à Di Georgio de sortir et nous restâmes seuls, face à face, ce qui me fit frissonner le long de la colonne vertébrale, à moins que ce ne soit la fraîcheur subite après l'étuve accablante de la cellule.

Elle me regarda comme un varan contemple un œuf d'émeu et je m'attendais presque à voir, à l'imitation de ce grand lézard vorace, pointer entre ses lèvres charnues une petite langue bifide de couleur lilas. Je dus convenir en mon for intérieur que je ne devais pas être très appétissant à voir et à renifler, encore que je ne me souciais que modérément de plaire à ce petit tas de méchanceté concentrée et boudinée dans un corsage hideusement beige.

— Où est mon équipier ? interrogeai-je d'entrée. Qu'en avez-vous fait ?

Elle prit plaisir à prendre son temps, feuilletant une liasse de papiers, se détournant pour taper sur son clavier, m'offrant ainsi un profil où son petit nez épaté et asiatique entrait en opposition farouche avec ses grosses lèvres violettes. Sa poitrine aurait rempli la main de six honnêtes dockers et se soulevait brutalement à chaque inspiration, comme si elle était le témoin de gonflage d'un effarant ballon captif publicitaire en faveur du métissage. Elle revint vers moi :

— Mons... Heu, le dénommé Pickwick-Pickwick Kadigbaku n'est plus ici !

Je bondis sur ma chaise. Que s'était-il passé ? L'avaient-ils transféré ou bien, à la suite d'un interrogatoire un peu trop sportif, l'avaient-ils abîmé et ensuite escamoté ? Allait-on le retrouver pendu dans une cellule sans fenêtre, histoire d'alimenter les statistiques sur les Abos décrétés hâtivement « dépressifs » ?

— J'exige la présence de notre avocat, dis-je fermement. Toutes les accusations que vous avez formulées contre nous sont sans aucun fondement. Pourquoi aurions-nous tué ces jeunes gens que nous ne connaissions pas ? Et le fait que le camion ait été volé juste avant l'accident ne prouve-t-il pas que ma version de la tentative de meurtre est la bonne ?

Elle haussa ses rondelettes épaules de joueuse de cricket et appuya sur le bouton d'un interphone.

— Demandez à maître Hawkes de venir, aboya-t-elle.

Quelques instants s'écoulèrent que je passai à examiner la carte et, moins plaisamment, les pièces à conviction entassées dans la cantine, enveloppées dans des plastiques transparents et parmi lesquelles figurait toujours ma Remington 243.

Mon défenseur fit son entrée, marchant sur la pointe des pieds, comme s'il craignait de déranger. Malgré son nom de rapace[1], l'honorable Reginald Hawkes ressemblait au comique Stan Laurel dont il avait la maigreur, la mine effarée et les pieds en dedans. Comme on avait dû le lui dire souvent, il avait tenté de dissimuler sa peu farouche physionomie en laissant pousser une moustache très noire, très fournie. Résultat, on aurait dit Stan Laurel portant une moustache postiche et on attendait encore davantage le gag qui allait forcément en découler : la moustache allait-elle tomber dans le potage, atterrir dans le généreux décolleté d'une grosse dame (Jacinta ? Sauf qu'elle était tout sauf généreuse et décolletée...) ou encore faire éternuer Oliver Hardy et provoquer ainsi quelque gigantesque cataclysme ?

Il me sourit avec embarras, me serra la main furtivement et s'assit à mes côtés en veillant à ne pas déranger le pli de son long short colonial kaki qu'il portait, selon la coutume POM, avec de hautes chaussettes blanches pliées sous le genou. Ses impeccables chaussures noires et sa chemise d'un vert qui s'harmonisait moyennement avec le

1. *Hawkes* veut dire « aigle ».

short mais magnifiquement avec sa cravate jaune prouvaient que notre timide aiglon avait non seulement le culte des traditions, mais aussi celui de l'élégance tempérée par les séjours coloniaux.

Jacinta Cromley le considéra avec convoitise, comme si c'était elle l'oiseau de proie et lui un petit lézard fort à son goût. Elle me tendit la liasse de papiers qu'elle compulsait, se leva sans notable augmentation de sa taille et se dirigea vers la porte.

— Votre déposition, monsieur Flaherty. Je vous laisse avec votre défenseur pour en discuter. Je reviens dans un quart d'heure.

Elle fit encore son sourire de varan et sortit en glissant sans bruit sur ses sandalettes de cuir. Je me tournai vers le craintif Reginald qui serrait contre sa poitrine une imposante serviette à soufflet et clignait des yeux en arborant un sourire modestement confiant.

— Avant toute chose, maître, je souhaiterais que vous vous informiez du sort de mon ami Kadigbaku qui est inculpé avec moi et qui vous a également commis. Le sergent vient de me dire qu'il n'était plus là et je crains le pire...

Il leva une main ouverte comme s'il allait prêter serment, hésita, la laissa retomber, s'assura que sa moustache tenait bien mais ne se massa pas le crâne du bout des doigts.

— Heu..., fit-il enfin (sa voix, que j'entendais pour la première fois, était incroyablement basse), n'est-ce pas, je dois dire que... heu... M. Pickwick-Pickwick... (ça ne passait pas : tout ce qu'il y avait en lui de rêve britannique s'insurgeait contre ce détournement incongru de Dickens. Il compulsa une note tirée de la pochette de sa chemise)... Kadigbaku est sorti librement de ces locaux il y a une heure... une heure environ et... heu... après avoir signé sa déposition. Laquelle... ou plutôt, je dirais... la vôtre, vous devriez lire mais... heu... en quelque sorte, n'est-ce pas, elle ne diverge guère de, comment dire, la sienne, sauf bien sûr, si j'ose... heu, sur un point : la présence sur les lieux d'une créature non déterminée.

Je contemplai cette ruine avenante de l'Empire avec son invraisemblable moustache et ses chaussettes de laine blanche bien tirées sur ses mollets de petit coq du Yorkshire, ne comprenant pas très bien ce que cachaient ses propos lénifiants et embarrassés.

— Vous voulez dire, monsieur Hawkes, qu'il est dehors ?

— Je le crains..., bafouilla-t-il puis, se reprenant : je dirais plutôt que je le... heu... confirme. J'ai fait consigner, n'est-ce pas, moi-même la... heu, caution qui est la même, en somme, que la vôtre si vous signez votre, comment dire... déposition...

Je parcourus rapidement les cinq feuilles de papier sorties d'un traitement de texte. Jacinta avait exactement retranscrit mes propos, qui avaient été sans doute enregistrés au magnétophone, ce qui est légal. Stan-Reg' Hawkes me tendit un stylo en or extirpé de sa serviette, avec l'aimable sourire ravi de son sosie qui aurait fait une farce à Groucho Marx en lui piquant sa moustache. Je signai et lui rendis son confortable stylo.

Il se leva, ajusta son short. Je me levai aussi, le dominant d'une tête, ce qui me permit d'admirer sa tonsure d'homme de loi qui n'attendait plus que la perruque du juge.

Et à sa grande surprise et… heu, je le crains, à sa totale confusion, je l'embrassai sur les deux joues.

CHAPITRE 10

— À combien se monte la caution ? demandai-je à maître Hawkes quand il fut remis de son émoi choqué et alors que le sergent Cromley revenait dans le bureau.

Elle avait changé de corsage, sans amélioration notable du contenu, mais au moins ce chemisier à fleurs d'hibiscus dissimulait-il les taches de transpiration.

— Heu… vingt mille dollars[1], chacun, n'est-ce pas…

Je n'en revenais pas. Qui avait pu payer cette somme que ni moi, ni a posteriori Pick, n'avions devant nous. En outre, nous n'avions pas comparu devant le juge et tout cela sentait étrangement une transaction en sous-main dont Miss Jacinta ne paraissait pas entièrement satisfaite. Elle souriait très jaune mais se rongeait néanmoins le pouce qui apparaissait comme un petit moignon pitoyable.

— Qui est le généreux mécène ? interrogeai-je. Notre administration ?

1. Environ 3 050 euros.

L'avocat et la poulette se regardèrent comme s'ils allaient pouffer de rire et en moi-même, je dus convenir que l'hypothèse était saugrenue. Quels que soient nos qualités professionnelles et l'attachement que nous éprouvions pour notre clôture, il était inimaginable que le bureau directorial de Roma (Queensland) se soit fendu d'une telle somme pour que nous puissions continuer à vaquer, pinces multiprises, coulisses à enfoncer les pieux, tenailles, écarteurs et tendeurs de barbelés en main, le long de notre barrière pour traquer les dingos, les chats sauvages et les sangliers qui tenteraient de la franchir.

— Je ne... heu... suis pas, autorisé si j'ose dire à... heu... vous révéler qui vous a... heu... cautionnés, souffla l'homme de loi.

— Bien entendu, susurra Miss Cromley, vous n'êtes qu'en liberté provisoire et, jusqu'au rendu des expertises scientifiques et des conclusions de l'enquête, vous ne devez pas quitter les limites de la commune.

— Dommage, dis-je, que je ne sois pas allé déposer à l'Isa. Ça m'aurait donné davantage d'espace...

Mount Isa se flatte en effet d'avoir le territoire communal le plus étendu du monde : quarante et un mille kilomètres carrés, une superficie plus étendue que celle de la Suisse.

— Vous n'êtes pas venu déposer, rappela Jacinta. On vous y a amené. Et quand je parle de limites, c'est intra-muros, évidemment. Vous pourrez venir récupérer votre véhicule plus tard quand nous aurons terminé toutes les expertises.

— Merci pour mon administration. Mais vous me confinez dans un espace un peu étriqué, souris-je. Enfin, ça ne me changera guère des week-ends. Sauf que j'essaierai désormais de vous éviter, sergent Cromley.

— J'ai encore un mot à vous dire, monsieur Flaherty..., commença-t-elle mais je la coupai :

— O', dis-je et, comme elle faisait semblant de ne pas me comprendre, j'insistai : O'Flaherty, pas Flaherty tout court. Mon père y tenait et c'est bien la seule chose que nous ayons eue en commun.

— Bon... heu... eh bien, je vous laisse, si je peux... heu, me permettre, dit l'avocat. Ravi de vous avoir... connu, en quelque sorte.

Il prit congé d'une façon très civile, joignant presque les genoux dans une espèce de garde-à-vous qui lui avait peut-être été inspiré par la réputation de férocité qui s'attachait à la mémoire de mon père et fila comme un lapin vers son terrier de Mount Isa. J'étais persuadé que je le reverrais et non moins certain que, en tête à tête, j'arriverais à lui faire cracher le nom de notre mystérieux sauveteur. Sans doute même qu'un simple « Bouh ! » suffirait pour qu'il révèle jusqu'aux secrets du plissage de son short colonial.

— Je ne vous cache pas que je regrette la décision du juge, dit Jacinta qui avait regagné son coin-bureau où elle s'était insérée avec lourdeur. Vous n'ignorez sans doute plus, même si vous ne l'avez jamais ignoré, que mon frère figure parmi les victimes, mais ce n'est pas une raison personnelle qui m'anime. Je crois que si vous n'êtes pas l'assassin, vous en savez au moins plus que vous n'en dites et que vous êtes mêlé à cette affaire. Et j'ai encore des cartes dans ma manche…

— Vous n'en portez pas, dis-je. Des manches. Votre chemisier est pourtant plus seyant que le précédent.

— J'ajoute, dit-elle en se tournant vers son clavier, qu'il y a *aussi* une raison personnelle à mon dépit : je déteste en tant que femme, en tant que… métisse et en tant que citoyenne, tout ce que vous incarnez, monsieur… O'Flaherty (j'approuvai) : vous êtes un macho arrogant, un ancien militaire sans doute fasciste (je fis un signe de négation) et vous exercez un métier de parasite et de fainéant…

— Bref, l'interrompis-je avec politesse, je suis comme vous : un fonctionnaire. B'soir, sergent, et arrêtez de vous ronger *aussi* les ongles des pieds, ou alors, portez des chaussures fermées…

*

Un hélicoptère de la protection civile se posait à proximité, sur le petit terrain de rugby où on jouait aussi au cricket, quand je quittai la salle d'attente où les deux routiers, dont le calciné, me coulèrent un regard noir de suie. Plus ça allait, moins je me faisais de copains.

C'était probablement les corps des victimes qu'on ramenait du bush par la voie des airs, ainsi que les techniciens de la police de Roma Street, siège de la police de l'État à Brisbane. La haute silhouette noire de Herr Heinrich Braun qui attendait, immobile, adossé à la barrière, me fit supposer qu'il était allé accueillir les corps de ses enfants.

Je fus surpris de ne pas voir Pickwick m'attendre à la sortie du poste mais je supposai qu'il était allé directement à la chambre d'hôtel se doucher et dormir. En revanche, la vieille petite dame négligée qui rôdait dans la rue où les badauds s'étaient dispersés s'approcha, cornet acoustique brandi comme un *nulla-nulla*[1], l'air vindicatif.

— C'est grâce à moi, jeune homme, glapit-elle, qu'on vous a libérés. J'ai témoigné que le road-train rouge avait poussé votre voiture. J'ai tout vu de ma fenêtre.

— Excellent, dis-je avec un grand sourire. Merci, madame ?…

— QUOI ? hurla-t-elle en se vissant son tube dans l'écoute.

— MERCI ! hurlai-je à mon tour.

— MADAME STRAWBERRY, riposta-t-elle. J'HABITE EN FACE DE L'HÔTEL.

— FÉLICITATIONS ! m'époumonai-je en m'éloignant avec un sourire éclatant de gratitude, pressé de retrouver mon partenaire.

Mais la vieille dame était tenace et sans doute avait-elle peu d'occasions de mériter la reconnaissance de qui que ce soit. Alors que je m'éloignais

1. Massue de jet aborigène pour la chasse et la guerre. Le fameux boomerang n'étant en fait qu'un leurre pour effrayer les vols d'oiseaux en tournoyant derrière eux en ellipse pour revenir à son point de départ et être éventuellement réutilisé. L'évolution de l'engin évoquant le vol d'un rapace, ceux-ci fuyaient vers les chasseurs qui les capturaient au filet ou les tuaient à la lance. Bien entendu, un boomerang ne revient *jamais* après avoir frappé.

à grandes enjambées, me retournant de temps en temps pour agiter ma main dans sa direction, je l'entendais encore crier :

— ET J'AI VU AUSSI AUTRE CHOSE...

Mais je ne l'écoutais plus car j'étais soudain partagé entre deux sentiments. Passer vite ce coin de rue ou faire demi-tour. En effet, planté devant le magasin de curios dont la vitrine avait été défoncée par le cul du truck, le massif routier barbu en short et débardeur m'attendait, l'air peu amène, poilu comme un wombat, sa casquette commando enfoncée belliqueusement sur deux oreilles chantournées, arborant ses tatouages obscènes comme autant de menaces viriles.

— ... ET J'EN AI RIEN DIT À LA POUFFIASSE DE LA POLICE, criait la vieille.

Je n'eus pas à balancer longtemps entre deux attitudes. Retourner hurler avec la vieille casse-nouilles ou aller serrer la main du gorille privé de son road-train. Celui-ci m'épargna tout débat : solidement campé sur ses deux jambes aussi herculéennes que velues, il me décocha avec tout son élan un formidable crochet du droit à la mâchoire. Je tombai assis par terre, sous le regard atone d'un tiki polynésien qui n'avait pas grand-chose à voir avec les objets d'art aborigène abrités dans la vitrine chamboulée, en compagnie d'objets folkloriques australiens du goût le plus sûr, tels que peluches de kangourous ou petits crocodiles en cuir habillés en joueurs de cricket, pattes de roo faisant office de gratte-dos, leurs couilles transformées en porte-monnaie.

Le routier massa ses phalanges et me toisa, hilare.

— Prends toujours ça, mon pote, ricana-t-il. Tu vois que je suis meilleur quand je suis pas assis… À pas t'revoir, mon gars !

C'est bien ce que je disais. Plus ça allait, plus le cercle de mes amis se rétrécissait.

*

Titubant légèrement, la mâchoire à peu près aussi consistante qu'un pâturage du bush après un passage de buffles, je parvins jusqu'à la véranda du Chuck Wagon en me tenant aux murs.

Plus loin, au carrefour, un gigantesque camion-grue qui avait dû être réquisitionné à la mine de l'Isa faisait son possible pour déblayer les remorques disloquées et noircies. L'odeur de la viande grillée se sentait encore et me mit le cœur au bord des lèvres.

Ce fut encore pire quand j'entrai dans l'établissement. Il y régnait des relents de cuisine qui témoignaient mal du génie culinaire écossais, ce joyau culturel que toute la Couronne envie aux concitoyens de Robert Louis Stevenson et de Sean Connery. MacTrucmuche apparut au seuil de son repaire de brigand gastronomique, sa toque de chef fièrement enfoncée sur sa tête dont, vraisemblablement, les papilles gustatives avaient été prélevées dès la naissance à titre de curiosité scientifique. Il tenait une cuisse de joey à la main, dépouillée et gluante, un tranchoir sanglant de l'autre.

— C'que tu nous prépares de bon ? feignis-je de m'intéresser.

— Roo à l'étouffée, annonça-t-il fièrement. Nappé d'une gelée de myrtilles de Glasgow et réduit au porto de la vallée de la Barossa.

— Une réelle tentation, admis-je tout en sachant qu'il raterait soit les proportions, soit les temps de cuisson, soit que le quartier de marsupial était pourri. Pickwick est là ?

— Pas vu, Paddy, dit-il en agitant son dangereux couperet. Cela dit, la clé n'est pas au tableau. Il est peut-être monté sans que je le voie. C'est un gars plutôt discret, non ? Au fait, ça s'est bien passé avec la grosse oie flicarde ? J'ai dit ce que je savais : que t'avais passé la commande et que vous aviez décampé d'un seul coup tous les trois comme des wallabies devant un dogue. Et que quand je vous ai revus, vous étiez au cul d'un Mack rouge… J'ai pas dit de conneries, hein ?

— Non, ça va bien, dis-je, lassé, la mâchoire parcourue par des élancements lancinants et des myriades de points lumineux dansant devant mes yeux.

Je n'aspirais qu'à une douche longue et savonneuse afin de me purifier de la poussière, de la fatigue intense que j'avais accumulées pendant… pendant presque dix-sept heures, puisqu'il était cinq heures du soir et que je faisais le zigoto depuis la veille minuit. On ne pouvait en effet pas dire que mon cauchemardesque sommeil dans le cachot pouvait être assimilé à de la vraie récupération.

Je hissai lourdement mes bottes, l'une après l'autre comme si elles avaient pesé des tonnes —

alors que ça ne se chiffrait qu'en quintaux — sur les marches de bois ciré de l'escalier historique (garanti début du siècle ou fin de l'autre) quand MacTrucmachin me rappela.

— Hey, Pad, au fait, j'oubliais. Y a tes filles qui ont appelé. Elles rappelleront dans la soirée.

Mes mi-bottes de brousse ne pesaient plus que quelques très supportables kilos.

CHAPITRE 11

Notre chambre était située au second, à proximité immédiate de la petite pièce commune à l'étage où se trouvaient poste de télévision, bouilloire électrique, sachets de thé, de sucre, lait en poudre, quelques vieilles revues dont les numéros du *Bulletin Newsweek* sur la guerre du Golfe, un amas de livres de poche dont quelques pornos, polars, SF et comics et, dans le fond, séparé par un rideau de plastique décoré par la reproduction du fameux panneau jaune en losange indiquant : *Danger : crocodiles — Ne pas nager*, un coin-salle de bains avec la seule baignoire de l'étage, les chambres n'étant équipées que de douches.

Cela dit, elle était assez vaste, mais pas au point de ne pas remarquer que Pick n'y était pas, si la clé était bien sur la porte. Rien n'indiquait non plus qu'il y soit venu : dans la douche, les serviettes étaient sèches, aucun des quatre lits doubles n'était défait et le panier à linge sale était vide.

Je soupirai, déçu mais, au fond de moi, pas

complètement mécontent de me retrouver seul et, surtout, de ne pas avoir à régler immédiatement notre différend concernant sa déposition. Je me dépouillai de mon débardeur, raide de crasse et de sueur, de mon short irrécupérable, d'un slip qui aurait rebuté le plus fétichiste des vieux pédés soupeurs d'Oxford Street[1] et jetai le tout dans la panière. J'avais gardé le meilleur pour la fin : délacer mes bottes Grizzli Workforce, les déposer sur la fenêtre pour les aérer, balancer mes pourtant somptueuses chaussettes Holeproof Explorer à la poubelle et tremper mes pieds martyrisés par une marche de nuit le long du creek Gunpowder dans le bac à douche bouché.

Nu comme me vit le général pour la première fois dans la maternité de Fremantle alors qu'il n'était que major en garnison à Perth, je me rasai dans la douche, évitant d'appuyer sur la mâchoire où un magnifique bleu naissait — ce barbu avait un poing en ciment armé —, me brossai longuement les dents puis, enfin, moment divin longuement espéré, je restai dix minutes sous la douche froide à pleine puissance.

Savonnage, récurage, rinçage, opérations répétées trois fois et ponctuées par une nouvelle longue douche glacée, ce ne fut qu'au bout d'une heure que je sortis de la petite cabine à la porte vitrée, opaque de buée. J'avais dû épuiser toute la réserve du ballon d'eau chaude de l'hôtel et j'avais la peau rouge comme la couenne d'un cochon gratté.

1. Rue de Sydney située à l'ouest de King Cross, haut lieu de la communauté homosexuelle d'Australie.

Je m'essuyai, mis en marche le ventilateur de plafond et me lançai sur le lit le plus proche qui grinça abominablement, chopai un paquet de Winfield de réserve dans la table de nuit, en allumai une et, croisant mes mains sous ma tête, je me mis à réfléchir.

Le soleil avait commencé son rapide déclin vers l'océan Indien, diffusant une douce luminosité violette qui pénétrait dans la chambre aux murs crémeux où seul un grand poster, représentant Paul Hogan[1] qui brandissait une topette de bière Foster's, faisait office d'œuvre d'art.

Apparemment et très curieusement, les flics n'étaient pas venus perquisitionner dans la chambre. MacChose-Machin me l'aurait dit et, connaissant le grand tact des Salvos, ils auraient laissé des traces de leur passage. Les moustiquaires des fenêtres ouvertes, constellées de cadavres de mouches à bœufs obstinées, tamisaient les quelques bruits venant de la rue. Après tous les incroyables événements qui avaient bouleversé la petite cité, celle-ci était retombée dans sa torpeur traditionnelle et seule Mme Strawberry devait être à l'affût derrière ses rideaux, cornet acoustique datant de Burke & Wills vissé dans l'oreille. J'écrasai ma cigarette dans le cendrier Four X et réfléchis moins fort.

Pick avait dû filer directement au campement abo où je le soupçonnais d'entretenir une vieille liaison avec une lubra, voire même des amours passionnées avec une gin. Je ne comprenais pas qu'il m'ait mis ainsi en contradiction avec son

1. Acteur et scénariste du célèbre *Crocodile Dundee*.

témoignage. Je ne comprenais pas non plus pourquoi on nous avait remis en liberté aussi rapidement et qui pouvait bien avoir payé la caution. Je ne comprenais pas pourquoi la sheila entomologiste avait tant rechigné à se rendre à la police et pourquoi elle avait disparu. Je me demandai aussi quand diable mes filles allaient rappeler, me permettant ainsi de m'endormir comme une brute…

… Et j'aurais bien aimé savoir aussi pourquoi cette grande chauve-souris qui avait le visage lunaire de Jacinta, mais une Jacinta mâle, c'est-à-dire pas très éloignée de la réalité ou du visage presque décalqué de son frère Wasp, s'était pris les ailes dans les pales du ventilateur et produisait ce petit crissement agaçant qui me faisait grincer des dents. Néanmoins, je voulais mieux entendre et m'enfonçais un didgeridoo dans l'oreille tandis qu'une grosse tortue sortait de sous la bâche de la Vieille Neddie.

Je m'éveillai en sursaut, bouche pâteuse, le cœur battant follement. Une énorme tortue sortait effectivement de sous mon lit, mais une tortue étrange, à la carapace ornée d'une croix blanche sur fond rouge, semblable au dessin qui orne l'araignée dos-rouge[1].

Appuyé sur un coude, protégeant d'une main mes parties génitales dénudées, j'observai la progression du sac à dos de la sheila suisse sur le linoléum, poussé lentement de sous le lit par un bras qui restait encore invisible. Je ne bougeai pas

1. *Latrodectus hasselti*, araignée commune dans toute l'Australie dont la piqûre est très venimeuse, voire mortelle.

et m'appliquai à reproduire la respiration d'un homme toujours endormi, jusqu'à ce que j'aperçoive une main pâle et délicate, aux ongles peints en bistre, qui faisait glisser le sac.

Je la saisis prestement par le poignet (fragile, le poignet !), faisant naître un petit « Oh ! » de surprise, suivi d'un très incongru :

— Coucou !

En suisse dans le texte, ce qui devait être de l'humour de là-bas…

— Sortez de là, Miss Unger, ou quel que soit votre véritable nom, dis-je rudement.

Apparut le frêle museau de chat marsupial encadré de tresses blondes enrubannées de jaune. Mais le reste ne suivait pas et je tirai le poignet en le serrant fortement.

— Vous me faites mal, dit-elle en roulant drôlement ses grands yeux verts de lacs alpins. Lâchez-moi et je sors. Si vous êtes convenable.

— Je crains que non, dis-je, la lâchant et utilisant mes deux mains pour couvrir mon sexe qui avait l'air moins ratatiné qu'après la douche glacée.

Elle sortit tout de même de sous le lit, en rampant, repoussant son sac à dos et traînant derrière elle son poncho de caoutchouc camouflé. Elle se mit à genoux, me regarda de la tête aux pieds en secouant la tête d'un air modestement agacé et se releva avec grâce. Elle était toujours revêtue de sa hideuse combinaison en Lycra fluo mais elle avait retiré ses bottines d'entraîneuse du Kansas, dévoilant des pieds (menus, les pieds !)

aux ongles peints de la même nuance que ceux des mains.

Je devais avoir l'air le plus ballot du monde, allongé de tout mon long sur le dos, les deux mains en coquille sur un sexe qu'elles n'arriveraient bientôt plus à contenir. Elle alla vers la douche, attrapa une serviette mouillée et me la lança sur le visage.

— Couvrez-vous avec ça, dit-elle sévèrement, qu'on puisse causer. J'imagine qu'il y a des choses que vous voulez savoir...

Je lui obéis, me ceignant les reins avec la serviette, dont l'humidité fit quelque peu retomber mes ardeurs, et m'assis sur le lit tandis qu'elle allait regarder par la fenêtre avec des ruses de Sioux. Elle parut être rassurée par le calme de la rue où la pénombre s'était maintenant installée et j'allumai la lampe de chevet pour me lever, maintenant la serviette d'une main.

— Et comment ! explosai-je. J'ai l'impression qu'à cause de vous et de vos petits camarades du Waggaboonya, depuis la nuit dernière, je vis un véritable cauchemar...

Elle revint vers moi, arborant un sourire indulgent qui creusait ses fossettes (délicieuses, les fossettes, à croquer !). Elle parut estimer approbativement mes épaules et mes pectoraux, fit « tutttuttt » avec la langue à moitié sortie, comme celle d'un chaton devant un bol de lait. Je me sentais fondre par en haut et durcir par le bas. Elle jeta ses bras autour de mon cou, je ployai la tête et nos lèvres se rencontrèrent, s'effleurèrent avant de se joindre dans un long baiser *français*.

Je n'osais la prendre dans mes bras, embarrassé par la serviette. Elle mit alors sa main enfantine aux ongles bistre sur la mienne et la desserra, son autre main tenant toujours ma nuque. La serviette tomba et sa main se fit infiniment moins enfantine, sauf si l'on considère que le propre des enfants est de tout tripoter. Je l'enlaçai et nous nous embrassâmes encore, passionnément, tandis que sa main poursuivait son agréable manœuvre et que l'autre me griffait doucement le long de la colonne vertébrale. Je n'avais pour le moment plus aucune envie de poser des questions et je me fichais éperdument du minibus Volkswagen, de la roussette volatilisée, du gros Mack rouge sang, des transports de vaches et de carburant, du sergent Cromley et même, Dieu me pardonne, de l'évanescent M. Pickwick-Pickwick Kadigbaku.

Elle était collée contre moi, ses seins (fermes, les seins, menus mais fermes !) écrasés contre ma poitrine, une main parcourant lentement mon épine dorsale, l'autre pétrissant avec langueur ce qui me différencie essentiellement de la femme. J'étais transformé en une espèce de marshmallow livré aux caprices d'une confiseuse précise et attentionnée.

La nuit était maintenant tombée et seule la petite lampe éclairait la chambre où Popaul Hogan brandissait sa canette qui avait pris une forme équivoque et où le ventilateur tournait au-dessus de nos têtes, rafraîchissant juste ce qu'il fallait tout ce qu'il y avait de torride en nous par ailleurs. J'avais passé mes deux mains sous ses fesses moulées (du roc, les fesses !) et les caressais sur toutes leurs rondeurs adéquates.

J'imaginais que ce devait être le moment de l'entraîner sur le lit proche, mais elle se dégagea doucement de mon étreinte, lâcha l'objet de son activité manuelle et posa un doigt sur mes lèvres alors que je m'apprêtais à dire sûrement quelque chose de stupide.

Puis avec langueur, elle se laissa glisser à genoux…

CHAPITRE 12

Bien sûr, cette sheila n'était pas française, encore qu'on puisse avoir des doutes aussi sur ce point-là, mais je me plais à penser que la proximité de Genève avec le pays de l'amour, dont j'avais quelques plaisants souvenirs lorsque je cueillais le raisin en Bourgogne, avait en quelque sorte déteint sur son comportement au lit.

Anaïs était une amante passionnée, exigeante, féline, généreuse et plutôt « bonne camarade » dans l'ensemble, comme disait Bruce Chatwin[1]. Elle était aussi allée prendre une douche avant que nous ne poursuivions nos ébats dans le lit et m'avoua, mutine, qu'elle avait eu très envie de m'y rejoindre lors de mon interminable récurage hebdomadaire.

Elle en était revenue nue, les cheveux défaits et mouillés tombant sur ses belles épaules de sportive et c'était tout à fait comme si j'avais eu affaire à une autre femme qui m'intimidait un peu, surtout

1. Écrivain anglais et voyageur, auteur entre autres du roman *Le chant des pistes* consacré aux mythes aborigènes (Grasset).

après les privautés qu'elle s'était permises avec ses tresses d'écolière; une femme plus mûre, aux hanches pleines, avec un doux ventre un peu bombé sous lequel frisottait une douce toison pubienne blonde impeccablement taillée au triangle.

Elle était ainsi la plus belle femme du monde et quand je la possédai, j'eus l'impression que le chaton capricieux s'était mué en rauque fauvesse aux griffes redoutables et à la mâchoire carnassière. Nous fîmes encore une fois l'amour, Anaïs dirigeant les opérations juchée sur moi, ses cheveux oscillant au rythme de son plaisir partagé, ses grands yeux verts écarquillés de bonheur m'engloutissant sans relâche dans un monde velouté où tout m'était douceur.

Enfin, alors que j'avais le cœur qui battait comme lors d'un essai solitaire marqué des cinquante mètres, elle se laissa tomber à mon côté, pêcha le paquet de Winfield sur la table de nuit et alluma deux cigarettes avec mon Zippo, m'en donnant une en m'embrassant sur le nez, redevenue primesautière.

— C'était *la fête à mon cul,* dit-elle bizarrement, mon pauvre français ne me permettant pas de saisir tout le piquant du propos.

La nuit était bien installée et j'allai tirer les stores sur une rue déserte de toute humanité mais où je découvris avec surprise la vieille Ned Kelly stationnée devant la terrasse-véranda de l'hôtel et, peut-être, mais je n'en aurais pas juré tant toutes ces voitures japonaises se ressemblent, la Yamaha blanche de la police, garée plus loin, au coin de la rue Ramsay et de la rue John Flynn.

Anaïs — ou quel que soit son véritable prénom — avait filé à nouveau dans la douche et je pouvais voir sa gracieuse silhouette toute blanche derrière le verre dépoli de la cabine, émergeant d'une nuée de buée alternant avec des périodes d'eau froide qui lui faisaient pousser des petits cris… des petits cris de fille arrosée. Si elle mettait autant de temps que son serviteur, j'en avais devant moi pour jeter un œil sur son sac à dos qui gisait toujours à moitié caché sous le lit. Ce n'est pas que je sois indiscret et que je fouille systématiquement les bagages de mes partenaires féminines après l'amour, mais j'estimais avoir quelque droit de m'informer sur mon adorable maîtresse et, de plus, le souvenir de mon père qui inspectait en gants blancs les pénis de ses soldats pour y déceler un éventuel écoulement suspect (je l'avais vu faire, j'avais dix ans, dans la cour de la caserne des Victoria Barracks de Sydney, non loin de l'endroit où le vieux bouc était aujourd'hui résident à perpétuité) m'incitait à penser que c'est parfois pour le bien des autres qu'on doit les violenter.

Je m'assis sur le linoléum et entrepris de défaire les courroies, zips et autres velcros qui faisaient de ce solide sac militaire helvétique une forteresse inexpugnable. Surveillant le bruit de la douche, je découvris un fouillis de vêtements féminins dont, à ma totale confusion, des petites culottes à dentelle chiffonnées et un string dont je me promis d'être l'admirateur quand elle l'enfilerait, un seul soutien-gorge, des bas de soie extrêmement luxueux encore dans leur paquet d'origine d'un duty-free de Singapour, un tas de babioles de sheila comme des crayons de maquillage, des pièces de monnaie, une paire de lunettes noires, une boîte de capotes françaises et cinq livres passablement plissés et chiffonnés, sauf un, flambant neuf, qui traitait des insectes d'Australie. Deux autres étaient des ouvrages scientifiques sur la faune avicole australienne, écornés et annotés, et l'un d'eux s'ouvrit tout seul à un marque-page sur le chapitre consacré aux mœurs curieuses des perruches ailes-d'or qui bâtissent leur nid dans les termitières magnétiques du Nord[1]. Il y avait enfin un dictionnaire de poche Harraps français-anglais et le guide *Lonely Planet* de l'Outback australien, une lecture des plus roboratives.

J'eus beau explorer toutes les innombrables poches du sac de randonnée, je ne trouvai rien qui ressemblait à un passeport et j'étais en train de refermer les courroies, zips et autres velcros quand je sursautai : elle était derrière moi, ayant laissé la douche couler (inondant d'ailleurs tout le coin sanitaire !), nue et trempée, l'air furibond, brandissant une pochette de cuir qu'elle avait planquée, le diable seul savait où, et dont elle extirpa un passeport.

— C'est cela que vous cherchiez ? interrogea-t-elle, une expression de terrible colère crispant ses jolis traits enfantins.

J'étais infiniment confus, conscient que j'avais peut-être tout gâché, regrettant ma maudite indiscrétion (père, mon général, vous étiez bien un

1. On appelle ainsi ces très hautes termitières (en fait, des fourmilières), parce qu'elles sont toujours orientées nord-sud.

foutu con avec vos gants blancs tripoteurs de zézettes !). Néanmoins, je crus distinguer une croix helvétique sur la couverture du passeport, au moins ne m'avait-elle peut-être pas menti à ce propos.

— Anaïs, dis-je en me relevant, je suis désolé. Ne m'en veuillez pas mais vous savez, je sors de six heures passées dans les locaux de la police et j'ai besoin de comprendre ce qui m'arrive…

Elle ramassa son sac à dos, enferma dans une des poches la pochette au passeport et me toisa avec défi, les poings sur ses hanches généreuses et ruisselantes.

— Et moi, dit-elle d'une petite voix pointue et coléreuse, vous ne croyez pas que moi aussi j'ai des raisons de me méfier. On assassine mes copains, vous arrivez sur les lieux avec un flingue et un Noir qui a l'air à moitié sauvage…

— Pick est *complètement* sauvage, corrigeai-je pour tenter de désamorcer son courroux.

— … et depuis, continua-t-elle, ça n'arrête pas : j'ai failli être écrasée ou brûlée vive, je suis restée cachée sous un lit pendant des heures en n'ayant que de l'eau du robinet à boire, vous arrivez, vous me violez…

— Oh ! fis-je sincèrement indigné et rougissant presque.

— … Et pour terminer, alors que je croyais que tout allait bien entre nous, je vous trouve en train de fouiller dans mes affaires comme un vulgaire… pervers !

— Anaïs, Anaïs, dis-je en tentant de lui saisir les poignets qu'elle me dérobait, tapant du pied et secouant sa longue chevelure avec, Dieu me cartonne, des larmes dans ses beaux yeux d'émeraude. Pour l'amour du ciel, écoutez-moi ! Je suis confus, je suis un goujat, vous avez même le droit de me gifler…

Elle n'hésita pas une seconde et m'expédia froidement une gifle qui dérapa juste à l'endroit où le chauffeur barbu avait déjà œuvré du poing. La douleur se réveilla et dut se lire sur mon visage car elle changea du tout au tout d'attitude, se jeta dans mes bras en pleurant cette fois pour de bon, blottie contre ma poitrine que ses cheveux mouillés chatouillaient délicieusement.

— Je suis un monstre, hoqueta-t-elle, tu as raison, je ne fais qu'attirer des ennuis à tous ceux qui m'approchent. Je te demande pardon, Paddy, j'ai *tellement* d'estime et de tendresse pour toi.

Je lui tapotai gauchement le dos, comme si elle avait une quinte de toux. Une fois de plus, Paddy-le-balourd avait frappé, Paddy qui ne savait pas garder les femmes, Paddy O'Flaherty qui avait quitté l'armée sur un coup de tête, papa Paddy qui n'avait pas su conserver l'amour de ses filles, fiston Paddy qui avait si cruellement déçu son général de père.

Je la berçai, pareillement nu, ne sachant que faire pour être pardonné. Elle leva vers moi ses yeux humides redevenus tendres comme un bonbon à la menthe, sa main recommençant à jouer avec mon sexe qui ne se fit pas prier pour reprendre consistance.

— Je sais, dit-elle, comment tu peux te faire pardonner !

*

— Pourquoi ne veux-tu pas aller à la police, Anaïs ? demandai-je, quelque temps après, alors que nous étions allongés sur le lit, repus de sexe mais l'estomac criant famine.

Elle hésita, se demandant si elle pouvait avoir toute confiance en moi. Je la sentais prête à encore éluder, fuir, se terrer, comme si une terreur inextinguible s'était emparée de son esprit.

— Qui est ce type de Brisbane dont tu as parlé et dont tu sembles avoir une si grande trouille ? insistai-je.

Elle se dressa sur un coude et me contempla longuement, ses yeux virant à l'opale, joua d'un doigt avec les poils de ma poitrine, parut vouloir parler et, selon son exécrable habitude, dévia soudain sur autre chose.

— Qu'est-ce que c'est que ÇA ? dit-elle d'un ton indigné en désignant le pendentif accroché à ma chaîne de cou en argent.

— Ça, dis-je, surpris, c'est une croix celtique. Pourquoi ?

— En Europe, s'indigna-t-elle, tous les fascistes en portent.

— Eh bien moi, dis-je en me redressant aussi, je ne suis pas fasciste, je suis irlandais. Et mon grand-père irlandais, qui a combattu les nazis en Libye et dans le Pacifique, est enterré sous une croix celtique irlandaise, à Kalgoorlie, dans la section irlandaise du cimetière. Ne change pas de sujet, veux-tu ? Qui est ce type de Brisbane ?

Elle parut résignée. Elle m'avait déjà raconté comment elle avait abouti dans notre chambre, ayant récupéré la clé sur la table de la terrasse avant que nous ne sautions tous trois dans Neddie poussée par le Mack rouge sang. Comment, après le crash du carrefour, terrorisée, elle était sortie de la benne et, pendant que nous filions le train à notre pousseur-agresseur, comment elle avait pu se faufiler dans l'hôtel et grimper sans être vue par MacTruc-Bidule, le numéro de la chambre étant tout simplement accroché à la clé.

Elle avait passé la fin de la matinée et tout l'après-midi là, morte de peur, se demandant où nous étions passés, se terrant sous le lit chaque fois qu'elle entendait un bruit, mais ayant eu le chou de laisser la clé à l'extérieur pour ne pas être dérangée par l'hôtelier. Elle me confirma également que Pickwick n'était pas passé et cela ne laissa pas de m'inquiéter.

Où diable pouvait bien être allé le gars noir ? Je me demandais s'il n'était pas tombé dans un traquenard tendu par ces gens qui, apparemment, nous en voulaient, au point de voler un truck avec ses trois conteneurs pour nous impressionner, voire nous tuer ?

— C'était à Surfers Paradise, dit-elle enfin à contrecœur. Je zonais un peu autour des plages et j'ai fait la connaissance de Mitch. Il avait l'air plein aux as, il faisait de la planche à voile comme un dieu…

(Il baisait sans doute idem, pensai-je, tout en m'abstenant de commenter, de crainte qu'elle ne dévie une fois de plus.)

— … Et, poursuivit-elle, il m'a proposé une combine pour me faire un peu d'argent. Je devais aller jusqu'à Mount Isa et là, rencontrer un métis du nom de Jack Cromley qui me remettrait des trucs que je devais rapporter en Europe…

— Des trucs ? Quels trucs ?

— Je n'en sais rien, Paddy, mais c'était sûrement illégal…

— Sûrement, dis-je, amer.

Je pensais, bien entendu, à une histoire de drogue. Dans nos vastes étendues, il n'est pas très compliqué de faire pousser, si l'irrigation est suffisante, des champs entiers de cannabis et certaines tribus s'y étaient mises. Récemment, la police de l'État d'Australie occidentale avait saisi, dans les Kimberley, une cargaison de deux tonnes de pakalolo que les Walmajarris des environs de Fitzroy-Crossing avaient cultivé et qu'ils s'apprêtaient à livrer à une jonque venue d'Indonésie, laquelle devait les convoyer jusqu'à Bali. Ça me mettait hors de moi parce que je pensais à mes filles qui étaient en âge de consommer cette saloperie et de virer sur une saloperie encore plus dure, quitte à finir comme un légume passé au hachoir de la plus abjecte dépendance. Anaïs dut lire mon dégoût dans mon regard parce qu'elle reprit, véhémente :

— Je ne crois pas que c'était de la came, Paddy, c'était autre chose. À maintes reprises, Mitch m'a dit qu'il ne touchait pas à la drogue, que c'était trop risqué.

Cela pouvait être de l'or ou un trafic d'opales en provenance des mines du Sud-Ouest, cela pouvait être n'importe quoi. Dans notre coin, à part le cuivre et l'uranium, je ne voyais guère ce qu'on pouvait trafiquer et je n'imaginais pas le camarade Méduse Cromley allant creuser des trous en pleine nuit pour ramasser du minerai stratégique qu'auraient convoyé un couple de post-hippies british, deux frère et sœur australiens d'origine boche et une distinguée entomologiste des paisibles cantons suisses.

— Et que s'est-il passé, la nuit dernière ? repris-je, obstiné.

— Comme je te l'ai dit. Sauf que le métis du gîte nous a informés qu'on devait aller prendre livraison de la marchandise dans le bush. On attendait, je me suis endormie et *quelque chose* est venu les tuer. Depuis ce moment, Paddy, je crève de trouille. Je suis persuadée que je vais y passer aussi et je suis presque certaine que, ce matin, c'était moi qui étais visée…

C'était possible mais pas certain. Ce pouvait également être Pick et moi, en tant que témoins un peu tardifs, mais témoins quand même, du quintuple meurtre. Peut-être aussi parce que nous avions vu ce que nous ne devions pas voir, le présumé « yowie » qui avait vraisemblablement massacré les cinq jeunes gens et avait disparu sans laisser la moindre trace. Ce qui faisait de nous, qui en revanche en avions laissé beaucoup, des coupables idéaux.

Mais encore une fois, le ou les occupants du Mack n'avaient pas nécessairement l'intention de se débarrasser de nous puisque c'était seulement notre réflexe collectif et imbécile de sauter dans Neddie qui avait failli nous tuer.

Cela me fit repenser à Pick. J'étais de plus en plus angoissé de ne pas le voir reparaître. J'allai regarder par la fenêtre, des fois qu'il se serait soûlé et qu'il serait revenu dormir dans la benne de la Land Cruiser, comme ça lui était arrivé quelquefois. Mais sous la bâche, je ne distinguai rien de tel, seulement notre matériel de boulot qui avait sans doute été fichu en pagaille par les Salvos, mais je n'allais pas chipoter puisqu'ils avaient poussé l'obligeance jusqu'à ramener notre fier destrier au pied de notre donjon.

Mais ce que je distinguai mieux, parce qu'elle était stationnée plus loin sous un réverbère, c'était la voiture blanche que j'avais déjà repérée auparavant et où il me sembla voir bouger quelqu'un. C'était peut-être des amoureux, mais ce qui renforça notablement mes soupçons quant à son occupante qui devait se ronger les ongles fut le gros numéro noir peint sur le toit de la bagnole, une mesure prise récemment par l'État du Queensland et qui permettait aux hélicoptères de la police de repérer qui étaient leurs copains motorisés au sol.

C'était bien la Yamaha de mon amie Jacinta qui n'avait pas été découragée par mon inexplicable libération et qui me collait au derche sans, si j'ose dire, débander. Ce n'était pas la gentillesse qui l'avait poussée à me faire livrer à ma porte l'héroïque Ned Kelly et son armure magique, c'était l'espoir que j'allais la mener quelque part.

Je n'allais certainement pas la décevoir.

— À quoi penses-tu ? interrogea Anaïs qui avait tapé sec dans mon dernier paquet de sèches.

— À Pickwick qui a peut-être des ennuis, répondis-je. Et aussi à mes filles…

Avant même que je lui fasse part de mes charges bien lointaines de famille, on tapa deux coups à la porte et mon cœur eut un raté. Elle plongea toute nue sous le lit, crochant son sac à dos pour le traîner derrière elle.

— Téléphone, Paddy, fit la voix enjouée de l'heureux propriétaire scotiche du Chuck Wagon. C'est tes gamines !

Un tour de télépathie fréquent et que beaucoup de personnes ont constaté, de même qu'il y a une loi formelle qui vous place toujours dans la file la plus longue aux caisses de supermarché ou qui fait sonner le téléphone juste quand vous venez d'entrer sous la douche et que vous êtes plein de savon. Pickwick n'expliquait pas autrement le mystérieux pouvoir télépathique attribué aux chamanes aborigènes et qui avait été constaté par de nombreux scientifiques. Mais il disait que, dans les grands déserts vierges de l'Australie, la qualité du silence était telle que les sorciers n'avaient aucune peine à saisir les pensées de leurs interlocuteurs lointains, chose que les gens des villes, environnés d'une multitude et assourdis par le fracas de la vie moderne, ne savaient plus faire. Plus prosaïquement, il admettait que dans ces espaces, les sujets de réflexion étant réduits au très strict minimum, il n'était pas anormal qu'ils coïncident…

— J'y vais, dis-je en direction du lit plus défait qu'un champ de cannes à sucre après un passage de sauterelles. Et je vais nous remonter de quoi nous restaurer.

Le lit dégurgita la petite tête étonnée de ma jolie tortue de compagne, poussant sa carapace à croix helvétique devant elle.

— Tu es marié, O'Flaherty ? demanda-t-elle, un peu pincée.

— Je l'ai été, souris-je en passant un jean et un tee-shirt blanc puisé dans l'armoire. Comme j'ai aussi été parachutiste dans les SAS australiens.

— Je savais bien que tu étais un fasciste, dit-elle en m'envoyant gentiment l'oreiller à la tête. Dépêche-toi, je meurs de faim…

*

Maureen et Ann-Lise O'Flaherty (au fait, elles n'avaient pas repris le nom de leur mère) avaient été adorables, à tour de rôle téléphonique. Elles m'avaient vu à la télévision, avaient été indignées, effrayées et elles tenaient à me dire que, malgré le passé, elles m'aimaient et qu'elles viendraient bientôt me voir. Elles m'avaient aussi donné leurs numéros de téléphone respectifs, me faisant ainsi savoir qu'elles avaient quitté le domicile maternel et vivaient désormais leurs vies. Maureen, l'aînée, m'informa même qu'elle avait rencontré un gentil garçon et qu'elle serait ravie de me le présenter si jamais je venais à Sydney, ce qui ne m'était pas arrivé depuis cinq ans.

C'est donc le cœur plus léger que je remontai dans la chambre, portant un plateau sur lequel étaient disposées une énorme portion de poisson-frites[1], une bouteille de cabernet-sauvignon de Nottage Hill[2] et une thermos de thé très noir et très brûlant. J'avais, grâce à Dieu et à une volonté de fer, échappé à la queue de kangourou *à l'étouffée* (en français sur le menu) et aux airelles, récupéré la clé de contact de Neddie dont MacChose m'avait dit que c'était le flic nommé Galloway qui l'avait déposée et, ayant jeté un œil dans la benne tandis que s'affaissait la silhouette indistincte dans la Yamaha garée à une encablure, constaté que, décidément, le volage émule de King-Kong ne s'y trouvait pas.

Comme pour parachever la joie que j'avais éprouvée d'entendre mes filles après cinq ans de silence têtu, Anaïs avait accédé, sans le savoir, à un de mes rêves secrets : elle avait enfilé le très minimaliste string entraperçu dans le sac et un de mes tee-shirts, celui très peu pacifiste qui représente une tête de mort surmontée d'un béret vert et d'un poignard et qui enjoint l'entourage à s'enrôler dans le corps des Marines américains.

Quoi qu'il en soit de la paix dans le monde, le spectacle était ravissant, surtout qu'elle avait ramassé sa chevelure en un chignon très bourgeois et que c'était un plaisir de la voir se jeter sur l'assiette et manger avec ravissement, assise en tailleur sur le lit refait (l'ordre suisse), ses seins arrogants faisant saillir les yeux exorbités du sanguinaire

1. Le très anglais *fish and chips* exporté mais adapté aux ressources du pays puisque confectionné avec de la chair de requin.

2. Cru de la vallée de la Barossa (Australie méridionale) titrant 13,5°.

crétin au béret vert. Je versai le vin rouge dans deux gobelets en carton et lui en tendis un.

— Désolé pour les verres, dis-je. Mais je ne voulais pas attirer l'attention de l'empoisonneur écossais.

— Pas de quoi, militaire, dit-elle en faisant mine de trinquer. Mais tu sais, Paddy, poursuivit-elle, la bouche pleine de morceaux de squale, j'ai parfois du mal à comprendre ce que vous dites, vous autres Australiens…

— C'est à cause des mouches, dis-je en m'envoyant une grande lampée de vin rouge fort, mais très *gouleyant*, comme on dit en France.

— Les mouches ? s'étonna-t-elle en m'imitant, tout en faisant une charmante petite grimace de sheila au palais délicat.

— Il y a tellement de mouches dans l'Outback, expliquai-je, qu'on ne peut pas desserrer les dents de crainte qu'elles ne vous entrent dans la bouche. D'où notre façon de parler.

Elle rit joyeusement, détendit ses longues jambes encore mieux mises en valeur par le string et je contemplai avec regret ces cuisses ouvertes que je savais tellement douces.

— Il faut que je sorte, soupirai-je. Je dois retrouver mon partenaire…

Elle sauta sur le lit, enthousiaste, et dit ce que je craignais :

— Je viens avec toi !

CHAPITRE 13

Elle ne se rendit à mes raisons que lorsque je lui montrai, de la fenêtre où je la fis se pencher avec prudence, la Yamaha stationnée sous le réverbère. D'ailleurs, même si je n'avais pas été surveillé par la police, j'aurais hésité à l'emmener avec moi : les bars du Grand Jamais-Jamais, le vendredi soir, ne sont pas à mon sens l'endroit idéal où trimbaler une sheila de bonne famille, issue d'autre part d'un pays qui a inventé la Croix-Rouge, l'holocauste des comptes en banque et le protestantisme tout en se nourrissant de gruyère et de chocolat.

— Jacinta ne me lâchera pas d'un poil, avais-je expliqué, et je suis sûr qu'elle serait ravie de mettre la main sur toi…

— Jacinta ? avait-elle interrogé, l'air un peu piqué.

— Le sergent Jacinta Cromley, précisai-je. La sœur de l'immonde Méduse Cromley, ton contact et chauffeur de minibus. Le pote de ton pote Mitch qui surfe comme un dieu…

— C'est de la planche à voile qu'il faisait, avait-elle dit, vaincue par mes arguments. En plus, ce n'était pas mon pote, juste une connaissance. Et en outre, il n'était pas aussi bon que ça sur une planche…

Elle m'avait picoré un baiser qui sentait délicieusement les frites, le requin de récif et le vin rouge, tandis que je chaussais mes santiags en crocodile et passais sur mon tricot blanc un gilet de cuir de même origine, sinon du même marigot. Elle m'avait regardé, amusée, alors que je glissais dans ma botte droite l'impressionnant couteau de survie avec sa lame de vingt centimètres et tout son fourniment rambotesque contenu dans le manche, mais avait franchement éclaté de rire quand j'avais coiffé un feutre Akubra propre, orné d'un collier de dents de requin.

— Le grand Crocodile Dundee en personne, avait-elle narquoisement commenté.

Légèrement vexé (franchement, même), je lui promis de lui reparler d'un film où l'on voyait un broussard (Paul Hogan sans sa bouteille de Foster's) partir d'un bistrot de McKinlay, c'est-à-dire un bled situé à cent kilomètres au sud-est de Cloncurry — autant dire la porte à côté —, et qui arrivait à trouver dans les parages des crocodiles de mer[1] et des buffles qui ne sont jamais descendus aussi bas.

— Ne bouge pas d'ici, conclus-je un peu sèchement, enferme-toi à clé et n'ouvre que si c'est Pickwick ou moi qui t'appelons.

1. Les crocodiles *salties* vivent à l'extrême nord du Queensland et des Territoires du Nord et s'ils remontent souvent les embouchures, jamais en tout cas jusqu'à la région où est situé le Walkabout Creek Hotel du film.

Elle s'était dressée sur le lit, soulevant le martial tee-shirt d'une main pour me montrer ses admirables seins, l'autre esquissant un salut militaire.

— Bien, mon général, dit-elle, une lueur rieuse dans ses yeux vert tendre.

— Ooooh, non ! fis-je en m'esquivant. Pas ça…

*

— Encore faim, Paddy ? interrogea mon Mac'hôte en me voyant débarquer dans son petit salon. Me reste encore une foutue tranche ou deux de queue de joey…

— Merci, une autre fois, mon pote. Juste un service à te demander. Laisse monter personne dans la piaule. Je vais faire un tour…

— Walkabout vers le houblon, hein ? fit-il. Retrouver ton équipier dans la fièvre soiffarde du vendredi soir ?

— Ouep, dis-je en sortant sur la véranda, y a de ça…

J'inspectai les alentours : mis à part la patiente Jacinta ou un de ses subordonnés planqué dans la voiture japonaise blanche avec son peu discret numéro noir sur le toit, tout avait l'air tranquille. La Yamaha était stationnée dans le même sens que Neddie et j'agitai courtoisement la main dans sa direction, mimant hors de propos, vu l'heure nocturne où les gentilles mouches devaient toutes être en train de bercer leurs petits asticots, le Grand Salut Australien qui est, comme on le sait, le tic des habitants de l'Outback agitant perpétuellement leur main devant le visage pour chasser les insectes, ce qui a pu laisser croire à des observateurs distraits qu'il s'agissait là d'un salut coutumier.

J'allais monter dans la cabine de ma Toyota bien-aimée quand, de l'autre côté de la rue, une fenêtre s'ouvrit au premier étage d'un immeuble de brique lépreux et apparut la silhouette bien reconnaissable de Mme Strawberry, la vieille sucreuse de fraises sourdingue. Elle me héla avec ce qu'elle croyait sans doute être un chuchotement mais qui était pourtant encore fortement chargé en décibels.

— HÉ, MON P'TIT GARS, MONTEZ DONC VOIR UN MOMENT ! tonitrua-t-elle d'une voix qui semblait avoir tutoyé aussi le goulot d'une bouteille de gin. J'AI QUELQUE CHOSE D'IMPORTANT À VOUS RÉVÉLER !

Je pensai que je n'avais rien à perdre et que cela ferait une bonne diversion pour égarer les suspicions de Jacinta. Je poussai sa petite porte du rez-de-chaussée sur laquelle une patte de kangourou cloutée faisait office de heurtoir, pénétrai dans un vestibule orné de portraits d'ancêtres qui avaient dû vendre fort cher leur petite bière à Burke & Wills et montai l'escalier dont les marches avaient certainement été entretenues par les techniciens d'Holiday on Ice. La vieille sourdingue m'attendait en haut, à la porte de son salon aussi briqué qu'elle était négligée sur sa personne.

Je m'étais trompé au moins sur un point. Elle ne carburait pas au gin, mais à la liqueur de whisky Bailey dont elle usait au goulot d'une demi-bouteille déjà bien entamée. Elle m'offrit le coup que je refusai et entama d'abord un long cri de guerre qui, à ma grande stupeur, s'avéra être celui que poussaient les supporters de mon ancien club de rugby[1] :

— KAAARRRN ! hurla-t-elle en agitant sa bouteille et son cornet acoustique comme des fanions.

Je pris un air modeste et gêné tandis qu'elle m'expliquait, en tonitruant, qu'elle m'avait vu jouer à Brisbane en 1980 dans l'équipe militaire première de Nouvelle-Galles du Sud.

— PREMIÈRE LIGNE, claironna-t-elle, POIDS DE FORME QUATRE-VINGT-DEUX KILOS POUR UN MÈTRE SOIXANTE-DIX-NEUF, ONZE SÉLECTIONS EN SÉRIES INTER-ÉTATS. FLAHERTY, VOUS ÉTIEZ SUPERBE !

Tout en étant époustouflé par sa mémoire — car tout cela était parfaitement exact —, je me pris d'inquiétude pour mon biceps qu'elle se mit à triturer, abandonnant pour cela son diabolique cornet de bakélite, ce qui, je le craignais, n'allait pas faciliter notre communication. Je me demandai même si je n'étais pas tombé dans un guet-apens sexuel et je fus à peine rassuré en constatant qu'il y avait près de la fenêtre un vieux monsieur dans une chaise roulante et qui nous regardait, la bouche ouverte, sans remuer un cil. En face de lui se trouvait une bergère recouverte d'une housse et on pouvait presque supposer que, le soir, Mme Straw-

1. À quinze, les Australiens pratiquant davantage le jeu à treize mais aussi une forme locale, appelée *footy*, très populaire et qui se joue sur un terrain ovale.

berry en disposait une autre sur le fantôme de ce qui avait pu être son mari. Elle suivit mon regard.

— DONALD STRAWBERRY, expliqua-t-elle, IL ÉTAIT CHERCHEUR D'OR. IL EST TOMBÉ DANS UN TROU DE MINE À BROKEN HILL ET DEPUIS, IL N'EST JAMAIS TOUT À FAIT REMONTÉ !

Je pris son cornet et l'enfonçai dans son oreille pour parler directement dedans.

— Ne criez pas si fort, madame Strawberry, vous allez ameuter tout le voisinage.

— C'est à cause de lui, dit-elle normalement en montrant Donald impavide. Il n'entend pas très bien. Bon, je vous disais donc tout à l'heure que j'avais vu le gros-cul rouge vous pousser. Mais j'ai vu aussi qui a volé ce Mack…

Je devins très attentif. Si elle disait vrai, c'était la première fois que j'approcherais de l'amorce du début d'une piste.

— C'était une espèce de rastaquouère, trompeta-t-elle en version bouchée. Un grand métèque avec une queue-de-cheval de sheila qui est sorti d'un van noir aux vitres teintées…

Je revis le véhicule avec ses fixations de surf ou de planches à voile qui était passé devant Pick et moi, alors que nous étions arrêtés au bord de la piste menant à Marraba, Duchess et Butru, dans la direction où se dirigeait le road-train volé. Le vieux Donald me fixait sans bouger, la bouche ouverte. Je pensai que les mouches et lui, ça devait être dur.

— Eh bien, merci, madame Strawberry, c'est très intéressant, dis-je dans le cornet, mais il faut que je parte…

— MAIS C'EST PAS TOUT ! hurla-t-elle, ce qui me fit sursauter (je me demandais si Vieux Donald ne faisait pas semblant d'être paralysé pour ne pas avoir à discuter avec elle. Je mis un doigt sur ma bouche avec un sourire).

— Pendant que vous étiez collé aux fesses du Mack, votre dame est revenue à l'hôtel…

— Ma… dame ?

— Celle qui était sur la terrasse avec vous et le gars noiraud, insista-t-elle. La Gretchen avec ses tresses, sa culotte de cycliste et son sac à dos avec une croix blanche. Celle avec qui vous venez de vous payer une partie de jambes en l'air pendant deux heures, précisa-t-elle à ma grande confusion.

— Oui, je sais, madame Strawberry, dis-je en faisant un sourire contraint en découvrant que les moustiquaires de ma chambre n'étaient peut-être pas aussi opaques qu'elles en avaient l'air. Je lui avais laissé la clé de ma chambre…

— Peut-être bien, dit-elle, sauf que j'ai pas compris pourquoi elle a passé l'après-midi *sous* le lit au lieu de se mettre *dessus*. Enfin bref, ça ne me regarde pas, mais au nom de vos onze sélections et de vos quarante essais, je me dois de vous dire que, avant de rentrer à l'hôtel, elle a parlé avec le conducteur du van comme si c'était un de ses vieux copains !

L'Esprit-Tonnerre Namarggom des Aborigènes ne m'aurait pas mieux foudroyé que cette révélation. Anaïs avait « oublié » de me signaler ce détail qui semblait prouver qu'elle était toujours, sinon en connivence, du moins en contact avec nos agresseurs et ce, quelques instants seulement après qu'ils eurent tenté de nous supprimer. Quel jeu jouait-elle ? Quand était-elle sincère ? Était-elle toujours sous la coupe de Mitch qui devait être, soit le voleur du Mack rouge, soit le conducteur du van noir ?

J'eus la tentation de sortir et de retourner dans la chambre afin de lui extorquer la vérité vraie, et non pas celle qu'elle m'avait vendue entre deux coups de baise, bien réussis, je dois en convenir. Je me penchai à nouveau vers la bakélite usée du cornet acoustique tandis que sa propriétaire me regardait d'un air moqueur et que Donald continuait à jouer la grenouille dans une partie de passe-boule. Je dus subir une bouffée de liqueur de scotch avant de m'enquérir :

— Avez-vous vu le conducteur du van ?

— Bien obligée, ricana-t-elle. Il a baissé sa vitre pour parler à vot'dame. Y ressemblait comme un frère à l'autre : même teint olivâtre de métèque, même couette de sheila ou de pédé.

— Merci encore, madame Strawberry, dis-je en lui baisant la main, ce qui eut l'air de la ravir et de l'étonner à la fois. Puis-je vous demander de ne parler à personne de tout ça… Et surtout pas… heu… à la police !

— PAS DE DANGER, tonitrua-t-elle puis, plus bas, comme en confidence : dans le temps, la grosse truie de métisse Cromley a refusé de rechercher celui qui a tué Donald à la 22 Long Rifle.

Médusé, je regardai le vieux immobile à sa fenêtre, le regard vitreux et la bouche crispée dans un rictus. Elle suivit mon regard.

— Non, non, pas lui, corrigea-t-elle. Un autre

Donald, un superbe cacatoès Magnifica à qui j'avais donné ce nom parce que lui, IL PARLAIT ! Pas de problème, O'Flaherty, comptez sur moi, poursuivait-elle encore, alors que je fuyais dans l'escalier bien ciré.

Comme j'arrivais en bas dans le vestibule, je la vis penchée au-dessus de la rambarde qui mettait ses deux mains en porte-voix. Je craignis le pire. Il arriva :

— ET ENCORE MERCI POUR LES DEUX HEURES GRATUITES DE PORNO, O'FLAHERTY ! vociféra-t-elle. MON DONALD A FRANCHEMENT *BEAUCOUP* AIMÉ LE SPECTACLE...

CHAPITRE 14

Je résistai fortement à l'envie de regagner l'hôtel. Qu'y aurais-je fait ? Flanqué une rouste à la sheila qui s'était si bien fichue de moi ? Lui faire cracher le morceau en torturant ses livres d'ornithologie ?

Plus j'y réfléchissais et plus sa conduite m'apparaissait en effet suspecte. Pourquoi me camouflait-elle ainsi son identité, allant jusqu'à se doucher avec sa pochette contenant le passeport ? Pourquoi ne figurait-elle pas sur les registres de l'Immigration aux dates qu'elle m'avait données ? Ou alors, Jacinta m'avait-elle menti ?

Et celle-ci, pourquoi ne menait-elle pas son enquête selon les règles en vigueur ou du moins celles que je croyais être coutumières chez les flics tenaces, à qui de surcroît on avait tué leur frère ? Elle n'avait pas perquisitionné notre chambre, elle ne paraissait pas rechercher la prétendue Anaïs Unger avec toute l'énergie voulue. S'était-elle au moins lancée à la poursuite du Mack rouge volé ?

Tout cela trottait dans ma tête comme un brumby chargé de la veille du troupeau. En effet, quand on approche un troupeau de ces chevaux sauvages, l'un d'eux, toujours le même, vient se montrer aux intrus en trottinant avec impudeur, chargé, s'il le faut, de les entraîner à sa suite, quitte à être capturé, mais sauvant ainsi le gros de la harde. Et tout cela ne me rendait pas Pickwick, qui avait disparu, je le vérifiai en consultant ma montre indiquant vingt-deux heures, depuis plus de huit heures. À moins, bien entendu, qu'il n'ait jamais quitté le poste de police puisque personne ne l'avait vu depuis qu'on nous avait séparés pour interrogatoire, et qu'il gise dans une cellule sans fenêtre, cassé par les coups, son Esprit-Enfant ayant rejoint le paradis du Grand Serpent-Arc-en-Ciel.

La nuit était, comme à son ordinaire sous nos latitudes, superbement gorgée d'étoiles infiniment plus scintillantes que partout ailleurs. La Voie lactée vomissait son lot habituel de comètes incohérentes qui traversaient la voûte de l'espace d'un trait elliptique décidé, allant s'abîmer on ne savait où. J'allumai une cigarette, traversai la rue et grimpai dans la cabine de cette vieille et chère Neddie, toujours fidèle, elle, contrairement à certaines sheilas aussi inconstantes que des étoiles filantes dans un ciel d'été.

Noël serait bientôt là et peut-être, un mois après, les pluies arriveraient-elles enfin, après trois longues années d'attente. Je mis le contact et jetai un œil dans le rétro. La Yamaha alluma ses feux de position et déboîta à ma suite quand je me dirigeai vers la rue Burke & Wills. Je souris amèrement en pensant à Anaïs qui s'était sans doute couchée pour dormir, à moins qu'elle n'attende mon départ pour faire venir subrepticement Mitch et s'envoyer encore en l'air, pour le plus grand enthousiasme voyeur du couple Strawberry.

Après avoir fait le plein de Neddie, j'entamai la tournée des bistrots de Cloncurry où d'autres pleins rituels du vendredi soir s'accomplissaient. Je connaissais tous les barmen, ils connaissaient tous Pickwick qui, contrairement à la plupart de ses semblables, payait toujours recta et ne laissait jamais d'ardoise dans les bars. Personne n'avait aperçu ses dreadlocks et son sourire énigmatique de rescapé de la préhistoire. Quelques types essayèrent bien de me harponner pour me faire parler de l'affaire des meurtres qui semblaient être au cœur des conversations, ainsi que le spectaculaire accident BBQ[1], mais je me dérobai en prétextant le secret de l'enquête.

La Yamaha me collait toujours au train, sans que Jacinta, Galloway ou Di Georgio, ou encore l'un des deux autres flics de Cloncurry non encore entrevus, se manifeste, le conducteur restant garé à distance raisonnable des enseignes aux néons agressifs des bars de nuit, patient comme une araignée Atrax qui guette sa proie.

Je décidai de me rendre au campement abo, à la sortie de la ville. Peut-être Pickwick-Pickwick s'y trouvait-il, accroché à la grosse poitrine flasque d'une lubra maternelle et sinon, quelqu'un l'avait peut-être vu, s'il était sorti sur ses deux pieds du poste de police ?

1. Sigle de restaurants pour « Barbecue ».

Ce n'était pas forcément une bonne idée que de se rendre en pleine nuit dans un campement indigène. Déjà qu'on y est très modérément bien accueilli dans la journée, l'obscurité semble rendre les Abos à leur passé, à leur identité que nous leur avons volée, comme nous leur avons volé le reste, leurs terres, leurs croyances et leur dignité.

J'y pensais parfois quand je me remémorais qui avait été mon lointain ancêtre, arrivé sur le continent australien en 1808, comme sous-officier du tristement et historiquement célèbre New-South-Walles Corps et qui avait établi notre dynastie ici, presque deux siècles auparavant. Ce régiment de soudards pommies, qui avait pris en main, dès l'origine de la colonisation, toute l'économie du pays, faisant travailler les convicts à leur compte, massacrant les rares Aborigènes qui s'opposaient à eux, trafiquant tout ce qui pouvait l'être, comme le rhum contrôlé par le fameux *Rum Corps*, s'était mutiné contre le gouverneur Blight, celui-là même qui s'était déjà fâcheusement illustré à bord du *Bounty* et qui essayait une fois encore de remettre de l'ordre dans ce bouclard aviné qu'étaient les rives de Port Jackson et de Botany Bay. Pour finir, le régiment de Nouvelle-Galles du Sud avait été renvoyé en Angleterre mais peut-être le premier des Flaherty aussies avait échappé à la purge parce que trop bête ou pas assez angliche pour en croquer.

Sans doute aussi à cause de son origine irlandaise qui devait le mettre très en dessous des Pommies, il était resté simple sous-off, comme je l'avais été mais, je ne pouvais m'empêcher d'y croire, avait dû, comme les autres, participer à ces affreuses chasses aux *natives*, à ces exterminations systématiques de tribus paisibles, terrorisées par les armes à feu des Blancs, auxquelles elles n'avaient à opposer que leurs massues de jet et leurs lances à propulseur, le massacre étant programmé pour justifier la notion de *terra nullus* — terre vide d'habitants — qui niait la présence d'occupants avant l'arrivée de James Cook et permettait tous les excès. Je ne pouvais m'empêcher de penser que mon père, le général (de réserve) Sean O'Flaherty, aurait tenu sa digne place à cette époque-là…

À la sortie de la ville, le campement était silencieux et seules quelques lumières brillaient dans les cahutes ou les abris de tôle ondulée renforcée au carton d'emballage et aux bâches de récupération. Le sol était jonché de boîtes de bière vides, d'éclats de verres brisés et de plastique voletant au vent léger de la nuit. Les chiens aboyèrent, repérant immédiatement la présence d'un Blanc, comme les chiens des Européens réagissent à celle d'Abos, lorsque je mis pied à terre à cinquante mètres de la frontière invisible, mais bien réelle, du campement. Celui-ci n'était pas à proprement parler interdit aux visiteurs, comme le sont les « communautés » dont l'accès est soumis à autorisation coutumière des autorités tribales et des conseils territoriaux, mais la voix des chiens bleus, un croisement de terriers avec les dingos, indiquait assez que je n'y étais pas le bienvenu.

Je me dirigeai vers une caravane déglinguée, échouée là après quelque naufrage routier, amputée de ses roues et posée de guingois sur des parpaings. Un fil passait par la fenêtre, apportant l'électricité d'un compteur central et une ampoule éclairait chichement l'intérieur de la roulotte de ces gitans noirs. Un bâtard de chien bleu — en réalité de la couleur sable du dingo — était attaché par un long sandow surfilé d'un mince câble d'acier qui en faisait une espèce de balle de Jokari féroce et hurleuse. Vu l'état de moindre délabrement de la caravane par rapport aux huttes bricolées bidonville avoisinantes, ce devait être l'habitation du plus prospère habitant de ce cloaque, c'est-à-dire une manière de chef.

— Hoey ! appelai-je fort pour couvrir les aboiements du clébard à demi sauvage, regrettant de ne pouvoir disposer du puissant organe vocal de Mme Strawberry. Y a quelqu'un ?

Je toquai sur la frêle porte. On ne répondit pas davantage. Mis à part les hurlements des molosses, il n'y avait curieusement aucun bruit dans le campement, ce qui était assez inhabituel un vendredi soir où la bière et le rhum-coca coulent à flots, quand ils n'étaient pas agrémentés de petites reniflettes de vapeurs d'essence ou, quand le magasin de liqueurs avait refusé de faire crédit, d'alcool de polycopieuse ou de trichloréthylène adouci à l'eau de Cologne.

Je réalisai alors seulement que je n'avais vu aucun Abo en ville, ni dans les trois bars que j'avais visités, surtout dans le dernier, Les Portes de l'Éden, qui était l'un de leurs fiefs et où l'on profitait d'ailleurs de leur choix en les faisant payer le double des tarifs de consommation, ni même dans les rues proches où ils s'écroulaient à même la chaussée en attendant le booze-bus.

— Je suis le pote de Pickwick-Pickwick Kadigbaku, insistai-je alors que le fauve tirait sur son étrange attache élastique, lorgnant mes mollets en bavant de convoitise. Je le cherche !

La porte branlante de la caravane s'ouvrit après un instant et une forme massive s'encadra dans la chiche lumière de l'intérieur, m'empêchant toutefois de distinguer l'occupant des lieux. Une voix rauque, burinée au mauvais grog[1] et au nikki[2], fit taire le chien en « langage » et m'enjoignit d'entrer. J'obéis et me retrouvai dans un capharnaüm invraisemblable de caisses et de cartons pleins, de boîtes en fer-blanc et de packs de bouteilles qui montaient à l'assaut d'une étroite couche à la couverture bien tirée. Une ampoule nue, repeinte à la chiure de mouches à bétail, éclairait cette caverne d'Ali Baba.

C'était une femme qui m'avait ouvert, une grosse lubra aux yeux fuyants et aux traits épais marqués de scarifications rituelles, vêtue d'une ample robe rouge parée de dentelles, qui remontait à l'époque où les missionnaires catholiques ou protestants en faisaient confectionner des quantités industrielles à Manchester pour cacher la nudité de leurs catéchumènes. Elle était indifférente et lasse, réfugiée à l'intérieur d'un elle-même poisseux et effrayant où le démon Démon régnait

1. Nom général de l'alcool.

2. Tabac fort en carotte, utilisé soit chiqué, soit râpé dans une pipe.

en maître. Elle devait avoir plus de cinquante ans, mais c'était difficile à estimer et elle-même ne le savait sans doute pas.

Toute la marchandise accumulée là, au mépris des lois sur le commerce, consistait en alcools divers, en cartouches de cigarettes (je me promis de lui en acheter une), en vieilles boîtes de thé Bushells de trois kilos, en bidons de farine pour confectionner les galettes dampers, en paquets de sucre, en sacs de patates à moitié germées, en conserves de jambon kiwi[1] et en sacs de riz indonésien.

La forte lubra se fraya un chemin dans le labyrinthe de son magasin clandestin, alla éteindre un camping-gaz où commençait à siffler une bouilloire dans laquelle elle jeta une poignée de thé très noir. La conversation allait être difficile, pour autant qu'elle parlât anglais, et j'espérai seulement qu'elle n'était pas sourde, elle aussi. Sans y être invité, je m'assis sur un pack de casks[2] de la peu gouleyante marque Plexia, tandis qu'elle se laissait tomber sur la couchette.

C'est alors que je rencontrai, trônant sur une table rabattante à côté de ce qui devait être un livre de comptes, le sourire énigmatique de l'étrange M. Kadigbaku qui me regardait, bien encadré dans une œuvre d'art en petits coquillages alternant avec des graines d'acacia. Je faillis d'ailleurs ne pas le reconnaître.

1. Surnom des Néo-Zélandais.
2. Berlingots contenant un ou deux litres d'effroyable vin de qualité très inférieure.

Il était photographié en buste, portait une chemisette d'un blanc éclatant que je ne lui avais jamais vue et tenait à main droite un didgeridoo peint en ocre et brun dont je ne l'avais jamais vu jouer. Mais surtout, il ne portait pas ses nattes rastas et exhibait une coiffure un peu longue, mais convenable.

Je sus alors que j'étais tombé au bon endroit. Peut-être même, comme ça semblait être devenu une mode, Pick était-il caché sous le lit et allait-il en émerger soudain, comme une grosse tortue carret…

*

Je pigeai très vite que la femme aborigène et moi étions en route vers le royaume de la non-communication, quand je lui posai une première question :

— Vous êtes la lubra de Pickwick-Pickwick ? demandai-je avec urbanité.

S'ensuivit une courte rafale de mots où abondaient les doubles *oo* et une profusion de *ww* à vous donner envie de vous laver les oreilles à la soude caustique. Le pire était qu'elle ne semblait pas foncièrement hostile et témoignait même d'une certaine bonne volonté véhémente qui m'était malheureusement incompréhensible. Je levai la main pour arrêter le flot. Les indigènes parlant à l'origine plus de deux cent cinquante dialectes différents, il paraît surhumain au polyglotte le plus raffiné de traduire les langues abos, ceux-ci ne se comprenant pas eux-mêmes entre les Murris du

Nord-Est où nous nous trouvions, les Nungas côtiers de l'Australie méridionale, les Nyoogahs de la région de Perth, les Walmajarris des Kimberley et même avec les Murris du Cap York.

Depuis quelques années, dans le Nord, les Abos, et singulièrement les jeunes, employaient une espèce de langage commun, le « kriol », qui mélangeait l'anglais et des mots indigènes, mais les plus anciens continuaient de se servir du « pidjin », correspondant au « petit nègre » africain ou au « bichlamar » des îles du Pacifique Sud que j'avais entendu aux Nouvelles-Hébrides — lesquelles ne s'appelaient pas encore le Vanuatu — et où mon bataillon était allé faire un stage commando dans les jungles des îles du Nord. J'essayai :

— Toi lubra pour gars noir répare barrière ngrurrakin[1] ? articulai-je lentement en montrant le portrait de mon partenaire. Voir lui toi au soleil ?

Elle parut saisir l'allusion à la journée passée, opina vigoureusement et, s'emparant de la photo encadrée, la berça contre son imposante poitrine d'une manière affectueuse qui laissait à penser qu'effectivement elle entretenait des rapports familiers avec vieux gars noir.

— Parti lui bush ? demandai-je encore en évoquant de la main le Grand Jamais-Jamais qui s'étendait autour de lui. Walkabout pour grand gars noir ?

Elle se lança à nouveau dans un déluge d'explications indignées mais accompagnées d'un mime

1. Chien sauvage en langage murri.

si expressif — ceux qui ont assisté à un corroboree et ont vu danser des Abos imitant des échassiers me comprendront — que je saisis ceci :

Un, que quelqu'un avait essayé d'étrangler Pick ici même.

Deux, que Pick s'était vaillamment défendu.

Trois, qu'on l'avait maîtrisé, forcé à boire de l'alcool. Pour preuve, elle me montra le fond d'une bouteille de mauvais rhum agricole fabriqué à Ingham par les épouvantables coupeurs de cannes à sucre du Queensland.

Quatre, qu'il avait sombré dans un profond coma éthylique.

Cinq, que les méchants gars blancs l'avaient embarqué dans une voiture noire (elle faisait mine de tourner un volant et montrait sa peau).

J'étais effondré. Il ne manquait plus que ça, Pick kidnappé comme un vulgaire bébé de riches. Je demandai à Grosse Lubra Trafiquante, moitié en pidjin, moitié par gestes — ça devait être contagieux ! — si Méchants Gars Blancs avaient un catogan et, montrant un sac de café de dix kilos, s'ils avaient la peau bistre, car bien entendu, j'avais pensé tout de suite à Mitch et à son jumeau dans leur van noir. Mais, à ma grande surprise, elle secoua frénétiquement la tête en signe de dénégation et, puisant dans un grand pochon de blé précuit provenant de Nouvelle-Zélande une généreuse poignée de grains, elle les fit couler sur ses cheveux raides, suggérant ainsi sans doute la blondeur.

Je ne voyais pas du tout de qui il pouvait bien s'agir et s'il était logique que Mitch et son complice s'emparent de la personne de mon équipier, je me demandais bien qui étaient ces deux blonds (elle m'avait montré deux doigts pour quantifier les étrangleurs) inconnus au bataillon.

— Toi gentille lubra à gars noir, conclus-je en sortant un billet de cinquante dollars[1] et lui désignant une cartouche de Winfield.

Elle voulut me rendre la monnaie, mais je refusai, lui adressant un petit signe amical, à elle ainsi qu'à la photo encadrée. Je gagnai la porte, l'ouvris et reculai.

Dehors, il y avait une dizaine de jeunes Aborigènes qui me regardaient en silence, l'air pas commode.

En outre, le chien était détaché. Et il avait convoqué des copains pour le *kaï-kaï*.

*

La vieille peau en robe « Mission » referma la porte sur moi et je restai sur la marche de la caravane, face à cinq chiens qui grondaient et neuf jeunes boongs qui se taisaient. Ils avaient entre quatorze et vingt ans et tenaient des *killing-sticks*[2], des gourdins divers, deux barres à mine et même, concession au monde extérieur au Temps du Rêve, un nunchaku échappé d'une vidéocassette de karaté et dont le propriétaire, un Abo albinos efflanqué aux yeux purulents, semblait diriger la manœuvre.

1. 26 euros.
2. « Bâtons à tuer » : massues de jet.

Il était sapé comme un rappeur new-yorkais, de vêtements trop grands, et portait un bonnet de laine multicolore, enfoncé très profond sur les oreilles. À la manière dont il maniait son engin, il avait parfaitement assimilé la culture d'une certaine partie de l'immigration asiatique et je commençais à avoir très peur.

En règle générale, les Abos constituent un peuple pacifique, l'exil étant, dans les traditions anciennes, le pire châtiment qu'une tribu puisse appliquer à l'un des leurs. Mais cela, c'est la règle générale et les jeunes ont universellement tendance à faire peu de cas des traditions anciennes. Depuis quelques années, la délinquance était devenue brutale, à l'image de celle de tous les pays du monde. Tous chômeurs, analphabètes, maîtrisant mal l'anglais, les jeunes Abos se regroupaient en gangs, et dans les banlieues de certaines grandes villes, c'était devenu une véritable calamité. Drogue, amphés, alcool faisaient le reste.

J'étais toutefois surpris : nul n'avait jamais parlé de délinquance juvénile à Cloncurry — ni même à l'Isa, c'est dire ! — et s'il avait existé un problème, je pense que Pick m'en aurait touché un mot en passant.

Je présentai deux paumes apaisantes au groupe cynophile presque immobile, si l'on excepte l'albinos rappeur qui faisait aller son fléau japonais avec maestria autour de son bonnet de laine.

— Je suis un ami, dis-je avec mon sourire le plus amène en descendant la marche, mais y laissant le pied botté qui contenait le poignard, dans une posture que j'espérais naturelle et décontractée. Je suis le partenaire de Pickwick-Pickwick Kadigbaku. Je travaille avec lui sur la clôture anti-chiens sauvages…

Je n'aurais pas dû dire ça car leurs cousins à moitié domestiqués montrèrent les dents et ça parut ne faire ni chaud ni froid à la bande d'adolescents.

— On veut pas de lui, grogna l'albinos aux paupières gonflées et aux yeux un peu rouges qui coulaient en une croûte dont les mouches devaient se régaler dans la journée. Et on veut pas de toi non plus. On veut plus d'aucun Blanc !

— Je m'en vais, dis-je. Mais Pickwick a disparu et il a été enlevé. Par des Blancs. J'étais venu aux nouvelles…

— C'est un flic, Kadige-bas-du-cul, stridula une voix stridente dans le groupe dont le propriétaire, vêtu d'une longue houppelande, armé de la massue de jet, était une gin plutôt gracieuse mais qui avait dissimulé sa chevelure et une partie de ses traits sous une espèce de cagoule de ski. Ou c'est un indic. C'qui lui est arrivé, on s'en balance mais c'qui va t'arriver, Blanco, ça, ça nous intéresse.

Je me demandais s'ils ne s'étaient pas occupés déjà sérieusement de ma Land Cruiser et si je n'allais pas la retrouver les quatre pneus crevés. Dans mon dos, la vieille lubra, sans doute elle aussi terrorisée, éteignit son ampoule.

Je profitai de ce moment où leur vision avait dû être chamboulée par le brusque passage de l'ampoule dans leurs yeux à l'obscurité presque lointaine qui régnait, la pleine lune étant cachée derrière un rideau de hauts gommiers aux feuilles vert argenté. Je bondis vers la gin qui était la plus proche de moi, la saisis par ses épaules maigres, tirant dans le même mouvement mon poignard de son étui. J'appliquai la lame dentelée sur sa gorge, la serrant contre moi pour faire face aux deux meutes.

J'étais navré de faire cela qui n'était pas d'un gentleman, mais je ne tenais pas à me retrouver transformé en mannequin d'entraînement pour arts martiaux nippons. Mon copain le chien, celui qui avait convoqué tout le Rotary des clébards du campement, sauta sur mon mollet qu'il convoitait depuis un bon moment et mordit, heureusement sur la botte, mais je sentis bien la pression de sa mâchoire.

Secouant ma jambe, je ne parvins pas à lui faire lâcher prise tandis que son fan-club canin aboyait frénétiquement autour, mais sans s'approcher plus avant. En revanche, il se tint dans une position cambrée et suspendue telle que ses cervicales étaient disjointes et, quittant un moment la gorge de la jeune fanatique, j'abattis la pointe de mon poignard juste à la base de sa tête, le même coup que la mise à mort d'un taureau espagnol par un matador adroit.

Le clébard tomba mort, foudroyé, sans que je songe à demander les oreilles et la queue. L'albinos semblait hésiter à approcher mais maniait toujours son fléau avec une dextérité tout orientale. Je crus deviner que je tenais sa gin et je commençai à me frayer un chemin au milieu des adolescents qui s'écartèrent, les copains du chien bleu jaune étant occupés à le dépecer de tous leurs crocs disponibles.

À reculons, toujours tenant la jeune excitée qui marmonnait des injures blessantes à l'encontre de ma sainte mère la défunte générale, je me dirigeai vers Neddie, me demandant comment j'allais négocier mon entrée dans la cabine.

Je n'eus pas à m'en soucier. Alors que je m'adossais à la portière, face aux rastagangs qui s'enhardissaient, j'entendis soudain la voix de crécelle de Jacinta Cromley, à cette heure assurément la plus belle femme du monde à mes yeux :

— Arrêtez, bande de nègres, disait-elle. Déposez vos armes ou je tire dans le tas !

CHAPITRE 15

Quand j'ai dit que le sergent Cromley était la plus belle femme du monde, je crains d'avoir un tantinet exagéré par un sentiment bien naturel d'extrême soulagement.

Mais il est vrai que telle que je la découvrais, campée sur le plateau de Neddie, en uniforme de la police du Queensland, sans la jupe remplacée par le pantalon bleu marine, la chemisette bleu clair, la casquette accordée à son grade, ses trois chevrons en barrette sur les épaules et son pistolet automatique dans le holster de hanche débouclé, elle ne manquait pas d'allure.

D'autant plus allurée, je trouvais, qu'elle tenait un fusil à pompe anti-émeute braqué sur les furieux « abolescents » qui avaient l'air littéralement pétrifiés d'effroi, suspendus dans l'espace du Rêve, leurs postures agressives comme figées dans un moderne dessin pariétal où ils avaient retrouvé d'instinct les attitudes de leurs ancêtres chasseurs.

Je lâchai la gin vindicative qui n'en continua pas moins à traiter mon défunt père de noms dont je n'aurais jamais eu l'idée, mais que je me promis de retenir pour un usage ultérieur. Elle alla se réfugier auprès de l'albinos qui semblait le plus effrayé et qui, le premier, laissa tomber à terre son nunchaku. Les autres l'imitèrent, la fille s'exécutant en dernier, jetant sa massue de jet au loin d'un geste rageur qui fit atterrir l'arme au beau milieu des clébards qui finissaient de dévorer leur ex-compagnon de meute.

M'est avis que cette joyeuse troupe d'admirateurs de Bob Marley avait une sainte trouille de la mère Cromley et je me félicitai qu'elle m'ait suivi, même si cela partait d'un mauvais sentiment.

— Rentrez tous chez vous, dit-elle d'une voix brève. Et toi, Abraham, tiens-toi à carreau. On se verra d'ailleurs après-demain.

L'albinos à qui elle s'adressait adopta une attitude contrite et à mon avis sournoise. Il baissa ses yeux purulents sur ses énormes Nike noirs, tandis que sa petite copine semblait bouillir de rage contenue.

— Bien, tante Jacinta, bougonna-t-il avant de faire demi-tour, suivi de son gang dompté.

— Tante Jacinta, hein ? fis-je en l'aidant à descendre de la benne (sa main était moins moite que je l'appréhendais). C'est le fils de Wasp... heu... je veux dire, de Jack ?

— Je connaissais le surnom de mon frère, dit-elle froidement, éjectant les cartouches de son fusil après avoir rebouclé son holster. Non, ce n'est pas son fils, c'est celui de mon autre frère — demi-frère plus exactement — qui est pasteur dans la communauté waggaboonya.

— Et pourquoi, selon vous, interrogeai-je urbainement, votre gentil neveu s'en est-il ainsi pris à moi ?

Nous étions adossés à ma Toyota dont un rapide coup d'œil m'avait appris qu'elle n'avait subi aucun dommage. J'allumai une Winfield, ce qu'elle désapprouva d'une grimace tordant son visage lunaire mais je m'en fichais : nous n'étions plus dans son bureau mais en plein air.

— Les jeunes, dit-elle pensivement et cette fois sans avoir l'air d'être constipée, n'ont plus aucun repère. Leur avenir est bouché, on leur a volé leur passé après l'avoir nié et leur présent est un beau tas de merde.

Je la regardai avec surprise. Comme un soupçon d'espèce de commencement d'humanité venait de la traverser, mais ce ne fut, Dieu la sectionne, que très bref. Une lueur mauvaise traversa ses petits yeux noirs fendus dans la bouffissure de son visage.

— Je croyais, monsieur O'Flaherty, vous avoir intimé l'ordre de ne pas sortir de la ville ?

— Mais, dis-je, j'y suis encore…

— Intra-muros, siffla-t-elle, triomphante. Nous sommes hors de la limite de la zone urbaine. En outre, vous avez contrevenu aux règles qui régissent les rapports entre communautés ethniques en vous introduisant, de nuit, dans une propriété indigène. Enfin, je pourrais vous inculper pour port d'arme prohibée, conclut-elle en désignant le long poignard qui sortait de ma botte…

— Voilà qui s'ajoute à votre démonstration en sept points de cet après-midi, persiflai-je. Ça fait dix, un bon chiffre rond.

— À titre personnel, fit-elle d'un ton encore plus glacial, j'y ajouterais un onzième chef d'inculpation : acte de cruauté sur un animal domestique. Vous n'étiez pas obligé de tuer ce chien. Vous auriez pu simplement l'assommer…

— Légitime défense, dis-je en expirant un long nuage de fumée qui alla se perdre dans la nuit claire, en direction de la Croix du Sud scintillant comme un diadème de pierres précieuses.

À peine avais-je prononcé ces deux mots qu'un coup de feu claqua, sec et cinglant, et qu'un tout petit trou s'inscrivit dans le O du DOG peint administrativement sur la portière de la vieille Ned Kelly, à vingt centimètres sur ma gauche, juste à hauteur de mon cœur.

— Du 22 Long Rifle, constatai-je machinalement.

Comme nous étions placés, à peine éclairés par une pleine lune qui avait le visage de ma camarade de cible, mais qui était quelque peu masquée par une rangée de gommiers-spectres, le tireur devait être embusqué dans le cimetière afghan dont je distinguais la grille d'entrée, surmontée du croissant musulman rouillé.

Le sergent Cromley s'était baissé, avait mis un genou à terre et dégainait son automatique, comme au stand, quand une deuxième balle vrilla l'air lourd de la nuit et fit dégringoler la vitre gauche, côté passager, de mon véhicule. À dix centimètres de la tête surmontant mon grand corps qui était resté sottement debout.

— Éteignez cette cigarette, bon Dieu ! glapit

Jacinta, paraphrasant sans le savoir la dernière phrase de Saki[1].

Je lui obéis, en rogne. Depuis Sarajevo où j'avais été détaché dans une section d'observateurs de l'ONU, j'éprouvais une aversion profonde pour les snipers de tous bords que j'avais vus dégommer des gamins sans raison apparente, juste inspirés, semblait-il, par un épouvantable et dévoyé goût du sport. Je crochai le fusil à pompe de Jacinta qui me tendit la poignée de cartouches qu'elle avait éjectées et me laissai tomber à terre, à ses côtés.

— Billes de plastique seulement, dit-elle entre ses dents alors que j'introduisais les cartouches dans le magasin. Aussi efficace qu'un arrosoir.

Une troisième balle claqua devant nous, ricochant sous mon nez aplati dans la terre sèche, et alla se perdre dans le châssis de la pauvre Neddie, bien à la peine ces temps-ci.

— Ils ne le savent pas, chuchotai-je en essayant de repérer le tireur qui semblait se déplacer derrière les tombes blanches, d'après les deux départs que j'avais pu situer.

— « Ils » ? s'enquit-elle, toujours un genou à terre, comme si elle ne craignait rien. Comment savez-vous qu'ils sont plusieurs ?

Je trouvais que c'était la pire situation pour subir un foutu interrogatoire de cette fichue garce. Mais c'est vrai que j'avais pensé à Mitch et à son

1. Pseudonyme de l'écrivain anglais H.H. Munro (1870-1916), auteur de *L'insupportable Bassington* et de nombreux contes humoristiques. Il fut tué par une balle allemande dans une tranchée près de Verdun, juste après avoir prononcé ces quelques mots.

acolyte, ou bien aux deux mystérieux blonds qui avaient kidnappé mon équipier.

Je songeais d'ailleurs fugitivement que la grosse lubra du campement avait dû se mélanger les pinceaux ou moi mal comprendre. C'était peut-être le contraire que suggérait son mime, deux gars aux cheveux noirs avec une voiture jaune… Mais non, c'était idiot, leur bagnole était un van noir.

La quatrième balle de 22 Long Rifle creusa un cratère de gravier sur ma droite, me dispensant de répondre et interrompant mes confuses cogitations. Cette fois-ci, j'avais parfaitement localisé le départ du coup de feu : derrière un grand mausolée, orienté vers le nord-ouest comme toutes les autres sépultures, en direction de Broome pour nous, dans celle de La Mecque pour les malheureux chameliers qui étaient morts si loin de leurs montagnes afghanes.

L'enceinte du cimetière n'était pas très haute et jouait plutôt dans le registre du muret. Un mètre au plus, blanchi à la chaux, une bande de peinture vert prophète le divisant en deux. Je montrai le monument funéraire à la fliquette.

— Tirez sur le mausolée avec ça, lui dis-je en lui tendant le fusil. Ça fera du bruit et des flammes, c'est l'essentiel. Moi, je vais essayer d'aller jusqu'au muret et de sauter dans le cimetière.

— Vous n'avez pas l'intention de prendre mon revolver ? s'insurgea-t-elle.

— C'est un pistolet, dis-je, un Beretta 92 F.

Une balle qui alla se loger dans la caisse de Neddie-Belle, à trente centimètres de sa casquette à damier, la fit changer d'avis. S'aplatissant à plat ventre à mes côtés, elle me tendit son automatique. Je la soupçonnais d'être mauvaise tireuse, comme tous les amis des animaux, et d'avoir passé le minimum de temps réglementaire au stand de tir de son école de police. Elle enrageait mais comme c'était peut-être une sale bonne femme mais aussi une fille intelligente, elle savait que, dans le petit jeu du combat rapproché, un ancien sous-off SAS était forcément meilleur qu'elle.

Je glissai l'arme de poing dans ma ceinture de jean, déposai mon feutre Akubra sous une roue d'Accueillante Vieille Neddie et, tapotant l'épaule grassouillette et galonnée de la fliquette, lui donnai le top du tir de diversion. Son fusil tonna à quatre reprises tandis que je fonçais comme l'agile wallaby des roches en direction du mur blanc et vert que j'atteignis sans encombre, m'accroupissant derrière. J'avais eu le temps, juste avant de m'élancer, de constater qu'elle avait fermé les yeux pour tirer, ce qui est une attitude très féminine mais pas très policière…

Je me retournai vers elle et levai le pouce. Très étonnamment, elle me répondit par le même geste, qu'elle compléta en y joignant l'index arrondi, dans le signe convenu du OK chez les plongeurs. Je risquai ma tête au-dessus du muret et mes cheveux pourtant ras frémirent au passage d'une balle qui les survola à très basse altitude. De l'autre côté, une allée dont le sol était composé de termitières écrasées partait en direction du mausolée derrière lequel je distinguai, l'espace d'une seconde, une silhouette vêtue de noir. Une courte rangée de pins-cyprès la protégeait de l'angle de tir qui était accessible au sniper de l'Outback. Je fis signe à Jacinta de tirer à nouveau. Elle lâcha deux coups de feu assourdissants.

Je sautai le muret et m'aplatis de l'autre côté, le nez sur une inscription en caractères arabes gravée sur une plaque en cuivre et surmontant une simple tombe ornée d'un croissant et d'un cimeterre.

Jacinta devait être quasiment à court de munitions, le magasin de son riot-gun ne contenant que sept cartouches, et je ne pouvais plus compter sur elle. Je dégainai le Beretta et, le levant très haut après avoir armé le chien, je tirai dans la direction approximative du mausolée. Une balle me répondit, écornant le bout du croissant de pierre qui veillait sur les restes de l'intrépide chamelier du siècle passé. Je roulai sur le côté de la tombe, tout juste protégé par la faible hauteur de la dalle, et me retrouvai sur le ventre.

Comme on m'avait appris au centre d'entraînement de Swanbourne, je pointai le guidon de mon arme sur l'homme en noir qui se présentait de profil à environ trente mètres, un fusil à lunette braqué sur moi. J'alignai l'homme et le guidon dans le cran de mire, les deux yeux grands ouverts, et retins mon souffle en pressant doucement la queue de détente à l'aide de ma deuxième phalange.

C'est alors que, sortant avec langueur d'une anfractuosité de la tombe, une vipère de la mort rampa vers moi, à moins d'un mètre de mon visage.

CHAPITRE 16

Je ne sais pas si j'ai déjà fait état du peu de sympathie que j'éprouve à l'égard des reptiles. Je crois bien que oui.

En vérité, il s'agit même d'une profonde répulsion. Le psychologue de l'armée affirmait qu'il s'agissait d'une véritable phobie et n'était pas loin d'aller en chercher les prodromes dans ma petite enfance, passée pour l'essentiel d'une ville de garnison l'autre, voire outre-mer, pour le reste dans un collège militaire de Canberra.

Sans aller jusque-là et sans vouloir y mêler l'image du père qui est une des tartes à la crème de ces rebouteux de l'esprit, je crois qu'il y a sans doute dans cette aversion une origine qui se situe en Nouvelle-Guinée où le général O'Flaherty (alors major) participa à l'une des répressions contre les Papous avant qu'ils deviennent indépendants et qu'elle trouva son achèvement lors d'une manœuvre dans le désert de Nullarbor où mes camarades trouvèrent fin d'introduire des reptiles (inoffensifs, mais il fallait le savoir) dans mon sac de couchage…

C'est dire si le fait de se retrouver en pleine nuit, allongé à plat ventre, le nez face à une vipère de la mort qui entendait bien justifier ses mœurs nocturnes et qui doit figurer au troisième ou quatrième rang des reptiles les plus venimeux du doux pays d'Oz, était de nature à me faire rater mon tir qui alla se perdre dans le feuillage rêche du pin-cyprès.

La silhouette vêtue de noir se rencagnarda à l'abri du mausolée qui avait dû être édifié pour un cheikh d'importance et riposta dans ma direction, ce dont je me fichais comme de mon premier galon. J'étais hypnotisé par la lente et paresseuse évolution du serpent qui avançait vers mon visage, balançant sa petite tête triangulaire de gauche à droite à la recherche de nourriture.

Je réprouvais absolument la possibilité d'être celle-là, de quelque partie de mon corps qu'il s'agisse. J'avais beau me raisonner, me dire que les serpents n'attaquent que lorsqu'on les provoque, que la vipère de la mort est, selon tous les spécialistes, un animal plutôt pacifique et qui fuit l'homme, je ne pouvais m'empêcher de penser bêtement que la hideuse bestiole pouvait prendre pour une agression le fait que j'avais une arme en main.

Elle semblait d'ailleurs me regarder avec une espèce de reproche que je croyais distinctement lire dans ses petits yeux à la pupille verticale qui n'étaient pas sans m'évoquer ceux du sergent Cromley. Des yeux qui étaient à vingt centimètres des miens…

J'aurais dû bouger, faire un mouvement quelconque qui l'aurait certainement fait fuir, mais j'étais absolument paralysé, incapable de remuer fût-ce un cil. J'attendais la morsure fatale, la tétanisation des centres nerveux, l'arrêt progressif du cœur pulsant irrévocablement un sang dilué de poison et une mort mélancolique à l'ombre lunaire d'une tombe de méhariste afghan.

Ce fut le tireur inconnu qui me sauva la vie, ou du moins la face. Il tira à nouveau sur moi et sa balle frappa la pierre tombale, détachant un éclat de grès qui tomba sur la queue du reptile. Or, je ne l'appris qu'après mais je pus en constater les effets, la vipère de la mort use de l'extrémité de celle-ci ainsi que d'un leurre quand elle chasse, l'agitant comme s'il s'agissait d'un gros ver, ce qui attire oiseaux ou petits lézards qu'elle frappe aussitôt en se retournant en un éclair.

Sentant sa queue effleurée, le serpent lança sa tête loin de moi et planta ses crochets dans le morceau de grès, ce qui parut la vexer puisqu'elle disparut vivement de l'autre côté de la tombe, à mon très extrême soulagement.

— O'Flaherty, fit la voix grinçante comme une vieille éolienne de Jacinta Cromley. Ça va ? Vous êtes touché ?

— Oui, répondis-je. Tachycardie.

Je reportai mon attention sur le mausolée. Plus rien ne bougeait. En revanche, je remarquai que les chiens du campement abo, qui s'étaient tus pendant toute la fusillade, donnaient de la voix furieusement. Pas assez fort cependant pour que nous puissions ignorer le bruit d'un moteur qui rugissait à l'autre extrémité du cimetière musulman, puis qui décrut, s'éloignant dans la direction opposée à celle de la ville. Je me redressai, content de quitter la tombe modeste du chamelier où, si le tireur ou le reptile avaient été plus adroits ou moins crédules, j'aurais pu être immédiatement inhumé, la tête tournée vers La Mecque.

Le sergent Cromley arriva sans se presser, le fusil sur l'épaule comme une vieille baroudeuse au repos.

— Parti, hein ? fit-elle en tendant la main vers moi pour que je lui restitue son arme de poing. Qu'est-ce que c'était que votre histoire de tachycardie ?

— Il y avait un serpent dans la tombe, dis-je en tentant de dissimuler ma terreur rétrospective.

— Il y en avait un autre derrière le mausolée, fit-elle en me considérant avec ironie. Et qui voulait votre peau, non ?

— Ça devrait vous convaincre que, dans cette histoire, je ne suis qu'une victime, marmonnai-je, ulcéré.

— Ou qu'un de vos complices veut vous régler votre compte, suggéra-t-elle presque mutinement.

Je l'accompagnai jusqu'au mausolée qui était flanqué de deux minarets modèle réduit et surmonté d'une coupole dorée. Elle ramassa les étuis éjectés de la 22 Long Rifle au moyen d'une pince à épiler et les enferma dans un sachet en plastique, tous objets qu'elle extirpa des poches de sa chemisette d'uniforme.

— Je vous conseille de rentrer à votre hôtel, dit-elle alors que nous revenions vers nos véhicules (sa Yamaha était garée le long du cimetière chinois, situé avant celui dévolu aux héroïques chameliers du Grand Jamais-Jamais). Et je vous rappelle de ne pas quitter les limites de la ville.

— J'ai une question à vous poser, dis-je pensivement. Est-ce que ça vous dit quelque chose, deux hommes blonds ?

Elle me regarda, impénétrable, ses petits yeux vipérins semblant me fouiller jusqu'au plus profond de ce qui pouvait être mon Esprit-Enfant.

— Je croyais, dit-elle enfin, que vous étiez plus intéressé par deux hommes très bruns...

J'évitai de la fixer : comment savait-elle ça ? Je ne lui avais jamais parlé de Mitch ou de son complice et pour cause : je ne connaissais leur existence et leur signalement que depuis ma sortie du poste de police.

— Ce sont peut-être les mêmes... avec des perruques ! hasardai-je.

— Tout est possible, dit-elle, y compris que vous les connaissiez très bien, les bruns comme les blonds... Pour ce qui est de ces derniers, il y a Heinrich Braun et Boleslas qui sont très blonds...

— Boleslas ?

— Son contremaître, le chef de ses stockmen. Un Polonais. Celui qui a découvert les corps des victimes et qui, *lui*, les a signalés.

— Je vous ai déjà expliqué, dis-je, furieux d'une telle mauvaise foi.

— Oui, fit-elle en me scrutant de ses deux yeux d'un noir de deuil, je sais. Anaïs Unger ou celle qui se fait appeler ainsi. Et à qui vous devriez bien dire de venir me voir sans délai, puisque l'heure légale est passée pour que je puisse m'introduire dans votre chambre…

Je dus balbutier des mots sans suite, incapable de trouver ceux qui convenaient. Elle semblait jouir intensément de ma confusion. Notre conversation nous avait menés jusqu'à sa Yamaha dans laquelle elle monta, me désignant le poste radio.

— Je suis reliée directement avec le brigadier Galloway qui surveille en permanence votre hôtel depuis l'immeuble voisin de celui de Mme Strawberry, dit-elle. Il n'en bougera pas jusqu'à demain matin, quand nous pourrons entrer au Chuck Wagon. Et je vous signale que Mme Strawberry parle vraiment *très fort*.

— Oui, dis-je bêtement, ne sachant plus très bien où j'en étais. Comme toutes les personnes malentendantes…

— Si l'on veut, rétorqua-t-elle mystérieusement (elle semblait maintenant s'amuser comme une petite folle. Je la haïssais). Comme on peut croire, ainsi qu'elle le prétend, que j'ai refusé d'enquêter sur la mort de son cacatoès, si on l'écoute. Or, j'ai enquêté parce que je suis un bon policier. Et j'ai découvert que c'est M. Strawberry qui a tué l'oiseau.

— Donald I. Qui aurait tué Donald II ? m'exclamai-je. Mais il est paralysé !

— À peu près autant qu'elle est sourde, sourit-elle. Ils touchent deux grosses pensions d'invalidité versées chaque mois par l'AMP[1]. Et ils n'entendent

1. *Australian Mutual Providence*, la plus importante société d'assurances d'Australie.

pas y renoncer. À demain matin, monsieur O'Flaherty, et ne rêvez pas de serpents…

— Je vais en effet tâcher de vous oublier, dis-je platement pour essayer d'avoir le dernier mot.

Elle me rappela alors que je m'éloignais pour regagner mon 4×4, ulcéré de constater que tout le monde me prenait pour une parfaite bille.

— Monsieur O'Flaherty, votre poignard, s'il vous plaît !

— Pas question, rétorquai-je sans me retourner. C'est un cadeau de mes filles.

— Ce doit être de bien douces enfants, lança-t-elle sarcastiquement dans mon dos.

*

En roulant vers le centre de Cloncurry, j'essayai de mettre mes idées au propre. Ce n'était pas une tâche des plus aisées. Outre que le sergent Cromley savait que j'hébergeais le seul témoin du meurtre dont elle m'accusait, qu'elle m'avait presque clairement fait entendre que Pickwick avait été enlevé par « le Nazi » de la station Verdun dont les enfants figuraient au nombre des victimes, victimes parmi lesquelles on trouvait également son frère à elle, lequel semblait mêlé à un trafic louche, on devait également prendre en compte l'existence de Mitch et de son complice.

Qui avait tué les cinq noctambules entre la clôture à dingos et le creek à sec de Gunpowder ? Les métèques ou les Aryens ? Il semblait impensable que Braun ait assassiné ses propres enfants, encore que l'affaire pas si lointaine, dans le temps et dans l'espace, du bébé Chamberlain d'Ayers Rock[1] pouvait faire naître un doute.

Il semblait en revanche avéré que c'était Mitch qui nous avait sciemment poussés vers le carrefour encombré à bord du Mack rouge volé au chauffeur barbu. Mitch dont Anaïs affirmait avoir peur, mais avec le complice duquel elle s'était entretenue après l'accident. Mitch, qui dirigeait le trafic auquel avaient été mêlés Wasp Cromley, Anaïs, les enfants Braun et le couple de baba-cools pommies, tous morts… sauf Anaïs. Qui avait couché avec moi, qui cachait son identité, qui avait également peur de la police, mais aussi du meurtrier que Pick, enlevé entre-temps, avait appelé un « yowie » et qui avait la faculté de ne pas laisser de traces en disparaissant comme un fantôme…

Tout cela se mêlait et s'entrechoquait dans ma pauvre tête dont les cheveux ras attestaient aux yeux du monde le piètre appareillage intellectuel. J'avais choisi le boulot de gardien de clôture pour ne pas avoir à réfléchir, pour me laisser happer par le bush et le désert et y oublier mon échec matrimonial, ma fuite de l'armée, le souvenir honni du paternel vieux sanglier étoilé et l'absence cruelle de mes filles.

Je mis la radio de Neddie qui, elle, ne m'avait pas encore trahi et tombai sur la station country de l'État qui diffusait *The Pub With No Beer*, un

1. Célèbre affaire criminelle de l'année 1980 où une mère fut accusée du meurtre de son enfant qu'elle affirmait, elle, avoir été tué par un dingo. Une enquête sur ce fait divers a été traduite en français : John Bryson, *Le chien du désert rouge*, traduction Pierre Girard (Actes Sud).

poignant standard local que j'accompagnai en sifflotant. Ma rogne à l'égard d'Anaïs était loin d'être retombée et je comptais bien, en rentrant à l'hôtel, soit lui tirer les vers du nez, soit la ficher à la porte pour qu'elle aille s'expliquer avec Jacinta, soit les deux solutions successivement.

Je me garai devant l'hôtel où tout était éteint et la chanson s'arrêta avec le moteur. La complainte du « pub privé de bière » me fit souvenir que j'en avais une quantité industrielle dans la glacière et je grimpai sur le plateau de la Land pour en réquisitionner une, partant du principe qu'une bière sur le coup de minuit ne pouvait plus faire de mal à l'homme qui sait que là où il y a de l'homme, il y a aussi de l'hommerie.

La glace avait bien entendu complètement fondu et les topettes de Castermaine XXXX étaient plus chaudes que la poche d'un roo femelle.

Néanmoins, comme je ne voulais pas perdre la face devant le brigadier Galloway tapi dans l'obscurité d'un immeuble, devant Jacinta Cromley qui avait silencieusement rangé sa voiture blanche à l'emplacement qu'elle occupait précédemment et devant le couple de joyeux escrocs à l'assurance qui devaient guetter derrière leurs rideaux en cretonne, j'en décapsulai une contre le rebord de la benne et vidai cul sec la bière tiède.

Nous autres cathos irlandais avons aussi le sens de la mortification.

*

Je pouvais tout attendre en pénétrant à pas de Sioux dans le hall obscur de l'hôtel. Que Mitch soit dans ma chambre, au lit avec Anaïs, que Heinrich Braun m'y attende au pied de l'escalier en compagnie d'un Polack SS, que le yowie soit suspendu au grand lustre en perles de verroterie suspendu dans le salon ou que MacTambouille insiste pour que je goûte de la queue de kangourou aux myrtilles.

Allumant la minuterie commandant l'éclairage de l'escalier, je me retrouvai face à la double narine d'un canon de fusil tenu avec vigueur par le patron écossais qui venait de se réveiller en sursaut sur son rocking-chair installé en bas des marches.

— C'est toi, Paddy ? fit-il en baissant son antique pétoire à chasser la grouse.

— Non, dis-je, j'ai été Paddy, c'est-à-dire un enfant morose, un militaire médiocre, un rugbyman moyen et un gardien de clôture plutôt terne. Maintenant, je suis une serpillière, un authentique mop[1] de marine, une outre emplie de bière chaude.

— J'en ai de la fraîche, dit-il avec enthousiasme. T'en veux ?

— Ouep, dis-je, trois, avec chacune son *cooler*[2]. Pourquoi es-tu sur le pied de guerre, Mac… heu… ?

— MacKrenarchchnarchson, dit-il à peu près, c'est pourtant pas compliqué. Et pour ce qui est du flinguot, y a une espèce de métèque qu'a essayé

1. Nom d'une espèce de faubert à nettoyer les carrelages.
2. Sorte de tube en polyester qui conserve leur fraîcheur aux boîtes ou aux canettes de bière.

d'entrer en douce une demi-heure après ton départ. Il a demandé après la sheila en poncho. Moi, j'l'ai pas vue depuis ce matin, hein ? Tu veux aussi une part de lamington[1] ?

— Non, dis-je, soudain alarmé. Et fais aussi l'impasse sur la bière. Je monte !

J'étais déjà à mi-escalier que je l'entendais marmonner sur le cul qui tuerait un jour la boisson. J'escaladai les deux étages sans reprendre mon souffle. J'étais d'un seul coup mortellement inquiet : Mitch ou son pote à catogan avait très bien pu passer par-derrière sans que MacSchtroumpfson s'en aperçoive. J'arrivai devant ma porte, le cœur battant comme un balnooknook, le tambour sacré des Aborigènes lors de la grande fête des Frères-Vent. J'avais, me semble-t-il, oublié tous les griefs que je nourrissais à l'encontre de la perfide Suissesse…

Je grattai furieusement le bois écaillé. Après un silence qui dura au moins dix siècles et quinze secondes, une petite voix demanda en français :

— Qui est ici ?

Infiniment soulagé mais mécontent de ma frayeur, ajoutée à toutes celles éprouvées depuis vingt-quatre heures, c'est en gaélique que je répondis :

— Paddy O'Flaherty.

La clé tourna dans la serrure et elle apparut, aussi nue que lorsque j'étais parti et encore plus belle que dans mon souvenir. Elle se jeta dans mes bras alors que je refermais la porte d'un coup

1. Gâteau bourratif au chocolat et à la noix de coco.

de santiag et me roula un baiser qui n'avait rien de calviniste. Par-dessus son épaule, je voyais le livre d'ornithologie ouvert sur le lit et le sac à dos mal camouflé dessous.

— Tu m'as manqué, dit-elle après que nous eûmes dessoudé nos lèvres et déscotché nos langues. J'avais si peur…

Je dois avouer que j'oubliais les questions restées en suspens. Je la pris dans mes bras, comme une mariée à qui l'on fait franchir le seuil de sa maison, la portai jusqu'au lit, poussai le livre d'un coup de talon et l'y laissai tomber. Puis je m'abattis sur elle, mon gilet de peau écailleuse râpant la douceur de ses seins nus.

— Oh oui, roucoula-t-elle en écarquillant démesurément ses yeux d'émeraude, prends-moi tout habillé, mon adorable grand fasciste de Crocodile Dundee !

*

Davantage que ses explications, ce fut le sommeil qui l'emporta, après la… je renonçai à compter… la dernière étreinte. Bien sûr que Rico, c'était le nom du complice de Mitch qui, lui, était au volant du Mack rouge, lui avait parlé. Mais pour la menacer de la tuer si elle balançait. Pour raconter quoi ? Anaïs restait réservée sur le sujet. Que faisait Mitch ? Des deals, pensait Anaïs, et ça pouvait tout aussi bien être un trafic de timbres rares que du caviar de contrebande. Qui était-il avec son catogan et son teint mat ? Anaïs ne pouvait pas se prononcer, tout juste croyait-elle qu'il était australien, d'origine malaise et sicilienne, soit, à mon sens, ce qui peut se faire de plus achevé comme concentré de voyou. Quant à Rico, comme son nom l'indiquait, c'était un Portoricain, pas encore naturalisé, mais très méchant et lui aussi champion de planche à voile. Leur véhicule ? Une fourgonnette noire Ford aménagée en mobile home, consentait à révéler Anaïs en se roulant sur moi comme une chatte.

Je renonçai, m'endormant dans ses bras, non sans avoir calé le réveil de ma montre sur six heures du matin, une heure avant l'heure légale où Jacinta Cromley et ses Salvos pourraient débouler dans les chambres et nous passer les menottes. Je n'en dis rien à Anaïs. À chacun ses petits secrets et ses grandes omissions.

Mon sommeil fut agité, haché de mini-cauchemars où un yowie qui avait la tête de Wasp ou de Jacinta Cromley me poursuivait dans un cimetière où paissaient des chameaux et des road-trains rouges avec des anneaux dans le nez. Pickwick-Pickwick jouait ensuite du didgeridoo dans un camp de concentration en compagnie de moutons qui étaient tondus en rayures, sous l'œil bleu de Heinrich Braun en uniforme SS, descendu d'un corbillard qui n'était autre que Vieille Neddie repeinte en noire. J'étais dans le cercueil, bien évidemment, un cercueil où, non moins sûrement, grouillaient des serpents enchevêtrés vêtus de ponchos camouflés.

C'est pourquoi je m'éveillai bien avant la sonnerie de ma montre, alors que le soleil n'était pas encore levé. La chambre sentait le foutre et le flake, cette chair de requin utilisée pour les *fish and chips*, la cigarette froide et le désastre annoncé. Anaïs dormait profondément en travers du lit naufragé, nue et les deux mains en coquille sur son sexe blond. J'admirai ce corps parfait et cette tête pleine d'effrayants secrets. J'allai sous la douche tiède où je pris une décision froide.

Quoi qu'elle me cache, j'avais cette fille dans la peau comme jamais je n'aurais cru que c'était possible. Je la soustrairais une fois de plus à la police mais désormais, c'est moi qui mènerais le bal. Jacinta n'avait pas l'air de beaucoup se bouger pour retrouver Pickwick, eh bien j'irais voir à la station Verdun si je l'y trouvais.

Il faudrait aussi que maître Hawkes, ce rapace bègue aux genoux cagneux, me montre ce qu'il avait dans le ventre, à part des « heu… heu… » prudents. Mais d'abord, il allait falloir sortir de l'hôtel avant que la police n'y entre.

Nu et trempé, je jetai un œil par la fenêtre, entre les persiennes. En face, un petit point rouge derrière la fenêtre du rez-de-chaussée de la maison contiguë à celle des Strawberry m'apprit que Galloway était fumeur et qu'il ne dormait pas.

Sur la gauche, à cinquante mètres, garée devant la petite agence de la banque Westpac[1], la Yamaha blanche au gros numéro noir sur le toit veillait au grain.

Ma montre, que j'avais oublié de désactiver, sonna six heures et Anaïs s'étira, bâilla, frotta ses

1. Pour *West Pacific Banking Corporation*, une des plus grandes banques australiennes.

yeux avec ses poings et enfin les ouvrit, me regardant comme si elle me voyait pour la première fois. Puis, découvrant ma nudité de haut en bas, elle sourit et me fit un petit signe d'un index aguicheur. Avec le mien, je répondis par un signe de ferme dénégation. Le soleil se levait et une clarté orangée envahissait la rue, comme un mascaret de lumière incendiée, tandis que des perruches ondulées faisaient entendre leurs cris aigus évoquant une cour de récréation animée.

L'heure n'était plus aux galipettes. L'heure était à l'action.

CHAPITRE 17

J'adore positivement les femmes qui sont prêtes en un instant. Mon ex restait des heures dans la salle de bains, pratiquant un rite étrange qui consistait à tremper ses mains dans le lavabo et à courir à toute allure jusqu'à la porte, revenir, retremper ses mains et comme ça jusqu'à, je suppose, épuisement.

Anaïs, elle, était à pied d'œuvre à six heures et quart, fraîche comme un petit gobi[1], ayant ramassé sa chevelure mouillée en un chignon vague, après s'être habillée d'un jean, d'un tee-shirt Greenpeace, d'une paire de Redbock. Je l'avais forcée à mettre un soutien-gorge : en tout-terrain, les seins libres souffrent plus que la suspension et nous aurions quelques kilomètres de bush à avaler.

Je procédai aussi à une opération qui lui arracha comme une grimace de douleur : découdre sèchement le tissu de son gros sac à dos, amenant ainsi son pavillon national, un peu trop voyant, expli-

1. Poisson des mangroves qui est capable de vivre hors de l'eau.

quai-je en demandant mentalement pardon à Guillaume Tell.

Abandonnant ma tenue nocturne de chasseur de crocodiles de cinéma, j'étais revenu au short, à un débardeur aux couleurs de l'équipe de cricket de Brisbane et aux mi-bottes de brousse. Fouillant dans le placard aux vêtements qui nous était commun, à Pick et à moi, j'avais trouvé, sous la pile de ses tricots publicitaires, une grande enveloppe contenant une dizaine de coupures d'articles de journaux que je glissai dans mon léger sac de randonnée avec mon couteau Rambo et la cartouche de cigarettes Winfield, me promettant de les lire plus tard, quand nous serions sortis de la nasse.

J'avais rapidement mis Anaïs au courant de mes intentions et lui avais fait part de la piste Braun concernant Pickwick, dont je me demandais s'il était encore vivant. Elle était apparemment aussi désireuse que moi de se soustraire à l'attention têtue de la police. Et je saurais bien un jour pourquoi…

— Tu crois que ça va marcher ? interrogea-t-elle alors que nous descendions l'escalier vers les odeurs de café et de thé, d'œufs frits et bacon, de gigantesques steaks et de grasses côtelettes grillés dont, hélas, il faudrait nous priver.

MacPersonne surgit de sa cuisine en nous entendant arriver, son crâne déplumé coiffé de sa grotesque toque de cuistot, une poêle à la main dans laquelle grésillaient des couilles de mouton.

— Il y a du monde dehors, avertit-il en ne faisant délicatement aucune allusion à la présence de cette locataire clandestine.

— Je sais, dis-je, on va s'arracher fissa, une fois que tu nous auras donné du thé et graissé deux ou trois tartines de Vegemite.

— Café allongé pour moi, dit Anaïs avec son plus gracieux sourire.

Elle était ravissante ainsi, en petit soldat écologiste, ses cheveux blonds ramenés en un chignon ébouriffé qui évoquait les meules de paille d'autrefois, avant qu'on en fasse de gros rouleaux sans âme. Je pris son sac à dos qui pesait le diable. Je soupçonnais qu'il devait y avoir deux ou trois poches que je n'avais pas eu le temps d'explorer et qui contenaient des objets plutôt lourds.

— On ne pourrait pas enlever quelques bouquins ? interrogeai-je hypocritement. Il faut voyager léger, comme le vent ou les enfants du vent...

— Le Harrap's, si tu veux, dit-elle. Mais j'ai besoin des autres...

— Tu peux te passer des bouquins sur les oiseaux, dis-je avec l'air indifférent. Après tout, c'est les insectes ton rayon, non ?

Elle me regarda bizarrement, pas comme faisait Pick qui semblait estimer que j'étais un tableau abstrait accroché de traviole, mais comme si elle découvrait soudain que je n'étais pas tout à fait un crétin congénital (vous voyez, père mon général, je vous rends au moins cette justice). Mais elle n'enleva de son sac que le dictionnaire franco-anglais.

Nous passâmes dans la petite salle à manger ornée de cornes de buffle, d'un kangourou, d'un aigle uarète et d'un varan tacheté empaillés, toutes bestioles qui nous contemplaient de leurs yeux de verre courroucés et qui firent naître une grimace désapprobatrice sur le frais visage de ma jeune compagne.

— Tu es comme Jacinta, remarquai-je, écolo, hein ?

— Qui est Jacinta ? interrogea-t-elle. La mère de tes enfants ?

— Non, dis-je, celle-là s'appelait Dolly et la seule écologie qu'elle ait jamais pratiquée, c'est de refuser de balayer les moutons sous les lits. Jacinta, je te l'ai déjà dit, c'est le sergent Cromley, celle qui nous attend dehors pour nous fourrer dans la cellule de dégrisement des boongs.

— Les… boongs ? demanda Anaïs en fronçant les sourcils.

— Laisse tomber, dis-je, c'est une vilaine façon de parler des Abos. D'ailleurs, même « Abo » maintenant, ça devient politiquement incorrect.

— N'empêche, fit-elle avec une pointe d'agacement, tu parles de cette policière comme si tu avais un petit sentiment pour elle…

J'étais secrètement ravi qu'elle manifeste de la jalousie. Je pris l'air fat qu'arborent en général les hommes dans ces cas-là.

— On a passé tous les deux une nuit pleine d'émotions, plaisantai-je. Je te raconterai… C'était Adam et Ève, la pomme en moins, le serpent en plus.

MacFricotson arriva avec un plateau où deux *mugs* fumaient et où quatre tartines de pain azyme subissaient le supplice du Vegemite. Anaïs mordilla le bout d'une tartine et grimaça de nouveau.

— Comment pouvez-vous manger ça ? Ça ressemble à du goudron…

— On est obligés, dis-je la bouche pleine. Sinon il faudrait l'exporter.

Il était six heures et demie. L'hôtelier nous contemplait avec ravissement, comme si nous étions les héros romantiques d'une histoire gothique à la Walter Scott, réfugiés chez le bon tavernier de Glasgow. Les Écossais sont volontiers sentimentaux et quand ils pleurent, c'est du whisky qui coule de leurs yeux.

— Tu connais Heinrich Braun ? lui demandai-je en soufflant sur ma mug brûlante, décorée d'un motif de tartan. Est-ce que tu sais ce qu'il a comme voiture ?

— Le Boche ? Il en a davantage que j'ai de poils au cul, dit-il. Sans compter des dizaines de motos, des engins de terrassement et de débroussage et même un hélicoptère pour rentrer ses moutons… Il a pas loin de quatre-vingt mille hectares de terre, tu sais !

— D'accord, dis-je patiemment, mais il a bien une bagnole dont il se sert habituellement…

— Un gros tout-terrain Nissan noir, dit, à ma vive satisfaction, l'homme issu des hauts Plateaux.

— Et son chef stockman, un Polonais, tu le connais ?

— Boleslas ? Un brave type que Braun a recueilli il y a dix ans alors qu'il s'était échappé de son pays. Il joue de l'accordéon.

— Le fils était un peu bizarre, intervint Anaïs qui avait déjà fini son café et dont la grimace disait assez qu'elle le trouvait à peu près aussi bitumeux que le Vegemite. Renfermé, pas un sourire. Sa sœur était plus sympa, mais avec toujours l'air d'avoir peur de quelque chose.

— Y z'ont pas eu la vie facile, expliqua MacMicmac, grand lecteur de romans roses. Y z'étaient jumeaux et leur mère est morte en les mettant au monde. Sont restés sur la station jusqu'à leur majorité, avec le nazebroque comme nounou, la radio comme institutrice[1] et les moutons en guise de p'tits copains. Comment qu'ils ont tracé quand ils ont pu. Le vieux l'a mal pris et je savais même pas qu'y z'étaient revenus dans le secteur avant d'en entendre parler à la télé.

Je m'avisai alors que je n'avais ni regardé les informations, ni écouté la radio, mais je me doutais bien que l'affaire avait dû faire un barouf national. Sans compter qu'on m'y avait vu en position peu avantageuse et que je ne savais même pas si les médias avaient répercuté l'annonce de ma mise en liberté.

— On y va, dis-je après avoir vidé ma mug de thé noir très fort. Anaïs, tu te souviens de tout ?

— Affirmatif, mon général, dit-elle en se mettant au garde-à-vous.

Je lui avais parlé un peu de mon ex, beaucoup de mes filles, mais pas soufflé le moindre mot sur mon héroïque et défunt papa. C'est pourquoi je ne pouvais guère lui demander de ne plus m'appeler comme ça…

*

1. La « Radio de l'Air » qui dispense chaque jour l'enseignement aux enfants des zones isolées.

Je sortis dans la rue Ramsay, portant le sac à dos d'Anaïs que je jetai, avec le mien, dans la benne de Ned Kelly l'Invincible. Puis je grimpai tranquillement dans la cabine, fis préchauffer le moteur et le mis en route. En face, Galloway était sorti de sa planque et ajustait son grand feutre gris-bleu à damier puis se campait sur le trottoir, les deux mains sur ses hanches, l'une tout près de sa crosse de revolver.

Devant la banque Westpac, Jacinta, toujours en uniforme mais considérablement moins impeccable que la veille au soir, était sortie de sa Yamaha, côté chauffeur, tandis que, de l'autre côté, mon ami Di Georgio affectait des allures de justicier masqué, le chapeau incliné sur le nez.

À sa fenêtre, je vis apparaître derrière les rideaux de cretonne la mère Strawberry qui me fit le signe de ralliement des supporters de l'équipe de rugby à quinze de l'ACT[1]. Je me demandai si elle avait retiré la housse de sur Donald ou si la nuit, tout de même, il consentait à fermer la bouche et les yeux.

Un vol de perruches ondulées traversa le ciel déjà inexorablement bleu, mais où des nuages blanc sale s'amoncelaient à l'horizon, en direction du nord. Les enfants de six ou sept ans ne se souvenaient pas d'avoir vu tomber la pluie. La dernière fois, c'était il y a trois ans, cinq ans dans le Centre, du côté d'Alice Springs. Les nappes phréatiques

1. *Australian Capital Territory*, l'État de Canberra, capitale fédérale.

ne dégorgeaient plus que des fonds d'eau saumâtre et les éoliennes tournaient à vide. Le Sud avait été touché également et de gigantesques incendies de brousse avaient menacé Sydney en 1994. Seul l'extrême Nord tropical avait reçu sa ration de mousson, peut-être également la Tasmanie, mais c'était trop loin pour que quiconque de sensé s'en soucie.

Je pris une cigarette dans mon paquet de trente et en fis sauter le filtre d'un coup de dent. De la boîte à gants, je sortis une boîte d'allumettes, en sélectionnai une que je coupai à la moitié et l'introduisis dans la clope, bout soufré à l'extérieur. Je pris également la recharge d'essence du Zippo que je glissai dans la poche arrière de mon short.

Je sortis de la voiture, Winfield amputée au bec, mais sans l'allumer, jetai un œil discret vers la véranda de l'hôtel où Anaïs était tapie dans le recoin et me dirigeai vers la Yamaha des flics, l'air décontracté, laissant le moteur de la Land Cruiser tourner au ralenti.

Jacinta me regarda arriver d'un air méfiant et grimpa dans sa voiture, comme si elle s'attendait à tout de ma part, du genre lui sauter dessus ou piétiner son capot. Comme moi, elle était garée à contresens de la rue en direction du carrefour, du côté droit et le siège conducteur se trouvait donc côté trottoir[1].

De l'autre côté, prêt à bondir comme le puma, Di Georgio se pavanait, niais et suffisant, la main ostensiblement posée sur la crosse de son calibre 38.

1. Rappelons qu'en Australie on conduit à gauche.

Je me penchai vers Jacinta qui avait posé ses mains aux ongles rongés sur le volant qu'elle tapotait nerveusement. Son gros visage bouffi portait les stigmates d'une nuit sans sommeil et déjà des taches de transpiration s'étalaient sur sa chemisette bleu clair. La montre du bord indiquait sept heures moins le quart. Je décidai de ne pas la faire languir davantage…

— J'ai réfléchi, sergent Cromley, dis-je avec un air concentré, sympathique et, j'espérais, repentant. Je crois que je vais tout vous dire…

Elle leva la tête vers moi, incrédule. J'avais mis mes deux mains dans le dos et je sortis avec précaution de ma poche le petit bidon de recharge d'essence dont je dirigeai subrepticement le bec verseur vers les trois sacs-poubelle emplis de papiers bancaires qui se trouvaient derrière moi.

— Je pense, poursuivis-je, qu'il est temps pour moi de collaborer avec la justice de mon pays (je pressai à plusieurs reprises le bidon de ferraille légère, aspergeant généreusement les sacs plastique) et d'aider les autorités dans leur tâche si difficile…

Toujours à moitié courbé, les deux mains dans mon dos pressant la recharge, j'espérais que Jacinta n'avait pas le nez assez fin pour sentir les effluves de l'essence qui devait commencer à s'infiltrer parmi la paperasse. Je me redressai, fermai le clapet du bec verseur, remis le bidon dans ma poche arrière. Je contemplai par-dessus le toit de la Yamaha le visage idiot du flic rital, comme si je venais de le découvrir.

— Mais, Dieu me festonne, m'exclamai-je, l'air

ravi, c'est mon ami Di Georgio qui est là de si bon matin. La mamma t'a laissé sortir, amico ? Au fait, je ne sais même pas ton prénom…

— Heu… Benito, fit-il d'un ton hésitant.

J'allumai ma cigarette tronquée en le considérant comme si je nourrissais pour lui la plus vive admiration.

— Benito, hein ? m'exclamai-je. J'aurais dû m'en douter…

— O'Flaherty, dit Jacinta, ne nous faites pas perdre notre temps…

— Plus de « monsieur » à ce que je vois, dis-je en me baissant à nouveau au niveau de la vitre et lui soufflant une bonne bouffée au visage.

Elle tordit le nez. Je pris mon masque le plus confus.

— Oh ! Pardon…

Je jetai la cigarette allumée à mes pieds, fis un beau sourire et lui montrai l'enseigne de l'hôtel où un peintre du dimanche — qui peignait aussi peut-être la semaine, hélas — avait représenté un vieux chariot bâché qui devait plus au Far West qu'à l'Outback.

— J'ai un truc à vous montrer. Je vais le chercher dans ma chambre !

Et je m'éloignai à grands pas, mais sans avoir l'air de fuir, saluai Galloway et les Strawberry. Si mes calculs étaient exacts, il faudrait deux minutes pour que l'incandescence de la cigarette qui continuait à se consumer atteigne le bout soufré de l'allumette, ce qui provoquerait une flamme. À ce moment-là, normalement, l'essence avait dû commencer à suinter hors des sacs en plastique, tamisée par le papier, et se répandait sur le trottoir où elle attendrait paisiblement l'effet de mon détonateur-retard improvisé.

Flamme plus essence pure plus formulaires de banque, c'était la recette de mon cocktail matinal. C'était aussi un vieux truc de pyromane. Ou de spécialiste de la guérilla urbaine…

J'arrivais à hauteur de Neddie qui ronronnait doucement quand j'entendis derrière moi le brusque appel d'air de l'incendie, suivi de cris d'alarme. Je poussai un bref et strident coup de sifflet. Ça devait chauffer un peu dur dans la Yamaha, mais je savais que Jacinta s'en sortirait. Ses pneus, peut-être pas.

Galloway, l'air éberlué, courut dans la direction de l'incendie tandis que je me glissais dans la bonne Vieille Neddie où Anaïs s'était introduite au moment même où le feu éclatait, avertie par mon coup de sifflet.

Je démarrai vers le carrefour où se voyaient encore les traces noircies de l'accident de la veille. Décidément, Cloncurry était une ville qui faisait travailler ses pompiers.

CHAPITRE 18

L'incendie toujours renouvelé du soleil levant semblait vouloir donner une leçon de modestie à celui que j'avais fait naître et que j'entrevis dans mon rétroviseur, le temps de tourner à gauche pour enquiller la route Barkly, en direction de Mount Isa. Il était certes moins majestueux que la lente ascension sanguinaire de l'astre, mais me fit néanmoins chaud au cœur, surtout quand je constatai que le sergent Cromley était sortie indemne du brasier qui ravageait les sacs-poubelle et s'était communiqué aux pneus de la Yamaha qui avaient eu le temps de s'imprégner d'essence.

Anaïs pelotonnée à mes pieds sur le plancher de la cabine se redressa et s'assit sur le siège quand nous eûmes tourné le coin de la rue.

Je ne me faisais guère d'illusions : Jacinta aurait tôt fait d'alerter par radio toute la flicaille du coin et je croyais bien me souvenir qu'il y avait même un hélicoptère de la sécurité routière basé à l'Isa qui survolerait sous peu les grands axes.

Mon avantage, c'est que Cloncurry est un nœud routier important et qu'entre la Flinders, la Landsborough et la Burke, sans compter la route vers Duchess par où avait disparu le Mack rouge, la police allait avoir une sacrée superficie à contrôler.

D'autant que je n'emprunterais aucune de ces routes. Une de mes qualités au milieu d'un océan de défauts, c'est d'avoir une excellente mémoire visuelle, affûtée par l'entraînement aux missions de pénétration profonde acquis aux SAS. Et j'avais eu le temps de graver dans ma tête le parcours de la piste qui figurait sur la grande carte murale du bureau de Jacinta, une piste qui avait sans doute été à peu près viable pour les chars à bœufs du siècle dernier mais dont plus personne ne se souvenait et dont je n'avais jamais entendu parler.

La piste de Ginburra, comme elle était appelée sur la carte, partait au nord de Cloncurry en direction de Camel Rock puis bifurquait vers l'ouest en longeant les monts Godkin, parallèle à la route principale, mais écartée d'une trentaine de kilomètres. Elle rallongeait notablement la distance entre Cloncurry et l'Isa qui est de cent vingt bornes, la faisant passer à deux cents et peut-être plus…

Mais personne ne viendrait nous y chercher et même si nous ne pourrions pas rouler aussi vite que sur la Flinders, j'espérais être à Mount Isa en fin de matinée. Il y avait encore de l'eau dans les jerricanes, des bières chaudes dans l'Esky et j'avais fait le plein de gasoil, de quoi tenir jusqu'à ma destination.

— Tu es du coin, Paddy ? interrogea Anaïs alors que j'engageais Neddie sur la piste qui démarrait après le nouveau pont bâti sur la rivière Cloncurry et qui remplaçait l'ancien radier trop souvent submergé par les grandes pluies de février-mars.

— Négatif, répondis-je. Chez nous, c'est comme chez les Abos, on est nomades depuis deux siècles, sauf qu'au lieu de se balader à poil, on le fait sous l'uniforme. Seul mon grand-père avait un coin, dans le Sud, une exploitation où il élevait des vaches folles et des kangourous bleus. C'était les plus belles vacances de ma vie. Le vieux me faisait terriblement rire, mais il m'a aussi appris le bush. Il détestait mon père, son fils, et quand celui-ci est passé colonel, il est arrivé à Perth bourré comme un canon. Les généraux présents, il s'adressait à eux comme s'ils étaient des grooms d'hôtel, leur demandant de lui envoyer les putes qui n'étaient autres que leurs femmes…

— Et toi aussi tu détestes ton père ? demanda-t-elle doucement.

— Quand j'ai quitté l'armée, démobilisé à Sarajevo après m'être tapé le Sud-Liban et Beyrouth, il m'a envoyé un fax sur lequel il y avait seulement écrit : « Tu as déshonoré le nom des O'Flaherty. » Il est mort un mois après, égorgé par un pédé dans un pisse-room de King Cross dont il était un client régulier. Les autorités militaires ont écrasé le scandale et il a pu être enterré comme s'il était mort sur un champ de bataille. Du coup, c'est moi qui me suis demandé si je n'allais pas changer de nom. Et puis j'ai trouvé ce job après être revenu d'un petit walkabout à travers l'Europe, l'Asie et le Pacifique. Entre-temps, Dolly, mon ex, s'était barrée avec un mec et avec les deux gamines. Elles avaient dix et huit ans quand j'étais parti, six de plus quand je suis revenu. Je ne les ai revues qu'une seule fois, à Sydney, quand j'ai débarqué des Fidji. Elles m'ont offert un poignard grotesque de guerrier gonflé à l'hélium, enveloppé dans un papier Mickey, et elles m'ont dit qu'elles souhaitaient ne plus jamais me revoir... Et voilà, depuis, je longe la plus longue clôture du monde et je la répare sans cesse. Probable qu'elle aussi est sans arrêt détruite...

Elle prit ma main et la porta à ses lèvres, dans un geste qui me bouleversa le cœur. Au nord, les nuages continuaient de se masser, encore très loin, mais on voyait toujours trop loin dans ce coin-là.

Autour de nous, la plaine s'étendait à l'infini, rouge et sèche comme l'âme d'un homme navré. Les touffes circulaires des spinifex kaki et les buissons de molènes régnaient en maîtres, avec quelques bouquets de mulgas et des grappes de cactus, encore une saloperie importée qui s'était répandue, comme les lapins, les chats, les renards et les sangliers. Il n'y avait pas une station à moins de deux cents kilomètres à la ronde, d'ailleurs aucun bétail n'aurait survécu ici, et pas une maison, même en ruine, ne s'élevait parmi ces étendues mornes.

Mais il y avait eu autrefois des hommes, racontai-je à la fille, des gars noirs parmi les plus courageux, comme me l'avait appris Pickwick, les Kalkadoons qui furent parmi les seuls Abos à se révolter contre l'avancée irrésistible des Blancs montant vers le Nord. Ils avaient soutenu un siège en 1880, pas loin d'ici, misérablement réfugiés sur le sommet de trois cent onze mètres du mont McKeon, au pied duquel coule la rivière Leichhardt. Cinq cents hommes armés de carabines Winchester les assiégèrent pendant cinq jours. Les Abos sont morts de soif ou criblés de balles. Ces Kalkadoons étaient quarante-trois, dont des femmes et des enfants et ils n'avaient que leurs lances et leurs nulla-nulla pour se défendre.

Il y eut un silence, comme si Anaïs, citoyenne présumée d'un courageux petit pays européen dont le héros national était un rebelle, rendait hommage à ces Guillaume Tell des antipodes.

— Et toi, m'enquis-je, tu sors d'où ?

— Enfance normale, sourit-elle en caressant toujours ma main gauche sur le levier de vitesse. Parents fonctionnaires suisses et donc normaux, vacances au ski normales, université tristement paranormale, après, des voyages scientifiques pour m'occuper des petites bêtes, elles plus ou moins extraordinaires…

— Les insectes ?

Je guettais son profil de chat-marsupial et je vis son petit nez se froncer avant qu'elle n'opine de la tête, gravement. Elle n'avait pas plus confiance en moi que moi en elle…

— Quels sont tes rapports avec Pickwick-Pickwick ? demanda-t-elle encore alors que nous abordions une portion de la piste où des gros rocs de latérite avaient été comme bousculés par un joueur de bowling géant.

— Il me dit son pays, je lui dis mes voyages. Son monde est mille fois plus varié que LE monde où j'ai traîné mes bottes. Il est pointilliste, à l'image de leur peinture. Chaque détail compte et surtout l'infiniment petit et l'intérieur de celui-ci.

Je ris, comme si je ne voulais pas être pris en flagrant délit de gravité ou de pédantisme.

— Et puis, repris-je, Pick me fait rire, même si c'est lui qui, la plupart du temps, se moque de moi. Il cache des choses qui sont derrière les choses qui sont encore derrière d'autres choses.

Cela me fit penser à l'enveloppe contenant des coupures d'articles et comme il était temps de faire une halte, je dirigeai le capot de Neddie vers un petit bosquet de gommiers doux à l'écorce en lambeaux. Si vous faites trop longtemps de piste sans vous arrêter, vous avez bientôt le dos tassé et la nuque bloquée. J'allumai une cigarette, transvasai le contenu d'un jerricane d'eau dans la gourde de bord et pris mon sac à dos. Anaïs était également descendue de la cabine et rangea son propre sac à dos, déjà couvert de poussière ocre, sous la bâche.

Elle rit en montrant la benne :

— Je préfère ne plus avoir à voyager là-dedans. J'ai cru qu'on m'avait passée dans une machine à laver…

Je repensai à cette fameuse nuit où je l'avais vue émerger de sous la bâche, comme un petit félin hagard. Que cachait sa fuite ? Savait-elle qui était l'assassin et pourquoi il avait tué aussi sauvagement quatre jeunes gens et comme froidement exécuté un cinquième ? Avait-elle vu le yowie ?

Pensif, je consultai les articles découpés dans la presse Murdoch. Il y était question de recherches minières récentes dans la région, exécutées pour le compte d'une grosse société germano-japonaise, sur les anciens sites d'exploitation de cuivre et de zinc des monts Waggaboonya. Le porte-parole de ce groupe international nommé Deutsch-Osaka Union Mines (DOUM) évoquait prudemment l'hypothèse d'un important gisement d'uranium, ce qui n'avait rien d'étonnant si on savait que Mary Kathleen, la ville détruite située entre Cloncurry et Mount Isa, s'était consacrée à l'exploitation de ce minerai entre 1950 et 1980. On avait alors parlé, expliquait un des articles, d'Aborigènes tombant mystérieusement malades, perdant leurs cheveux et dépérissant jusqu'à en mourir.

On avait abandonné l'uranium, la teneur du minerai étant à l'époque trop faible pour justifier les coûts énormes de l'extraction, sans doute aussi avait-on été effrayé par l'épidémie qui momifiait les Abos. La formidable richesse des filons d'argent, de cuivre, de zinc et de plomb sur lesquels était bâtie l'Isa et qu'on exploitait toujours depuis 1924, faisant de mam' MIM[1] la productrice la plus opulente de cuivre d'Australie, avait sans doute aussi gelé toutes autres initiatives.

Un autre article racontait également comment la DOUM était entrée en négociations avec les autorités tribales des Waggaboonyas qui prétendaient être les héritiers des Kalkadoons, alors que ceux-ci avaient été, soit exterminés, soit déportés dans des réserves du Sud depuis 1880.

J'étais un peu surpris. Je savais que Pick s'intéressait de très près à tout ce qui était culture de son peuple, mais qu'il ait pris soin de conserver des articles économiques aussi pointus, qui plus est

1. *Mount Isa Mines*.

cachés sous ses vêtements, voilà qui dévoilait une nouvelle facette inconnue de mon partenaire.

— Tu as l'air bien songeur, observa Anaïs en remontant dans la cabine. Des ennuis ?

— Pas que je sache, fis-je en démarrant. Au fait, à part les coléoptères, les diptères et tous leurs copains en « ère », tu ne t'intéresserais pas aussi aux terrains uranifères, par hasard ?

*

Après avoir franchi la rivière Corella à gué et ce d'autant plus aisément qu'elle était à sec, la piste devenait encore moins facile, si c'était possible. Des éboulements s'étaient produits qu'il me fallait contourner et je dus même en une occasion faire usage du treuil électrique pour déplacer un gros bloc de grès échoué là, le démon Démon seul savait comment.

La chaleur était tellement accablante que pas une mouche ne venait essayer de s'introduire dans nos narines, nos oreilles, nos bouches ou nos yeux. Nous vîmes deux petits groupes de kangourous gris qui nous regardèrent passer, assis paisiblement sur leurs queues comme sur un tabouret de bar, léchant soigneusement leurs pattes antérieures afin de créer un effet de transpiration qui rafraîchirait leurs veines et grattant leur poitrail envahi par les tiques.

Juste avant la rivière Leichhardt, une forte troupe de lapins croisa la piste, remontant vers le nord-est où elle finirait collée contre « ma » clôture, ses cinq cents jeunes membres expulsés de leurs terriers par leurs parents et leurs frères plus vieux, mourant tous contre le grillage qu'ils ne pourraient pas franchir.

— Il n'y a rien d'autre à faire pour résoudre le problème ? interrogea Anaïs quand je lui expliquai que les terribles grandes migrations des rongeurs étaient aussi dévastatrices que des vols de sauterelles.

— On a tout essayé depuis le début du siècle, répondis-je. Mais ils ont chaque année trois portées de quatre à six petits, si bien qu'en quelques années, un seul couple peut avoir généré des millions de descendants. On a dynamité les terriers, disposé des poisons, introduit la myxomatose dans les années cinquante, donné des primes formidables. Même l'armée s'y est collée et une année, on en a éliminé la bagatelle de vingt-cinq millions. Mais ils résistent à tout, ils s'auto-immunisent contre les maladies et on pense qu'ils sont actuellement plus de trois cents millions. Le CSIRO[1] teste en ce moment un virus de la fièvre hémorragique qui a l'air de bien marcher dans le Sud[2] mais par ici, on n'en a pas encore eu de résultats…

— C'est horrible, cette histoire de virus, s'emporta Anaïs. Et s'il se communiquait aux autres espèces ?

— Possible, dis-je en abordant prudemment la descente vers le lit de la rivière Leichhardt après

1. Équivalent australien du CNRS.

2. En dessous du 30e parallèle, le virus VHD aurait éradiqué 95 % des lapins, favorisant ainsi le retour des kangourous dont on a constaté à cette occasion qu'ils étaient en concurrence avec les rongeurs sur le plan alimentaire.

avoir bloqué le différentiel. Mais pas sûr. De toute façon, il faut faire quelque chose, comme il faudra un jour agir à grande échelle contre les chats sauvages. Il y en a près de douze millions et ils sont d'ores et déjà responsables de la disparition de vingt-cinq espèces endémiques, principalement des petits marsupiaux et des oiseaux uniques. Tu dois d'ailleurs savoir ça, toi qui te passionnes tellement pour nos amis ailés…

Elle ne répondit rien, ne rebondit pas et je me concentrai sur la traversée de la rivière où l'eau arrivait à mi-moyeu de mes roues. Plus loin, le creek faisait une boucle et nous dûmes le franchir à nouveau, mais à sec cette fois, l'eau ayant mystérieusement disparu, ne laissant qu'un billabong fangeux où s'abreuvait une nouvelle troupe de lapins, grosse de plus d'un millier de membres qui s'égaillèrent à mon passage pour se reformer ensuite, non sans que j'aie pu en écraser une bonne dizaine.

Anaïs me fusilla du regard et entreprit de fustiger ma cruauté en me représentant combien j'étais criminel d'agir ainsi, combien les colons blancs avaient été criminels d'introduire ces bestioles — là, j'étais assez d'accord — et comment l'homme en général était criminel de ne pas savoir gérer l'existence des autres espèces.

— … Il y a un an, conclut-elle de plus en plus emportée, j'étais en Sibérie où les morses sont en voie de disparition et…

Elle se tut brusquement, consciente d'avoir gaffé. Je laissai moi aussi passer un temps de silence avant d'observer finement :

— Les morses, hein… ? Plutôt de gros insectes, me semble-t-il… Même pour la Sibérie…

Elle haussa les épaules, bouda en se tournant vers sa vitre ouverte par où un peu d'air nous parvenait enfin, la piste étant devenue très carrossable, me permettant de rouler aux alentours de soixante kilomètres-heure, au milieu de dunes de sable en spirales, plantées de l'omniprésent spinifex.

Ma montre indiquait dix heures et, si ma mémoire était fidèle, nous n'allions pas tarder à rejoindre la nationale Barkly à une vingtaine de bornes de Mount Isa. Je décidai de repousser le problème des morses sibériens à plus tard et de me concentrer sur la suite des événements.

Il était en effet possible que le sergent Jacinta Cromley, furieuse et légèrement calcinée, ait fait établir un barrage à l'entrée de la ville par ses collègues. Il était en tout cas certain que les flics de Mount Isa avaient le signalement de la brave Vieille Neddie, son numéro minéralogique et une bonne description de nos deux aimables personnes (encore que Jacinta en était sans doute restée, pour ce qui concernait Anaïs, à la tenue vert fluo, au poncho camouflé et aux tresses…).

Mais il fallait risquer le coup. Je devais avoir un petit entretien urgent avec quelqu'un. Quelqu'un dont je n'avais pas trop apprécié qu'il me prenne pour un *drongo*[1] et qu'il me bourre le mou…

*

1. Imbécile, crétin, nul…

Les villes qui ont des noms de fille sont des villes perdues, sauf peut-être Adélaïde qui prétend ne pas avoir encore découvert le péché. L'Alice[1] est une pute vendue aux touristes qui vont voir à Ayers Rocks le plus gros vagin du monde et Mary Kathleen avait sans doute attrapé la vérole atomique.

L'Isa ne déroge pas à la règle, sauf que c'est une fille richement entretenue par le gras micheton de la MIM qui exhibe les cheminées de ses hauts fourneaux comme autant de phallus à la gloire de l'industrie, dominés par le grand zizi blanc de la fonderie de plomb, fier de son érection à deux cent soixante-dix mètres de hauteur. Isa change sans arrêt, se construit ailleurs, aligne des campements provisoires à chaque nouveau trou creusé d'où chaque fois jaillit la manne minérale. Depuis plus d'un demi-siècle, Isa a le cul bordé de plomb, de cuivre, de zinc et d'argent.

Elle joue donc à la ville, comme les petites filles jouent aux « grandes ». Isa a des bars avec des serveuses qui trempent la pointe de leurs nibards peints en rouge dans votre pot de bière, des bandes de voyous qui errent dans les terrains désolés où s'élevaient des baraques de tôle ondulée qu'on a démontées pour les reconstruire plus loin, des supermarchés, une piscine olympique, un gymnase, plus de banques que de bistrots et plus de bistrots que de centres de désintoxication alcoolique.

Cinquante nationalités s'y côtoient, les ongles toujours gris de terre minérale, chacun dans son

1. Alice Springs.

ghetto, chacun dans sa piscine qu'on creuse d'un coup de bulldozer en même temps qu'on construit sa nouvelle maison. Ce qui les rassemble ? La *skimpy*[1] du Buffalo Club sur Grace Street qui se laisse caresser les seins avec un glaçon tenu entre les dents et le casque de chantier aux couleurs violentes que les hommes ne quitteraient sous aucun prétexte, même au repos, sauf pour le rodéo du mois d'août où ils le troquent contre un chapeau de stockman. Ce qui fait qu'on a toujours l'impression que la ville est occupée en permanence par des clones du groupe « Village People » où ne manqueraient que le chef sioux et le flic new-yorkais.

Nous y pénétrâmes comme des voleurs associés, mais sans y voir l'ombre du début d'un chapeau de flic. Ou Jacinta n'avait pas alerté ses collègues, ou ceux-ci avaient méprisé l'appel de la fliquette du bled perdu. Nous roulâmes dans des rues désertes jonchées de boîtes de bière, de canettes brisées et de casks de vin rouge ou blanc. Des rapaces nous survolaient, milans noirs ou milans siffleurs et sombres corbeaux croassants.

— C'est laid, résuma Anaïs qui frissonnait encore d'avoir échoué là, deux jours auparavant.

— Oui, dis-je, mais c'est riche. Les salariés d'ici sont les ouvriers les mieux payés d'Australie et la MIM extrait plus de trois cents millions de tonnes de cuivre chaque année.

Il me fallut un temps fou pour trouver la seule cabine téléphonique rouge et or en état de fonctionner, à la gare routière des cars Greyhound

1. Pour *scandalously clad lady* : dame scandaleusement vêtue.

Pioneer[1], et une patience angélique pour parvenir à lire l'annuaire dépenaillé dont tout laissait à penser que nombre de ses pages avaient servi à confectionner des joints. Un coup de pot du diable fit également que l'adresse personnelle de mon gaillard y figurait, car je me doutais bien qu'un samedi matin, il n'était pas à son bureau. Dans l'enfer en fusion brûlant les métaux qu'est l'Isa-la-Scandaleuse, le sabbat y est très logiquement respecté et j'avais vu, en passant le long du lac artificiel de Moondarra, les familles des démons casqués prendre possession des tables et des barbecues en pierre pour l'obligatoire pique-nique de leurs moroses week-ends.

— On y va, dis-je joyeusement.

— Et où va-t-on ? interrogea-t-elle en essayant de lire l'avenir dans le vol des corbeaux.

— Voir un bel enfoiré, dis-je en démarrant.

1. En Australie, chaque grosse société de transport a sa gare personnelle.

CHAPITRE 19

Reginald Hawkes, avocat privé qui n'aspirait certainement qu'à devenir celui de la Couronne[1], habitait un quartier résidentiel derrière le Belvédère, composé pour l'essentiel de luxueuses maisons sur pilotis, toutes tristement semblables.

Les rues y étaient droites, parallèles et perpendiculaires, les trottoirs réglementaires gazonnés mesuraient cinq mètres de large ponctués de massifs de bougainvilliers et d'hibiscus, les réverbères en cuivre, production locale oblige, et les palissades en bois peintes en vert et blanc enfermaient des pelouses clonées impeccablement tondues et très régulièrement arrosées.

Ma vieille Land Cruiser cabossée et rouge de poussière, avec son chargement hétéroclite, ses dévidoirs à barbelé, ses projecteurs de toit, son pot d'échappement vertical crachotant une fumée brune et sa vitre passager cassée, n'était pas à sa place dans ce paradis climatisé où la piscine était obligatoire, la véranda close d'un treillage de

1. Procureur général.

moustiquaire, l'allée asphaltée et le perron orné d'un petit paillasson destiné uniquement à recevoir les bouteilles de lait et la monnaie pour le livreur.

La boîte aux lettres, qui ressemblait à un chalet suisse (remarqua Anaïs) de la villa n° 82 située allée des Jacarandas, indiquait bien qu'habitait ici l'honorable Reginald Hawkes, l'homme qui sortait des cautions de vingt mille dollars plus vite que son ombre. Le temps de trouver l'endroit, j'avais pu expliquer à Anaïs qui il était et pourquoi je venais le voir.

— Je t'accompagne, avait-elle décrété. J'ai envie d'une citronnade bien fraîche.

Après avoir poussé la barrière qui n'était pas fermée à clé, nous remontâmes l'allée nickel qui menait à la véranda et au *carport* où deux automobiles étaient garées, une Holden HQ des années soixante[1], attendrissante dans sa couleur pistache comme un souvenir de jeunesse, et une Mini-Moke bâchée d'un tissu à fleurs dans laquelle je ne parvenais pas à imaginer le très strict maître Hawkes.

Après avoir franchi l'obstacle léger de la moustiquaire, je frappai à la porte de la maison d'où me parvenait le ronron discret d'un troupeau de climatiseurs poussés au maximum. Comme personne ne répondait, je redescendis de la véranda où deux fauteuils à bascule évoquaient des soirées passées à compter les phalènes autour des réverbères de cuivre et contournai la maison pour gagner le

1. La seule marque australienne d'automobiles.

jardin de derrière, en passant entre les deux voitures.

L'avocat était bien là, vivant et frais ainsi qu'une tranche de gigot, pas du tout baignant dans son sang comme cela se serait passé si nous étions dans un roman policier américain. Il était à peu près vêtu comme la veille, short long et chaussettes blanches, chemisette claire, la seule différence est qu'il portait, non ses souliers vernis, mais une paire d'espadrilles, qu'il n'avait pas de cravate et dissimulait sa calvitie au soleil ardent grâce à un large chapeau de paille. Il tenait un sécateur à la main avec lequel il coupait les feuilles mortes de ses bananiers dont l'un portait un régime, un tourniquet arrosait son petit arpent de fleurs tropicales et la haie de bambous qui ceinturait le terrain. On se serait cru dans un inédit de cinémathèque qui aurait eu pour titre : *Stan Laurel moustachu fait du jardinage*.

Il n'était pas seul. Une petite fille d'une dizaine d'années, incroyablement habillée comme Alice au Pays des Merveilles, portant de longs cheveux très bruns frisés et des anglaises, était assise sur la balançoire immobile d'un portique vert. Elle tenait sur ses genoux une poupée ancienne, vêtue d'une longue jupe tout en guipures et dentelles, semblable à la sienne et dont elle nouait les rubans sans la regarder. Elle ne nous regarda pas davantage, ne sourit pas, resta à s'activer doucement sur l'habillage de son jouet coûteux. L'avocat se redressa et interrogea de son incroyable voix de basse bégayante :

— Mais... heu... que me vaut le... comment

dirais-je… plaisir de vous voir… monsieur… heu… O'…

— Flaherty, complétai-je aimablement.

J'avais décidé de l'aider, sinon nous n'en sortirions pas et nous serions toujours là pour le thé. Or nous avions encore une longue route avant d'arriver à la station Verdun. La présence de la fillette me gênait. Comment bousculer un père devant son enfant, vraisemblablement aveugle, sans se sentir un parfait salaud ?

— Hawkes, il faut me dire qui a payé ma caution et celle de Kadigbaku. J'ai le droit de savoir. On a encore essayé de me tuer cette nuit et mon partenaire a disparu. Enlevé…

— J'en suis… heu…

— Désolé, l'interrompis-je. D'accord, vous êtes désolé. Qui ?

— … Heu… je crains de ne pas…

— Pouvoir me dire. Si, Hawkes, en vérité vous le pouvez.

La fillette avait terminé l'habillage de sa poupée à tête de porcelaine et entreprenait la tâche inverse, avec des doigts très sûrs et un regard absent. L'avocat, lui, fixait son sécateur comme s'il avait peur d'éventrer quelqu'un avec. Il parut remarquer enfin la présence d'Anaïs, enleva son chapeau de jardinier.

— Enchanté… heu… miss ? interrogea-t-il courtoisement.

— Miss Unger, expliquai-je, c'est mon témoin pour la nuit du meurtre. La police la recherche mais elle ne s'y rendra que lorsque j'aurai retrouvé Pickwick…

— Mais… comment dire… n'êtes-vous pas… si je puis…

— Oui, dis-je, je suis également en infraction avec les clauses de ma liberté provisoire, dis-je fermement (la poupée était maintenant nue, obscène avec son corps de chiffon blanc surmontée de sa tête à la pâleur ivoirine). Qui a payé la caution, maître ? Heinrich Braun ?

Il exprima la plus parfaite surprise en entendant ce nom.

— Braun… heu… de la… comment dire, station Verdun ? Grands dieux, non… Heu… Pourquoi ?

— C'est lui, dis-je, qui a… heu… semble-t-il, kidnappé Pickwick-Pickwick.

Son truc était contagieux. Il devait rendre fous les présidents de tribunal, exaspérer jusqu'au trépignement ses adversaires, hébéter les témoins, endormir les jurés et, si ça se trouve, sauver ses clients. Il paraissait sincère, pour autant qu'un avocat puisse l'être. La gamine s'était remise à habiller son jouet, ses lèvres remuant sans qu'aucun son n'en sorte, et je me demandai si elle n'était pas en plus sourde et muette.

Anaïs, qui n'avait jusqu'à présent rien dit et qui était restée immobile à mes côtés, s'avança vers le portique et s'agenouilla auprès de la fillette dont elle saisit la main qui s'activait lentement à remettre un jupon sur les jambes molles de la poupée.

— Comment s'appelle-t-elle ? demanda-t-elle en français.

La gosse tressaillit, porta ses yeux pâles sur Anaïs, son visage s'éclairant soudain d'un sourire.

— Princesse Sophie de la Tour, dit-elle enfin, également en français. Et moi, c'est Yasmine…

L'avocat paraissait changé en statue de sel, contemplant la petite fille comme s'il la voyait pour la première fois.

— C'est un miracle, confirma-t-il, elle revient à la vie pour la première fois depuis deux ans.

C'était un double miracle puisqu'il avait réussi à prononcer une phrase entière sans bégayer ni chercher ses mots. Il regarda intensément sa fille qui babillait maintenant joyeusement en français avec Anaïs, se tourna vers moi, comme délivré d'un lourd fardeau. Il eut l'air de prendre une décision irrévocable :

— Je vais… heu… si je peux… en quelque sorte… vous dire ce que… n'est-ce pas, je sais…, dit-il en remontant ses chaussettes sur ses mollets maigres.

Ce miracle-là n'avait duré que l'espace d'une phrase. Mais au train où allaient les choses, c'était déjà ça.

*

— Bon sang, Anaïs, interrogeai-je lorsque nous sortîmes de chez l'excellent maître Reginald Hawkes, moi portant par sa poignée une longue valise en bois de houp, elle un sachet de rahat-loukoum, comment as-tu réussi à décoincer cette môme ?

— Élémentaire, mon cher Paddy, sourit-elle, fort satisfaite de sa petite personne. J'ai compris que Yasmine était murée par un gros problème psychologique et non pas aveugle ou sourde ou muette, comme je l'avais cru tout d'abord…

— D'accord, Sherlock en chocolat, dis-je, ça j'ai pigé. Mais pourquoi lui avoir parlé en français ? Elle a plutôt le type arabe, non ?

— Là, dit-elle en se hissant dans Neddie qui sembla gémir de bonheur, je reconnais que j'ai tenté un coup de bluff. Mais comme je sais qu'il y a une importante colonie libanaise dans votre beau pays et qu'une grosse majorité d'entre eux sont chrétiens et francophones, je me suis dit que ça valait le coup d'essayer de communiquer en français… En plus, j'avais un petit atout supplémentaire : sa poupée…

Je déposai avec précaution la somptueuse boîte oblongue à nos pieds et mis le moulin en marche. L'aiguille du carburant approchait de la zone rouge. Il allait falloir avitailler le navire.

— Oui, sa poupée ? Eh bien ?

— C'est un jouet ancien, très coûteux. Ils étaient fabriqués en France au siècle dernier. On les appelait des poupées Jumeaux. Je désirais tellement en avoir une quand j'étais petite à Lausanne que je l'ai tout de suite reconnue…

Après la spectaculaire résurrection de Yasmine, Hawkes m'avait entraîné dans sa maison, sans lâcher son sécateur, laissant Yasmine en compagnie d'Anaïs. Dans son salon aux larges baies vitrées, il m'avait confié, non sans bégayer et trébucher d'abondance, que la petite était ainsi prostrée depuis un an. Très exactement depuis la jour où sa mère, une Libanaise effectivement, était partie avec… heu… (« Avec un autre homme ? » l'avais-je charitablement aidé). Sa mère qui lui parlait en français alors que la gamine ignorait encore l'anglais (elles étaient arrivées toutes deux de Beyrouth, six mois avant que Hawkes ne rencontre sa volage femme à Brisbane).

Comme Anaïs l'avait génialement supposé, d'entendre à nouveau parler dans la seule langue qui lui permettait de s'exprimer avait brutalement déchiré le rideau de silence et d'angoisse qui isolait l'enfant depuis que sa mère avait mis les voiles en l'abandonnant. Et de cela, Hawkes nous était reconnaissant…

Le « père » et « sa » fille, debout côte à côte sur la véranda, agitèrent leurs mains derrière la moustiquaire quand nous nous éloignâmes. Reginald était peut-être un trouillard et un enfoiré de descendant de POM, mais c'était aussi un brave mec : il aurait pu se débarrasser de cette gamine qui ne lui était pas grand-chose, mais il l'avait gardée alors que sa toute fraîche et très salope épouse ne s'en souciait pas plus que de son dernier amant.

— Et toi, alors, questionna ma fine mouche suisse, tu as appris des choses intéressantes ?

— C'est selon, dis-je. Ça me pose plus de questions que ça ne m'a apporté de réponses. La caution a été versée par un organisme gouvernemental et au premier chef, elle ne concernait que Pickwick. Ma libération était une sorte de prime. Un cas d'école de discrimination positive, je suppose.

Je quittai le quartier du Belvédère avec ses larges rues bien lustrées, ses maisons fraîches et pimpantes, son eau qui coulait à volonté sur des pelouses peignées au petit poil, alors que le lac Julius qui approvisionnait l'Isa était presque à sec, ses habitants qui passaient leurs congés d'hiver[1] sur la Gold Coast ou en Europe et ses petites filles tristes aux poupées trop chères.

— Discrimination positive ? interrogea Anaïs, qui avait eu droit à sa citronnade glacée et que sa bonne action avait mise d'excellente humeur. Que veux-tu dire par là ?

— Je veux dire, ronchonnai-je un peu amèrement, que la politique de l'Australie blanche[2] nous retombe aujourd'hui sur le nez. Par mauvaise conscience, j'imagine, on veut maintenant que les Abos aient plus de droits que nous…

— Ça s'appelle un retour de manivelle, mon chéri, dit-elle gaiement. Tu as donc été relâché en deuxième lecture ? Et si ça se trouve, tu le dois à Pickwick…

Nous étions de retour dans le centre, passant

1. L'hiver austral, soit la période la plus chaude, de décembre à février, celle des « grandes vacances ».

2. *White Australia Policy*, terme couramment employé pour désigner les lois de restriction de l'immigration promulguées en 1901 et qui visaient principalement les Asiatiques. Par extension, elle désigne également les mesures racistes qui visaient les Aborigènes (interdiction de rester dans les villes après une certaine heure, « kidnapping » légal des enfants métis pour les placer dans des orphelinats, restriction de leurs droits à la propriété et à l'emploi, etc.). Mais par contrecoup, la WAP eut deux effets positifs : des mesures sociales pour les travailleurs inédites dans le monde et qui perdurent aujourd'hui, et une protection certaine des coutumes aborigènes dans les « réserves » où, par ailleurs, les exploitations minières étaient interdites à l'époque — ce qui n'est plus le cas aujourd'hui.

sur le petit pont qui enjambe le creek Riffle qui n'est en fait qu'un bras détourné de la rivière Leichhardt pour irriguer les folies industrielles de mam' MIM la cuivrée, jaune et tellement limoneux qu'un poca[1] aurait refusé de s'y abreuver.

— J'ai faim, piaula la belle entomologiste à la psychologie pédiatrique si développée. Il est presque midi…

Je branchai la radio locale afin de savoir si on parlait de nous et de notre fuite matinale, mais le présentateur, un Abo prétentieux qui tentait de prendre les accents snobs d'un Reginald encore plus snob qu'il ne l'était en réalité, se contenta d'égrener des températures extrêmes (40° à Cloncurry !) et d'annoncer un risque d'orage dans le nord du comté en fin d'après-midi.

— Jacinta a dû faire le black-out sur notre équipée, commentai-je. À moins qu'elle n'ait une autre idée en tête…

— J'ai faim, répéta Anaïs.

Elle fronçait son joli nez de chat-marsupial à qui on aurait retiré sa soucoupe de lait. Puis elle montra la très chic boîte oblongue en bois précieux posée en travers du plancher de la cabine :

— Et ça, qu'est-ce que c'est ?

— Un prêt un peu forcé du bon maître Hawkes, dis-je en rigolant. Ça vaut dans les vingt mille dollars[2] et ça pourra nous être utile. Et pour ce qui est de ta faim, pas de problème, on va

1. Cochon en pidgin.
2. 10 600 euros.

s'arrêter à la sortie de la ville. Il faut aussi préparer Neddie pour notre expédition. Et je connais le *roadhouse*[1] le plus sympathique de tout l'Outback.

1. Station-service équipée de douches, mais aussi *store* (magasin), bar, restaurant et parfois halte galante…

CHAPITRE 20

Quand je reçus pour la seconde fois un lourd banc de bois dans le buffet, je changeai d'avis sur la sympathie de l'accueil au Wild Irish[1].

— Vas-y, Paddy ! hurlait Anaïs, qui semblait à la fête et qui s'occupait sérieusement de gifler à tour de bras un individu qui n'était pour rien dans la bagarre mais qui, m'avoua-t-elle plus tard, avait une tête qui ne lui revenait pas.

Tout avait pourtant bien commencé : en arrivant au complexe routier situé à la sortie nord de Mount Isa, le long des terrains de rodéo et pas très loin de l'aéroport, j'avais d'abord fait tous les pleins possibles : gasoil, huile, eau et air pour Neddie servie en premier selon la loi de l'Outback qui veut qu'on s'occupe en priorité de son cheval. Puis glaçons, viandes diverses, biscuits Tim-Tam, bières, fromage Kraft pour charger les deux glacières Eskies, rechargées elles aussi, selon ma loi personnelle qui veut qu'on s'occupe du cavalier en second. Anaïs trépignait alors que je faisais mes emplettes

1. « L'Irlandais sauvage ».

au store et les biscuits-pailles firent usage de calmant.

J'allai garer la Land Cruiser à l'ombre rare d'un pandanus étique, au milieu d'un troupeau de Mack, de Ford, de Peterbilt, de Freigtliner ou de Kenworth[1] au pacage et de motos Harley-Davidson au repos, signes de bikers à l'horizon. Le soleil était à la verticale, en pleine opération de fusion sur les choses et les gens. Plus loin, au nord, la barrière de nuages avait noirci mais n'avançait qu'à une vitesse dérisoire, par manque de vent. Sur la route Barkly, des road-trains se croisaient dans un rugissement de bêtes préhistoriques en déplaçant un violent souffle d'air chaud et quelques mobile homes d'inconscients *terroristes*, le sobriquet des touristes dans l'Outback, tentaient l'aventure accablante d'aller camper dans les Territoires du Nord.

Nous nous dirigeâmes enfin vers le Wild Irish qui n'avait certes pas la classe de l'Irish Club du centre-ville de Mount Isa, mais dont on peut comprendre que le nom avait pour moi une consonance des plus agréables. On dit qu'il y a huit mille Irlandais dans ce coin du Nord, tous inscrits au « Club » où, le samedi soir, on joue au loto en cravate. C'est bien possible, je ne les ai pas comptés, mais au début du siècle, seuls les Irlandais étaient assez fous pour descendre dans les trous de mine, bardés de gélinite et éclairés par une lampe frontale à bougie…

Il y avait foule dans le bistrot : bikers, camion-

1. Marques de gros tracteurs américains.

neurs *truckies*, jackaroos ou apprentis stockmen, tous plus bruyants les uns que les autres, au grand effarement de quelques couples de *terroristes* qui s'étaient fabriqué une dégaine d'explorateurs du *National Geographic*. Une grosse femme rubiconde portait même le grotesque chapeau à voilette de moustiquaire, agrémenté de bouchons pendants, fabriqué en Corée, censé écarter les mouches et vanté par certains guides de voyage comme le fin du fin en matière de survivalisme.

Le Wild Irish présentait l'aspect habituel des relais routiers du bush : un grand bar en fer à cheval surmonté d'un auvent en tôle ondulée rappelant élégamment la toiture des *dunkies*[1] de brousse, derrière lequel s'agitaient un barman en chemisette et nœud papillon et deux barmaids en guêpière et bas à jarretelles. Une vingtaine de grosses tables en bois-de-fer sombre avec deux lourds bancs de part et d'autre et quelques chaises d'une rusticité à faire pâlir le plus conservateur des pionniers complétaient le mobilier. Des affiches non moins traditionnelles ornaient les murs recouverts de frisette de pin : femme nue avalée par un gigantesque croco et dont seules les jambes sortaient de la gueule de l'animal, avis annonçant qu'il n'y avait pas de point d'eau avant cinq cent vingt-cinq kilomètres, réclames pour les bières, avec une prédilection pour la Four X, mais la marque Toohey était présente aussi (« Construis-toi un corps avec la bière », disait le slogan), et le sempi-

1. Chiottes.

ternel *Slip-slat-slop*[1] de la campagne de prévention contre les cancers de la peau.

La télé hissée au-dessus du bar gueulait à fond, en concurrence avec le juke-box lancé en plein festival AC/DC, le fracas tintinnabulant d'un bandit manchot, les bips assourdissants du jeu de fléchettes électronique, les soupirs mugissants d'une machine à poker et les hurlements d'enthousiasme de tous les soiffards qui ne sortaient le nez de leur *tube* de bière que pour le plonger dans le profond décolleté des serveuses.

Anaïs s'arrêta devant l'attraction qui faisait la renommée du pub : une impressionnante collection de casquettes « humoristiques » qui allait de l'étron enroulé sur la visière au zob de concours pointant sur la coiffe, en passant par celles qui avaient des topettes de bière en guise d'écouteurs, la série des casquettes-vagins, celles colorées de dégueulis, les casquettes-koalas, kangourous, wombats[2] à narines poilues, possums, celles en turban de chamelier, en casque de latanier, celles qui émettaient un bruit (rot, ronflement, pet, cri du cookabura), celles en bec de canard, en paires de fesses ou en nichons, en casque à pointe ou Waffen SS, celles qui avaient un boomerang tournoyant au-dessus, un tam-tam, une Tour Eiffel, une tour de Pise, l'Empire State Building ou la Sydney Tower, celles qui accueillaient un gros moustique battant des ailes ou une paire de couilles

1. « Tricot-chapeau-huile solaire ».

2. Petit marsupial, également appelé phascolome. On distingue des wombats à narines poilues et des wombats à narines dénudées.

de buffle, celles qui portaient un ventilateur sous la visière ou un vibromasseur en guise de flèche faîtière, celles enfin qui se contentaient d'exprimer des appréciations machistes ou anti-pédés.

— Sympathique est le mot…, dit Anaïs sarcastiquement, mais hélas assez fort pour qu'un biker tout enveloppé de cuir noir et qui avait posé son casque de moto à cornes, bricolé façon Viking sur le tabouret voisin, saisisse l'appréciation pas franchement admirative.

— Si t'aimes pas ça, enculée de poulette, vocifera-t-il, en dégoûte pas les vrais hommes !

Je fis semblant de ne pas avoir entendu le propos un peu leste de l'homme de l'âge du cuir et prenant la poulette en question par les épaules, je nous fis une petite place autour du bar, à trois ivrognes de distance du motard vindicatif.

— Je vais te faire goûter quelque chose que vous ne devez pas connaître en Suisse, dis-je après avoir commandé deux *oyster-shots*, qui sont des huîtres dans un bain de tequila, à la mignonne rousse qui avait l'air la plus irlandaise des deux barmaids (l'autre était une Vietnamienne).

Le biker viking continuait de nous lorgner avec animosité. Il n'était pas franchement monstrueux de corpulence, mais le fait qu'on lui ait laissé un tabouret pour poser son casque prouvait en tout cas qu'il était craint dans les parages.

— Un truc de chochottes pour la putain de sheila étrangère et son bâtard de copain, commenta-t-il lorsqu'on nous apporta les deux coquilles remplies à ras bord d'alcool où baignaient, comme deux fœtus dans du formol, les malheureux mollusques lavés à grande eau.

Anaïs goba le sien, avec délectation d'abord puis avec une moue légèrement dégoûtée.

— Étrange, déglutit-elle puis, se tournant vers le motard, elle lui lança suavement dans la langue de Molière : va te faire foutre, connard.

Le Viking avait-il appris le français au collège, passé des vacances en Nouvelle-Calédonie ou bien avait-il saisi le sens général du propos, voilà ce que j'ignorerai toujours, mais en tout cas, un grand silence s'était abattu sur la salle. Les trois ivrognes nous séparant s'esbignèrent comme les silhouettes touchées d'un tir forain, barman et barmaids planquèrent les bouteilles les plus proches et le crocodile empaillé suspendu au plafond entre les ventilateurs qui le faisaient tournoyer sembla interrompre sa valse lente et solitaire.

— Une grenouillette, hein ? mugit le dur à cuir en se levant pesamment de son tabouret. Je vais te faire voir c'qu'on fait avec leurs cuisses, ma chérie…

Il ne me faisait pas trop peur : les gras du bide de sa sorte, amollis par leurs longues courses en Harley capitonnée et leurs encore plus longs stages devant des pots de bière, j'en avais déjà déquillé quelques-uns, tous surpris de constater la supériorité du joueur de rugby sur le lanceur de fléchettes de bar.

Mais cela se gâta avant même qu'il n'arrive à proximité de mes poings. L'attention étant attirée sur nous, de l'autre côté du bar, deux gros et gras routiers me dévisagèrent. L'un avait les poils roussis, l'autre devait sentir la bouse de vache. Tous deux évoquaient des mammouths irascibles.

— Mais c'est notre enfoiré de chauffard de Cloncurry ! dit l'un qui avait conduit autrefois un Peterbilt 378 de la Shell.

— L'assassin du creek Gunpowder ! compléta l'autre dont le Kenworth W900B tractant des remorques bétaillères avait été réduit en chaleur et fumée.

— Le voleur de Mack…, reprit le premier.

— Le copain du boong meurtrier, dit le second en veine d'informations à destination du public.

Le Viking s'était arrêté dans son élan, un peu jaloux qu'on lui disputât sa proie. Les deux autres, le chauffeur du truck-bétaillère et celui des citernes de carburant, se levèrent à leur tour et entreprirent de faire le tour du bar, attrapant chacun un banc au passage. Je parai au plus pressé, allongeai la jambe et cueillis le biky de la pointe de ma solide botte de brousse, juste à l'endroit stratégique où son pantalon de cuir le moulait le plus étroitement.

Le Viking du Queensland se plia en deux et Anaïs, saisissant une chope de bière par son anse, le termina d'un énergique coup sur le crâne. Je me retournai vers les deux furieux qui chargeaient en utilisant les bancs comme béliers, juste à temps pour recevoir ledit bélier en plein dans l'estomac. J'eus l'impression débilitante d'être une porte de pont-levis moyenâgeux enfoncée par des assiégeants mécontents de leur seigneur, feintai néanmoins pour esquiver un deuxième coup et décochai un terrible coup de boule sur le nez du manant aux poils roussis qui s'écroula d'une pièce.

Entre-temps, Anaïs s'était emparée d'un quidam qui voulait intervenir et procédait à une distribution de gifles qu'elle n'avait pas dû trouver dans un coffre de banque vaudois. Le deuxième trucky — vraisemblablement le conducteur de vaches — imita son camarade et m'enfonça le bélier dans la poitrine. Je m'effondrai, le souffle coupé, étendu à côté de l'homme de la Shell et du BBQ réunis dont le pif reproduisait de son mieux le passage de la mer Rouge. L'autre levait son banc pour me l'abattre sur le crâne et je crus le cauchemar encore plus accompli quand je distinguai, derrière ses larges épaules, surmonté de sa casquette Rambo, le visage rugueux et barbu du conducteur de « notre » Mack rouge dont j'avais déjà pu éprouver à Cloncurry la force de frappe et la solidité des poings.

Je fermai les yeux, persuadé que tout était fini, que Jacinta viendrait me ramasser avec une balayette et une pelle à poussière, que Pickwick allait finir ses jours dans un camp de la mort du Grand Jamais-Jamais et qu'Anaïs ne voudrait jamais d'un infirme.

J'entendis un choc sourd mais qui ne me concernait pas, une sorte de « hoummppfff » peu harmonieux et, ouvrant les yeux, je vis mon agresseur plier les genoux sous l'énergique poigne du barbu tatoué aux jambes velues qui l'avait pris à la gorge après, je suppose, lui avoir retourné son propre banc dans l'estomac.

Tiens, j'avais recommencé à me faire des copains.

*

Kent « Che » Alvarez, routier basé à Darwin, barbu comme le héros révolutionnaire qui lui avait sans doute valu son sobriquet, poilu comme un wombat et tatoué mieux qu'un livre d'images, était d'excellente humeur depuis que les flics de Cloncurry lui avaient rendu son Mack rouge, retrouvé dissimulé dans une gare désaffectée, entre Duchess et Phosphate Hill, à une centaine de kilomètres de l'endroit où il lui avait été volé.

— Pratiquement pas de dégâts, commenta-t-il alors que nous étions attablés tous trois autour de tourtes au gigot, de soupes de pois et de hamburgers géants. Juste un rétroviseur pété et une bagnole dans le conteneur de queue qui a pris une balle dans le pare-prise. Je me demande bien pourquoi ces salopards ont fait ça...

J'exprimai hypocritement ma totale ignorance à ce sujet, tout en ayant une pensée pour Pickwick-Pickwick dans son célèbre numéro de Comanche tireur d'élite à l'attaque d'une diligence. La bouche pleine, le Che me confia qu'il n'avait pas supporté de voir ses deux collègues m'agresser, tant verbalement que physiquement, attendu que je n'étais, comme lui, qu'« une innocente victime » des malfrats du van noir.

Les deux collègues routiers en question étaient assis deux tables plus loin et paraissaient également revenus à de meilleurs sentiments. Celui qui avait du coton dans le nez nous adressait même de petits signes de la main quand nous croisions son regard, l'autre se contentant de sourire béatement à la touriste au chapeau à voilette de moustiquaire et bouchons, laquelle s'était avérée être l'épouse du type insignifiant qu'Anaïs avait giflé d'abondance et qui ne semblait pas nous en vouloir non plus.

De son côté, le patron du Wild Irish était ravi que nous ayons offert aux citadins de passage l'attraction gratuite d'une belle bagarre bien typique de la réputation de l'Outback, tout en n'ayant cassé qu'un banc et une chope de bière.

Nous étions donc une chouette bande de chics copains et le Che, telle une divinité tutélaire en short et débardeur, couverte de tatouages obscènes, régnait avec bonhomie au milieu de cette fraternelle ambiance où les décibels avaient repris leur travail de sape contre les tympans, où la bière coulait à flots et où le casque cornu du Viking, évacué vers l'hôpital de Ian Street avec un traumatisme crânien, figurait désormais avec bonheur dans la collection de casquettes, comme le trophée d'un aurochs vaincu.

C'est sûrement ce léger accroc à l'harmonie générale et le fait que le poste de police de Mount Isa était situé non loin de l'hôpital qui firent que nous entendîmes soudain, dominant le vacarme ambiant, la sirène deux tons d'une voiture de patrouille qui s'engageait sur le parking. Le personnel de l'hôpital, que Dieu les cartonne, avait sans doute cafardé aux poulets quant au trouble à l'ordre public qui avait nécessité une évacuation sanitaire.

Je me levai et pris Anaïs par la main, alors qu'elle expliquait au Che de la Matilda Highway que son tee-shirt Greenpeace ne signifiait pas qu'elle adhérait à toutes les actions de cette organisation, tandis qu'il tentait de lui faire concevoir les beautés de son propre tricot qui portait l'inscription : « Pas de mouches sur moi, mec ! », un slogan bien évidemment composé avec des centaines de mouches formant les gigantesques lettres.

— Che, dis-je, je ne tiens pas à rencontrer la police. Suis parti de Cloncurry sans congé et la petite sheila suisse ne veut pas témoigner pour le moment…

— Comprends ça, fit-il en éclatant d'un rire tonitruant. Si en plus c'est la grosse fliquette wong de Cloncurry, pas de quoi se relever la nuit pour la r'garder s'branler ! Taillez par les cuisines, j'vous suis et les copains vont les retenir un moment…

Il alla dire deux mots aux deux collègues pas rancuniers qui opinèrent en frottant leurs grosses pognes. M'était avis que pour les Salvos de l'Isa, les minutes qui allaient suivre ne seraient pas une partie au beurre de cacahuète !

Je laissai une langouste rouge et un crabe bleu[1] sur la table et entraînai vivement Anaïs vers la porte « privée » de l'établissement, bénissant le Dieu qui s'en tamponne d'avoir fait auparavant mes avitaillements. Nous traversâmes une cuisine nickel où des marmitons asiatiques écaillaient des poissons barramundis ou farcissaient des coqs aux herbes, pour nous retrouver dehors, au milieu de poubelles odorantes où toutes les mouches du

1. *Red lobster*, le billet rouge de vingt dollars et *Blue swimmer*, le billet bleu de dix dollars.

tricot de Kent « Che » Alvarez, plus quelques milliers de copines, semblaient s'être regroupées pour un meeting alimentaire.

En tournant le coin de la bâtisse, je vis une Land Rover Toyota de la police locale qui s'arrêtait devant l'entrée du Wild Irish, gyrophares tournants. Deux Salvos en uniforme et feutre vert-de-gris en sortirent, matraque à la main, tandis qu'un troisième restait au volant.

Le colosse barbu nous rejoignit, hilare, frictionnant avec ardeur les tatouages extrêmement outrageants qui surnageaient des touffes de poils noirs de ses bras simiesques, ajustant sa casquette Rambo. Il jugea aussitôt de la situation en stratège de la guérilla routière et me montra son Mack rouge que je n'avais pas vu en arrivant, garé sur le parking de la station-service entre cinquante autres.

— Je vais protéger ta sortie en faisant écran avec le bahut, annonça-t-il. Tu t'colles à mon flanc et j't'fais un brin de conduite. Tu vas dans quelle direction ?

— Camooweal, dis-je, et à vingt-cinq bornes d'ici, je prends la piste des monts Waggaboonyah pour remonter vers le nord…

— Pas de problème, chum, je te colle au cul jusque là-bas. T'as la CB dans ton tas de ferraille ?

— Radio *et* CB, acquiesçai-je. La radio est en rade (je jetai un regard noir à Anaïs), mais la CB doit flotter au petit poil…

— Cale-toi sur le canal 15 sitôt que t'as démarré, dit-il en trottant vers son monstre aux dix-huit vitesses synchronisées.

Neddie n'était qu'à cent mètres mais à parcourir

en terrain découvert et je voyais le flic resté au volant de sa Toyota mater les alentours. De toute manière, il fallait ou y aller ou rester en compagnie des mouches à viande qui vrombissaient comme des Stukas au-dessus des poubelles.

Heureusement, l'attention du Salvo conducteur de la Toyota fut attirée ailleurs : vers la grande baie vitrée où les quatre X de la bière chérie du Queensland étaient peintes en rouge sur fond jaune et qui vola soudain en éclats sous la projection vigoureuse d'un corps en qui je crus reconnaître le légitime propriétaire d'un uniforme vert-de-gris.

— En route ! criai-je à Anaïs, alors qu'elle s'évertuait à chasser des mouches qui la prenaient pour une portion de sharky avariée.

Nous filâmes avec la vélocité du wallaby de roche vers Neddie, dont la cabine aurait pu évoquer l'atmosphère d'un four à chaux en pleine activité si l'une des vitres n'avait pas été brisée par une balle dans le cimetière afghan.

Dans le bar, les truckies vindicatifs semblaient faire de la bonne besogne, même si dans leur enthousiasme ils se trompaient légèrement d'interlocuteur car je vis en effet suivre, par le même chemin que le premier flic qui s'était relevé et était courageusement reparti dans le rade, le malheureux époux de la dame en voilette à bouchons coréenne qui s'écrasa comme une merde sur le capot de la Toyota.

Le Che dans son bahut opérait une impeccable marche arrière vers nous pour m'offrir la protection de ses remorques à conteneurs et je me collai contre son flanc droit, distinguant son visage barbu cramoisi de rigolade qui hurlait dans son micro. Je branchai la « Chipie » et me calai sur le canal 15 pour le copier. Sa voix, qui conservait encore des accents sud-américains (il était arrivé du Paraguay dans les années soixante), emplit la cabine.

— C'est le moment, chum, les collègues vont plus tenir très longtemps !

Je me demandais *qui* tiendrait le moins longtemps : les Salvos dont l'un — ou peut-être le même — venait d'être expulsé, par la porte cette fois, mais en compagnie du crocodile empaillé, ou les deux routiers qui avaient chacun un banc rentré à évacuer psychologiquement.

— On y va, Che, dis-je dans mon micro en embrayant vers la sortie du parking, la portière côté passager de Brave-Vieille Neddie frôlant presque les impressionnantes roues du Mack rouge sang.

La manœuvre avait été finement pensée, la diversion habilement menée, le décrochement s'annonçait comme une réussite technique digne d'un Clausewitz ou d'un Napoléon. Mais de la théorie à la pratique, tous les hommes de terrain savent bien qu'il y a plus que l'épaisseur d'une couche de sel sur un lac du désert de Simpson.

Et précisément, le Hasard ou le secret des communications radios inter-polices, mit son désolant grain de sel dans la partie.

Au moment où nos deux véhicules atteignaient la sortie, collés l'un contre l'autre comme deux frères siamois monstrueusement disproportionnés, une Yamaha blanche la bloqua, une petite silhouette courtaude et massive assise au volant, Galloway à ses côtés et Di Georgio derrière, tous trois aussi aimables que s'ils venaient de découvrir un scorpion dans leur calbard.

— Chierie noire ! aboya la voix du Che dans la CB. C'est notre grosse chérie wong, s'pas ?

— Affirmatif, dis-je d'une voix résignée. Je stoppe.

— Négatif, Paddy, hurla le Che du coaltar, elle veut rentrer par le sens interdit ! Elle est dans son tort ! Je fonce...

— NOOoon ! criai-je, mais ma voix fut couverte par le rugissement infernal de 500 chevaux emballés, dans le plus pur et plus terrifiant style des rodéos du bush.

CHAPITRE 21

Malgré son sobriquet révolutionnaire, le Che avait quand même le respect des institutions. D'ailleurs, sa licence en dépendait. Mais comme tout bon Australien, même de fraîche date, il exigeait d'être dans son droit.

La Yamaha de Jacinta bloquait la sortie en sens interdit, il n'avait pas à savoir s'il s'agissait d'une bagnole de police, de celle du pape ou même de Fidel Castro. Il fonçait.

Mais bien entendu, il ne fonça pas en plein dans le tas. Passant je ne sais laquelle de ses dix-huit vitesses, il cueillit le véhicule adverse en infraction à l'avant de son capot, le roo-bar du Mack l'accrochant avec une espèce de délicatesse lente qui s'apparentait à une valse. *Waltzing Matilda*, sembla acquiescer la Yamaha qui tournoya sous la poussée latérale et alla se recueillir en plein sur le panneau qui annonçait le sens interdit.

— C'est dégagé, claironna-t-il avec la satisfaction d'un bon citoyen qui vient de ramasser un papier gras sur un trottoir. File, je te suis en protection.

Je tendis le micro à Anaïs pour libérer ma main gauche et enclencher les vitesses.

— Parle-lui, dis-je, remercie-le, mais qu'il ne fasse plus de conneries.

Je m'engageai sur la Barkly en m'assurant qu'il n'y avait pas d'autres trucks dans le secteur. Je commençais à en avoir ma claque des apocalypses routières…

— Bravo, Che, susurra l'accorte Genevoise, tu es un vrai champion !

— Je comprends pas bien ton anglais, la sheila, tonitrua-t-il, mais je préfère entendre ta douce voix plutôt que celle de la boule à zéro irlandaise.

— Il a ses qualités, assura froidement Anaïs qui s'amusait bien et qui devait préférer *Convoi* à *Duel*[1].

Elle revint à la CB :

— Que deviennent nos amis ?

— Ils sont toujours dans le gazon avec le moulin qui fume comme un gros havane, assura-t-il. Surtout, que Paddy dépasse pas le cent kilomètres-heure, c'est pas le moment de se faire choper pour excès de vitesse !

Il éclata d'un rire de conquistador dément, actionna son puissant et caverneux klaxon et alluma tout le sapin de Noël de ses gyrophares et de ses projecteurs tandis que les grosses pipes d'échappement verticales situées de chaque côté de son capot soufflaient comme des phoques en folie. Il n'y avait personne devant moi et je passai devant l'aé-

1. *Convoy* est un film américain à la gloire des trucks et des truckies rebelles.

roport telle une flèche pour atteindre rapidement Hilton où il n'y a rien à voir, sinon un relais routier, son bar, ses road-trains et son bariolage offert par la « Forex », presque aussi puissante dans le coin que mam' MIM.

Lorsque j'avais touché un mot au distingué camarade Reginald Hawkes des histoires d'uranium du secteur Waggaboonyah et de la DOUM, il avait paru plongé dans la plus extrême perplexité. Certes, il avait eu connaissance comme tout le monde des prospections du trust germano-nippon, mais quant à lui, il affirmait n'être pas mêlé aux transactions qui avaient cours entre les Abos et la grosse société étrangère.

Je me demandais bien comment la DOUM allait parvenir à ses fins. Dans le coin, les Aborigènes étaient très stricts sur l'exploitation des sous-sols, ayant été régulièrement dépouillés depuis plus d'un siècle. Au nord-ouest, les Kakadus, dont ils étaient proches au point de vue tribal, avaient imposé le classement de leur territoire en réserve protégée où toute exploitation minière était désormais interdite et, carrément à la verticale des monts Waggaboonyah et de Gunpowder où l'on avait jadis exploité le cuivre, les habitants de la communauté doomadgee, qui avaient fondé une *outstation*[1], avaient chassé une société qui voulait exploiter le phosphate.

La DOUM, compagnie étrangère de surcroît et qui présentait la particularité peu ragoûtante

1. Terme désignant les fermes ou centres d'élevage aborigènes dont l'accès est strictement interdit aux personnes non autorisées.

d'avoir reconstitué l'axe Berlin-Tokyo de la dernière guerre, allait devoir se faire du souci pour arriver à ses fins.

Comme si elle lisait dans mes pensées ou comme si, sur les rives du lac Léman, on avait été initié aux secrets télépathiques des chamanes noirs, Anaïs interrompit le *El condor pasa* qu'elle fredonnait dans le micro à l'intention du Che.

— Pourquoi m'as-tu demandé tout à l'heure si j'étais intéressée par l'uranium ? questionna-t-elle.

— Parce que ça a peut-être un lien avec les meurtres, dis-je en allumant une Winfield avec mon Zippo marqué de l'écusson SAS. Wasp Cromley était une espèce de négociateur pour toutes les affaires extérieures de son clan et il y a des gens qui s'intéressent de très près aux gisements d'uranium de leur territoire…

Elle haussa les épaules, songeuse. Elle savait des choses qu'elle ne pouvait pas dire et elle avait peur. Mais de qui : de Mitch et de Rico ? De la police ? Du supposé yowie ? Ou de tout cela à la fois ?

— Crois-tu que Pickwick est toujours vivant ? me demanda-t-elle pour, selon sa coutume, changer de conversation.

Ce fut à mon tour de hausser les épaules sur fond d'*Internationale* beuglée dans la CB par un Kent qui était actuellement plus Che et Alvarez que jamais.

— Tu sais, dis-je, que les Abos ont un sens de la communication mentale très développé. À force de vivre, moi aussi, dans le désert, il me semble que j'en ai acquis une petite parcelle. Et ce petit bout de cervelle réceptif m'envoie le message qu'il n'est pas mort. Comme si c'était lui qui me le disait. J'ai même des flashes qui me le montrent en train de se rouler une cigarette dans un rocking-chair en buvant une bière…

— Impressionnant, fit-elle en me regardant de biais pour s'assurer que je ne me foutais pas d'elle. Quand me fais-tu un lancer de boomerang ?

— Je t'en ai fait plusieurs cette nuit. Tu n'as rien remarqué ?

— Ah ! c'était ça, dit-elle en riant. Il est donc bien vrai que le boomerang revient toujours…

— Hé, les amoureux ! vociféra le Che dont j'espérais qu'il n'avait pas entendu notre petit marivaudage érotico-ethnologique, vous me laissez tomber ? Si ça continue, j'vais être obligé de discutailler le bout de gras avec les deux bagnoles de Salvos qui nous arrivent derrière…

Je repris le micro. Nous n'étions plus qu'à une dizaine de kilomètres de l'embranchement de la piste qui montait le long des sources sèches du creek Gunpowder, rejoignait les deux pistes parallèles de la clôture où je serais chez moi. Mais il ne fallait pas qu'entre-temps, les deux véhicules de police puissent me bloquer.

— Tu peux les empêcher de passer, Che ? interrogeai-je en tentant d'apercevoir nos poursuivants dans le rétroviseur.

Mais la masse impressionnante du tracteur Mack dont le capot mafflu emplissait toute ma vision et me rappelait un sale souvenir m'empêchait de distinguer quoi que ce soit.

— Pas de problème, chum, aboya-t-il. Y a notre copine à bourrelets dans sa Yamaha et la Toyota des guignols qui se sont fait dérouiller au Wild Irish. Sirènes, gyrophares et tout le tralala. Gaffe qu'ils aient pas fait décoller l'hélico, en plus…

— Je fonce à fond la caisse, Che. Fais-les patienter jusqu'à l'embranchement… Merci pour tout et à la revoyure ! Tu sais où me retrouver…

— Ouaip, fit sa voix éraillée et chaleureuse, en tôle ou au cimetière ! En tout cas, on aura bien rigolé. Bonne bourre à tous les deux !

J'appuyai sur l'accélérateur et Vieille Neddie, ravie de se dégourdir les roues, fit un bond en avant, montant l'aiguille de son compteur de cent à cent trente en l'espace d'une minute. Bien lancée, elle pouvait atteindre les cent cinquante, cent soixante en descente et ça me laisserait une petite marge pour me débarrasser des poursuivants. Sauf, évidemment, si l'hélicoptère se mettait de la partie…

Dans le rétro, je vis diminuer la grosse chenille à tête rouge sang du Mack du Señor Alvarez qui occupait maintenant la bande centrale et avait dû limiter sa vitesse à une petite cinquantaine de kilomètres-heure, zigzaguant de manière folâtre, me laissant par moments entrevoir les formes blanches des deux bagnoles de flics.

Le soleil avait commencé à décliner mais tapait néanmoins comme l'astre sourd qu'il est, jaune comme un citron de lave incandescent. Des deux côtés de la route, le désert s'étendait, sa terre rouge soulevée par de petits monticules qu'on aurait dit de carton érodé, piqué de buissons d'herbe-sabre et ponctué des taches vert sombre des eucalyptus à l'aubier dénudé. Au nord, les lourds nuages gris continuaient de s'amonceler, mais il semblait que rien ne puisse les faire crever afin que leur eau se déverse sur les terres désolées.

Un panneau jaune apparut, indiquant qu'il n'y avait ni carburant ni point d'eau avant cent cinquante kilomètres, puis un autre derrière, avertissant des traversées de kangourous sur quatre-vingt-dix-sept kilomètres (pourquoi ce chiffre aussi précis et pas quatre-vingt-seize ou quatre-vingt-dix-huit ? Ça m'avait toujours sidéré).

Encore cinq kilomètres avant la piste et dans mon rétroviseur, le museau rouge du Mack n'était plus qu'un carré de sang sur la longue ligne droite, semblant parfois flotter sur un lac miroitant et frémissant puis, trente secondes après, s'élever comme un dirigeable et naviguer à dix mètres du sol. Le Grand Jamais-Jamais est le père affectueux de tous les mirages.

Je dirigeais la Land du bout des doigts, seulement attentif à ce qui se passait derrière et admirant la maestria avec laquelle le Che faisait de l'obstruction à Jacinta, qui devait bouillir de rage, et à ses collègues de l'Isa qui n'étaient sûrement pas indemnes de contusions. Nous croisions peu de véhicules, l'heure n'étant pas à la conduite forcenée, même avec climatisation et par bonheur, je n'avais pas eu à doubler d'autres véhicules.

Ce fut donc Anaïs qui, elle, scrutait devant, qui m'alerta soudain.

— Regarde, Paddy !

Tout d'abord, je crus qu'elle voulait me faire remarquer le brusque envol d'un demi-millier de loriquets verts perchés dans un mulga et qui, piquant vers le ciel azuréen, laissèrent l'arbre nu, comme si les oiseaux avaient été un feuillage vagabond.

Puis je vis l'embranchement sur notre droite, à peine indiqué par un gros piquet jaune où l'on avait fiché par le goulot une canette de bière peinte en rouge. Un petit bosquet de gommiers-spectres y dispensait une ombre rare.

Mais suffisante apparemment pour le fourgon noir aux fixations de planches à voile et aux vitres teintées qui y stationnait, semblable à un gros et patient scarabée.

*

J'avais très peu de temps pour réagir : les flics derrière, les malfrats devant, entre les deux, le Mack rouge qui arrivait à une allure peinarde et nous, dans Valeureuse-et-Archaïque Dame Neddie fonçant à fond dans le coaltar.

Je pouvais difficilement envisager d'aborder le virage sur la piste à la vitesse à laquelle je roulais, soit cent quarante kilomètres-heure. Le van noir ne barrait d'ailleurs nullement la piste pour le moment, mais il n'était pas excessif de supposer que Mitch ou Rico (impossible de distinguer qui était au volant) avancerait au moment où je tournerais.

Le véhicule des gars à catogan était une Ford Galaxy dernier modèle, une caisse assez rapide mais plutôt frimeuse et qui n'était en tout cas pas équipée en tout-terrain. Ce qui n'avait pas la moindre importance pour le moment, la piste étant excellente jusqu'à l'embranchement de Calton Hills.

La seule solution pour éviter le tonneau était de prendre un angle tangent en coupant par la brousse immédiatement, afin d'arriver derrière la Galaxy sans risquer qu'elle me barre la piste.

— Accroche-toi, hurlai-je à Anaïs en braquant légèrement pour traverser la route, ça va sauter !

Pour sauter, ça sauta. D'abord le fossé d'écoulement qui fut franchi sans encombre grâce à la vitesse acquise, mais où l'atterrissage qui s'ensuivit fut plutôt rude pour la colonne vertébrale de la Land Cruiser, à moins que ce ne fût pour nos amortisseurs fessiers. Puis la longue courbe à travers une garenne de spinifex et de fougères, où les gentils lapins avaient creusé tant de terriers qu'on aurait pu croire qu'ils s'attendaient à être incessamment bombardés au napalm.

Enfin, et alors que ma vitesse était tombée à quatre-vingt-dix kilomètres-heure, la négociation plutôt hard du fossé suivant la piste, cent mètres derrière la Ford qui manœuvrait déjà, sans tremplin cette fois. Je sentis mon treuil électrique avant toucher la piste, damée mais très glissante à cause de la latérite truffée de billes d'oxyde de fer, la voiture partir en embardée et je tirai le frein à main, priant Dieu qui s'en frictionne, que celui-ci ait encore un peu de jus dans la crémaillère après la séance de la veille avec le Mack. Ned Kelly le rebelle, sans doute aimé de Dieu comme tous les Irlandais, me vint en aide, ainsi que ma longue connaissance de ces pistes. La Land dérapa longuement, mais en restant sur le tracé rouge, et je contrebraquai sans brusquerie pour me retrouver dans la bonne direction.

J'avais bien entendu dégagé un nuage de poussière suffisant à habiller de pourpre tous les saints du Royaume et même les saintes pour peu qu'elles renonçassent au blanc virginal. Et provoqué l'admiration du professionnel qu'était le Che dont la voix barrit une nouvelle fois dans la CB.

— Chapeau, vieux mec, t'es mûr pour le circuit d'Adélaïde ! Je vais pas tarder à m'arrêter à l'embranchement et bloquer la poulaille le plus que je pourrai… C'est mes voleurs que t'as au cul ? À toi…

— Eux-mêmes, dis-je en reprenant le micro et la ligne droite. Bonne bourre à toi aussi !

— Fais-les un peu souffrir en souvenir de moi, rigola-t-il. Et pour ce que tu viens de me souhaiter bonne, j't'signale que je suis homo…

Comme je restais un peu coi, Anaïs me prit le micro des mains.

— Ça ne change rien, Che, fit-elle de sa voix la plus suave, bonne bourre *aussi*…

CHAPITRE 22

La Ford Galaxy me filait le train à deux cents mètres de distance. Je ne pensais pas que Mitch allait céder à son odieuse manie de jouer à la poussette, il n'avait pas cette fois-ci le poids suffisant. Mais je n'avais pas envie de l'emmener là où j'allais. Où d'ailleurs allait-il peut-être aussi : je ne pouvais pas ignorer que feu Michelle et Junior-Willem Braun étaient dans sa combine.

En tout cas, je préférais y aller seul. Cela semblait être aussi l'avis d'Anaïs qui se retournait fréquemment par sa vitre brisée, mordillant ses lèvres (pulpeuses, les lèvres, et finement ourlées !) avec une authentique angoisse. C'était indubitablement un excellent et propice moment psychologique pour tenter de lui arracher une bribe ou deux de vérité, si jamais elle tenait ce commerce-là.

— On dirait que tu n'as pas tellement envie de retrouver ton copain de surf, dis-je insidieusement en conduisant à bonne allure entre les enclos à bétail qui longeaient la piste des deux côtés. Si tu me disais enfin de quoi il s'agit…

— Ne m'en veux pas, Paddy, dit-elle après un

soupir et en posant sa main sur la mienne qui étreignait le pommeau du levier de vitesse. Je ne peux pas tout te dire, mais il faut que tu me fasses confiance. Ces types veulent me tuer…

— Tu as quelque chose à eux ? interrogeai-je en lorgnant sur son sac à dos posé à ses pieds. Quelque chose qu'ils veulent récupérer ?

— Non, dit-elle sérieusement, j'ai quelque chose *contre* eux. Et c'est *moi* qu'ils veulent récupérer.

Dans le rétroviseur, je voyais au loin le Mack rouge et ses trois remorques qui obstruaient toujours la route, sans doute pour plus très longtemps et, plus près, la calandre noire de la Ford qui demeurait maintenant à cent mètres derrière nous.

— Et si je m'arrêtais, fis-je d'une voix excédée. Après tout, moi ces mecs, je ne les connais pas, je ne les ai même jamais vus. On pourrait discuter, s'entendre avec eux…

— J'aime mieux pas, dit-elle en me jetant un regard effrayé, et je me rendis compte qu'elle avait vraiment peur.

Et qu'elle n'excluait pas tout à fait que je sois complice de quelque chose que je ne savais pas. Du meurtre, peut-être ?

— Bon, si on ne s'explique pas, repris-je, pas la peine de les traîner à nos basques trop longtemps…

L'idéal serait évidemment qu'ils tombent entre les pattes de Jacinta qui devait en ce moment suivre ma piste d'autant plus facilement que je faisais naître l'habituel nuage de poussière rouge sur mon passage, un nuage qui enveloppait le van noir dont les occupants n'en étaient pas indisposés, au moins pour les poumons, leur véhicule étant certainement climatisé.

Le mien, non, et j'avais ouvert ma vitre pour tenter de créer un courant d'air qui ne venait jamais. La piste était monotone, toute droite entre les barbelés qui s'étendaient kilomètre après kilomètre, plus secs que les pâturages qu'ils étaient censés enfermer. On ne voyait d'ailleurs que rarement du bétail, qui devait être écramollé à l'ombre des gommiers rouges et blancs, des mulgas et des mélaleuques, seuls arbres qui rompaient l'effrayante platitude du paysage. Au nord, les strates de nuages s'étaient réduites, comme si elles s'étaient rendu compte qu'elles ne rencontreraient rien qui les puisse faire crever et se libérer de leur eau. Le soleil passait par là, empruntant le nord pour aller du Pacifique à l'océan Indien où il franchirait sept mille kilomètres au-dessus des eaux avant de toucher une terre d'importance qui serait Madagascar, avant son survol de l'Afrique.

J'avais moins de chemin à parcourir pour parvenir à l'embranchement où la piste cesserait d'être « bonne » avant de devenir « sale » puis franchement dégueulasse, une fois passé « ma » clôture.

Je m'aperçus alors que c'était la première fois, depuis de longs mois que j'y rôdais, pince à la main, que je me trouvais dans le bush pendant un week-end. J'avais comme l'impression de faire des heures supplémentaires. Mais sans Pick, pour une fois. Et avec une drôle d'autre partenaire…

*

Le creek Gunpowder prenait sa source non loin de là et la piste suivait son cours sur quelques kilomètres. La sécheresse n'avait pas complètement fait son œuvre sur cette portion et subsistaient çà et là des billabongs dont certains étaient même assez profonds, sans que ça dépasse le demi-mètre d'eau.

C'était l'un de ceux-là que j'avais choisi pour me débarrasser de la Galaxy gratte-cul, juste le temps qu'il me faudrait pour arriver à la clôture anti-dingo.

La piste s'était transformée en tôle ondulée dans le détail et en montagnes russes dans l'ensemble. Le long du creek, poussaient quelques pandanus et de plus nombreux filaos[1] sur lesquels des cacatoès gallahs entretenaient une longue et criarde conversation d'arbre en arbre, comme s'ils étaient les commentateurs de la course-poursuite qui se déroulait devant eux. Mitch et son acolyte étaient contraints de rouler dans l'épais nuage de poussière ocre qui naissait sous mes roues et que j'exagérais en donnant de brusques petits coups de volant de droite à gauche. La piste secouait, ma conduite tanguait, l'idéal absolu pour être malade en voiture, et je voyais qu'Anaïs n'était pas loin de la nausée.

Je ralentis discrètement afin que la Ford se rapproche à cinquante ou soixante mètres, alors que nous descendions vers le creek où un radier de ciment permettait son franchissement. Ensuite, la piste remontait à bloc, juste après un virage assez raide.

1. Autre nom du bois-de-fer.

Au moment où mes roues touchèrent le ciment du radier, j'allumai mes phares sans réduire ma vitesse. Vus de l'arrière, au milieu de la poussière, mes deux feux rouges arrière seraient immanquablement pris pour les feux de stop et de manière instinctive, le conducteur allait freiner à cet endroit.

Il le fit et, bien entendu, mal lui en prit. Dans mon rétro, alors que j'étais déjà sorti du passage, juste avant d'aborder le virage, je vis la Ford déraper sur le radier et partir à droite dans le billabong où elle plongea dans un gros éclaboussement d'eau jaune.

Il leur faudrait un peu de temps et pas mal de sueur pour se sortir de ce bourbier, si jamais ils y arrivaient.

— Comment as-tu fait ça ? s'enquit Anaïs qui retrouvait des couleurs.

— Un peu d'expérience, dis-je. Ces gars de la ville, ils sont peut-être bons sur la crête d'une vague, mais sur un billabong, ils ne valent pas un clou…

*

Il restait une dizaine de kilomètres sur la piste assez défoncée avant d'atteindre l'embranchement et la clôture. Les deux bagnoles de Salvos, qui n'avaient certainement pas interrompu la poursuite, devaient être maintenant au radier où, avec un peu de chance, les deux métèques étaient encore en train de patauger.

Le sergent Cromley possédait leur signalement

et pouvait au moins les inculper pour le vol du camion du Che. Si elle avait cru ma version de l'accident du carrefour, ils pouvaient également être accusés de tentative de meurtre sur nos personnes. J'étais certain également qu'elle ne manquerait pas de leur demander s'ils avaient un alibi pour la nuit du quintuple crime.

J'espérais toutefois que ce ne serait pas elle qui s'arrêterait pour les interviewer, mais ses collègues de Mount Isa. Je pariais pour cela sur son acharnement personnel à nous mettre la main dessus, Anaïs et moi. Sa hargne, ainsi que la rancœur d'avoir été flouée le matin même, sans compter le fait d'avoir été obligée de changer un train de pneus complet, feraient que ce serait sûrement elle qui continuerait la poursuite.

Et en faisant cela, elle allait faire une belle idiotie. Car les flics de Mount Isa qui étaient dans leur secteur possédaient, eux, une clé du cadenas du portail de la clôture. Les pompiers, les rangers et les propriétaires des stations du coin en avaient également une.

Et moi aussi. Mais pas elle.

*

— Ça ne sera qu'un répit, expliquai-je à Anaïs, le temps que Jacinta se fasse ouvrir. Mais ça nous permettra de voir ce qui se passe à la station Verdun.

— Elle pourrait même arriver à notre secours comme la cavalerie américaine, approuva-t-elle. Tu as un plan pour libérer ton copain ?

— Et comment ! Un plan subtil : j'arrive à la station Braun et je fonce dans le tas.

— En effet, dit-elle, c'est subtil comme tout. Mais tu n'es même pas armé…

— Et ça, dis-je en pointant le bout de ma botte sur la luxueuse boîte qui reposait à mes pieds, maintenant recouverte de poussière, tu crois peut-être que c'est un cercueil à varan ?

— L'avocat t'a donné un fusil ? interrogea-t-elle, incrédule.

— Un Merkel à deux coups et à vingt mille dollars, rigolai-je. Deux platines finement gravées à l'anglaise, crosse en ronce royale, calibre 12. Je ne sais pas ce que Reginald chasse avec ce bijou, mais si c'est les dingos, à dix dollars le scalp, il va lui falloir du temps pour le rentabiliser.

Je stoppai Vieille Neddie devant ma clôture et descendis pour ouvrir le cadenas du portail avec la petite clé plate de mon trousseau où figuraient toutes celles du secteur. Comme je l'ai déjà sans doute expliqué, Pick et moi ne sommes que patrouilleurs, pas ouvriers ni même, horreur plus grande, rangers cajoleurs de touristes. Nous assurons les petites réparations urgentes, mais les gros travaux sont effectués par des chantiers itinérants qui se déplacent, à l'intérieur d'un État, sur tout le long de la barrière, les gars vivant dans des caravanes ou des mobile homes avec parfois leurs familles. Je suis donc une espèce d'inspecteur d'une portion de la plus longue barrière du monde construite par la main de l'homme, plus longue que la Grande Muraille de Chine.

— Reginald ne voulait rien entendre, poursuivis-je, mais quand je lui ai fait valoir que, faute de nous présenter en bonne santé devant le coroner, il risquait de perdre les deux cautions, il est soudain devenu plus accommodant.

Je jetai un œil vers le sud : aucun nuage de poussière ne s'élevait pour le moment et j'avais donc un bon quart d'heure d'avance sur qui voudrait me filocher. La barrière ici était en excellent état, refaite il y a peu, par pans entiers, poteaux de gommier blanc espacés à quatre mètres et grillages neufs. Au-delà, la piste empruntait encore aux montagnes russes son relief de petits hauts et de moyens creux. Nous étions à peu près à la hauteur de la pointe nord du lac Julius, un lac salé et desséché avec toutefois quelques billabongs, et à mi-distance du creek Gunpowder et de la rivière Leichhardt[1].

Je remontai en voiture, franchis le portail, m'arrêtai et allai soigneusement refermer le cadenas. Il fallait que j'initie Anaïs au délicat cérémonial de l'ouverture et de la fermeture des portails qui allaient désormais se multiplier, vu que nous étions maintenant entrés dans une zone d'élevage, un rôle coutumièrement dévolu au passager le plus jeune. Comme il n'y avait qu'elle, elle allait devoir s'y coller.

Cela me fit penser à quelque chose ayant trait à leur mystérieuse expédition nocturne qui s'était terminée de façon si tragique.

— Quand vous êtes partis de l'hôtel, c'est Wasp

1. Laquelle est d'ailleurs plutôt un fleuve, se jetant dans le golfe de Carpentarie, dans la région de Burketown.

Cromley, votre chauffeur, qui détenait les clés de la clôture anti-dingo ? demandai-je à Anaïs en redémarrant vers de nouvelles aventures.

Elle réfléchit un instant en tortillant une mèche de sa chevelure blonde (somptueuse, la chevelure, mais rougie par la poussière).

— Non, dit-elle, c'est le petit Braun qui les avait. C'était d'ailleurs lui aussi qui connaissait le mieux le coin. À une bifurcation, le chauffeur a hésité et c'est Junior qui lui a indiqué la bonne route. Sa sœur ne disait rien, mais tout dans son attitude montrait qu'elle désapprouvait cette virée. Le couple anglais, lui, ne savait rien du coin, ni même de l'Australie, d'ailleurs. Ils étaient arrivés quinze jours auparavant à Brisbane. Mitch les avait rencontrés à Byron Bay, à l'Old Factory…

Je voyais très bien le genre : Byron Bay est le repaire de tous les marginaux de la côte est, des routards fatigués qui se ressourcent au caisson de décompression et aux séances de danse yogique, fabriquant des cerfs-volants et se nourrissant exclusivement de burgers végétariens. Old Factory, un hôtel suranné avec bungalows moisis sur la plage à vingt dollars la nuit, était le haut lieu de la fumette et de la relaxation tantrique, une sorte de Woodstock miniature égaré dans le temps et dans l'espace.

Je me doutais un peu que Wasp, pauvre grosse Méduse Cromley, n'avait pas en sa possession les clés de la clôture administrative, celle-ci étant située trop loin du Waggaboonya Resort pour que ses propriétaires puissent exciper d'un quelconque droit de passage. En revanche, une part importante de ses terres étant longée par la barrière, il était naturel que la famille Braun dispose d'un jeu de clés.

De cela aussi il faudrait parler avec le patron de la station Verdun... S'il le voulait bien !

*

Cinq portails plus loin, nous abordâmes une région plus boisée où acacias et eucalyptus se disputaient le terrain. Anaïs s'était prêtée de bonne grâce à la corvée d'ouverture et de fermeture des portes non cadenassées qui marquaient les propriétés des différentes stations s'enchevêtrant les unes dans les autres, mais puisant dans la même nappe phréatique qu'on disait inépuisable. Des éoliennes pimpantes que jouxtaient les réservoirs à la tôle ondulée peinte et repeinte, parsemaient les pâturages comme autant de paraphes aux couleurs de leurs propriétaires.

Des groupes de cacatoès gallahs rose et gris buvaient dans les tankers, immobilisés au-dessus de l'eau dans un incroyable et coordonné vol stationnaire, tandis que le plumage blanc de leurs congénères corellas, posés à proximité, signifiait qu'ils attendaient leur tour, selon la loi commune aux cacatoès qui voit la prééminence du plus coloré. Un couple d'émeus nous précéda longuement, courant comme des agités du ciboulot devant la voiture.

— C'est un oiseau tellement stupide, dis-je, que c'est le mâle qui couve les œufs pendant que sa femelle s'envoie en l'air avec d'autres.

— Un animal fétiche pour ce qui reste du MLF, sourit Anaïs qui paraissait émerveillée par le spectacle des oiseaux tellement peu sauvages qu'il n'était pas rare de voir une perruche princesse se poser sur notre capot lors des arrêts-portails, une graine de spinifex au bout du bec et nous contemplant avec une espèce d'espiègle attention. Nous allons toujours vers le nord, non ? ajouta-t-elle pensivement.

Je fus épaté : ou elle avait un sens de l'orientation aussi développé que celui d'un pigeon voyageur, ou elle consultait une boussole en douce. La piste partait en effet dans tous les sens, suivant les limites des propriétés que la clôture protégeait contre toutes les incursions prédatrices, si bien qu'il était pratiquement impossible de se repérer. Les nuages noirs, au loin, avaient disparu, ne laissant qu'une traînée blanche qui ajoutait une nouvelle frustration à tous ceux qui espéraient la pluie.

— 'Xact, dis-je. Mais comment le sais-tu ?

— Les termitières magnétiques, expliqua-t-elle en montrant une de ces hautes tours de glaise sèche construites par les valeureux insectes, des décennies auparavant. Elles sont toujours orientées nord-sud, n'est-ce pas ?

— 'Xact, répétai-je, tu es peut-être après tout une excellente entomologiste… À moins que tu n'aies drôlement bien lu le chapitre sur les perruches ailes-d'or dans ton bouquin sur les oiseaux d'Australie !

Elle me regarda curieusement, mais je fis l'idiot. La perruche ailes-d'or est en passe de devenir un véritable mythe, tant son espèce s'est raréfiée. Ce que des siècles de feux de brousse, de chasse aux varans qui ont une prédilection certaine pour les oisillons, ou de celle des dingos qui n'hésitaient pas à fouir dans les termitières pour atteindre les nids qu'elles recelaient, n'avaient pas réussi à faire pour éradiquer une superbe espèce endémique, les chats domestiques redevenus sauvages, les sangliers et les renards importés étaient en train d'y parvenir.

Il y avait cinquante ans, chaque termitière, qui peut mesurer jusqu'à deux mètres de haut, était occupée par deux et jusqu'à cinq nids de perruches, vivant en bonne intelligence, fermant tous les orifices lorsque les feux survenaient. Dans cette partie du Queensland Nord, il y avait des milliers de termitières, leur construction les rendant pratiquement indestructibles. Aujourd'hui, si l'on trouvait une nichée par termitière, c'était bien le diable, et encore fallait-il qu'il n'y ait ni passage de touristes ni déforestation pour créer de nouveaux pâturages.

La perruche ailes-d'or était devenue en Australie le plus rare des oiseaux, très recherchée sur tous les marchés des collectionneurs, européens ou asiatiques, d'autant plus courue que sa capture et son exportation étaient strictement interdites.

Une petite troupe de très jeunes lapins déboula d'une sente invisible, sur la gauche, l'air affairé comme ils l'ont toujours. Ils se heurtèrent à la barrière et restèrent là, agglutinés, bougeant à peine, le pourtour blanc de leur queue levée en l'air comme autant de cibles pour les aigles uraètes qui planaient haut, fondraient sur eux et consommeraient sur place les malchanceux, ne se donnant même plus la peine d'emporter leur gibier dans leurs aires comme ils le faisaient autrefois, tant la nourriture était abondante et facile à chasser.

Mon passage émut à peine tant les lapins que leurs prédateurs, hélas en nombre insuffisant pour les éradiquer. Les lapins resteraient là jusqu'à ce qu'ils meurent, malgré leurs tentatives pour creuser sous la clôture où un mètre de grillage enterré ne leur laissait aucune chance. Je stoppai un peu plus loin, devant le cadavre d'un dingo, figé dans une attitude grotesque et sur lequel picoraient tranquillement deux corbeaux grassouillets. La patte antérieure de l'animal était prise dans un gros piège relié à une chaîne, elle-même attachée à un poids enfoui dans la terre sèche. Les corbeaux s'envolèrent mollement, jetant un croassement désapprobateur tandis que j'enfilais mes gros gants de chantier et ouvrais le piège pour libérer la charogne.

Anaïs était également descendue, profitant de la halte pour resserrer son soutien-gorge, avant d'aller se croupir derrière un mélaleuque. Elle revint vers moi alors que je dépouillais le scalp du dingo qui ne saigna même pas, sec comme s'il avait été empaillé.

— Drôle d'attitude post mortem, constata-t-elle en contemplant l'arc improbable que faisait le dos de l'animal.

— Empoisonné, dis-je. On enduit les dents de la mâchoire du piège de strychnine. Le dingo, quand il est pris, lèche ses blessures et meurt de suite. Ce qui vaut mieux qu'une longue agonie sous le soleil.

Je clouai le reste du dingo à un poteau de gommier doux, balançai le scalp dans la benne et retendis le piège. Je pris dans la caisse aux accessoires la petite bouteille d'alcaloïde marquée d'une tête de mort, y trempai un pinceau et enduisis les dents du piège avec le poison mortel.

— Tu fais un drôle de métier, Paddy, dit Anaïs en allumant une de mes cigarettes. Un métier de mort…

— Je suis comme le centurion veillant aux portes de l'empire, rigolai-je. J'empêche les barbares d'entrer.

— Mmouais, dit-elle (encore quelque temps avec moi et elle parviendrait à dire « ouaip »). Il ne t'est pas venu à l'idée que c'était peut-être toi le prisonnier ?…

J'allumai à mon tour une Winfield pour masquer ma gêne. Ce qu'elle me disait, j'y avais parfois songé mais sans m'y arrêter, comme si là encore je voulais fuir, y compris même l'idée d'emprisonnement.

— Je fais un métier d'homme libre, dis-je, la dernière survivance des trimards d'autrefois.

— Non, dit-elle doucement après avoir posé un baiser doux comme un oisillon sur mes lèvres rêches. C'est toi qui construis la clôture, c'est toi qui surveilles la prison et c'est toi qui empêches les évasions.

Je ne répondis rien parce qu'il y avait quelque chose en moi qui me murmurait qu'elle n'avait pas tort et que tout cela avait peut-être un lien avec mon père, ce vieux dingo solitaire, ou avec mes filles, ces deux pauvres petits lapins poussés hors du terrier par des parents indifférents.

Ou que cela avait un lien certain avec mes errances autour du monde et mes vagabondages dans le bush en compagnie d'un Abo sentencieux et gai qui me regardait toujours comme un tableau suspendu de travers.

Un Pickwick-Pickwick (« mon père devait *terriblement* aimer Dickens ». Tu parles…) dont j'avais l'image mentale qui s'imposait soudain en moi, aussi réelle qu'un spot de publicité. Il était accroupi autour d'un petit feu de palabre et hochait la tête en considérant la confusion qui l'entourait et qui n'était autre que le capharnaüm régnant dans mon cerveau.

— Décroche-toi du mur, petit gars blanc, me disait-il narquoisement, et laisse-toi tomber. On te raccrochera droit après…

CHAPITRE 23

D'après ce que je savais, la station Verdun s'étendait sur près de quatre-vingt mille hectares situés entre celles de White Hills et Kingfield. Contrairement à ces deux autres centres d'élevage dévolus aux bovins et qui possédaient, l'une le creek Gunpowder, l'autre la rivière Leichhardt passant sur leurs terres, aucun cours d'eau ne la traversait, ce qui expliquait sans doute que l'Allemand se soit consacré aux moutons, animaux qui se contentent de peu.

J'avais encore en tête le plan accroché dans le bureau de Jacinta et je voyais à peu près par où il fallait passer pour accéder à la propriété, mais un grand nombre de pistes s'entrecroisaient et j'avais dû quitter la rectitude rassurante de la clôture à dingos pour m'engager sur celle qui devait mener à Verdun. D'ordinaire, les éleveurs indiquent sur de petits écriteaux, ou au moyen de la traditionnelle canette fichée par le goulot sur un piquet, la piste principale conduisant à leurs habitations, mais là, rien de tel n'existait.

On pouvait en conclure que Heinrich Braun

n'encourageait pas spécialement les visites et le peu que j'avais pu deviner de lui corroborait bien ce tragique déficit de convivialité qu'on avait pu également constater autrefois chez les citoyens Himmler ou Beria.

Anaïs, qui faisait le chaton sur son siège pour essayer d'éliminer les courbatures par des étirements, posa la bonne question, celle qui me taraudait inlassablement depuis la veille au soir.

— Pourquoi cet Allemand aurait-il enlevé ton équipier ? Parce qu'il croit que tous les deux, vous êtes coupables du meurtre de ses enfants ? Pour exercer une vengeance personnelle en se substituant à la justice ?

— C'est une hypothèse, admis-je en négociant une descente, roue après roue, dans un trou entre deux gros rochers de grès marron. Il y en a une autre : Braun est complice des agissements louches de ses deux gamins, quels qu'ils soient, et s'imagine peut-être que nous avons en notre possession ce qui motivait ces « quels-qu'ils-soient » et qui était suffisamment important pour qu'on n'hésite pas à supprimer cinq personnes…

J'espérais que mes allusions appuyées au trafic de cette petite bande de baba-cools, manipulés par Mitch en premier, Wasp Cromley en second, n'échapperaient pas à l'esprit sagace, parce que suisse, de ma compagne de lit et de bush.

On ne pouvait pas exclure le fait qu'elle ait été complice du ou des tueurs, quels qu'ils soient, eux aussi : Mitch et son acolyte ou bien Braun ou encore son dévoué Polonais, celui-là même qui avait découvert les corps. D'ailleurs, que faisait-il dans le coin ? Y avait-il des moutons dans le secteur qui requéraient sa présence ? Ou était-ce l'œuvre d'un yowie anonyme qui pouvait être n'importe lequel de ces quatre-là ?

Pouvait-elle même, cette chère Anaïs qui, selon toutes les apparences, était entrée illégalement en Australie, vivait de petits boulots depuis six mois et avait accepté de se livrer à un trafic non encore déterminé, être coupable du quintuple meurtre ?

J'avais tendance à penser que non : la manière dont quatre des cinq jeunes gens avaient été massacrés n'était pas très féminine et elle ne portait pas de traces de sang quand elle avait émergé de sous ma bâche. Mais je ne pouvais pas non plus oublier la vigueur et la détermination dont elle avait fait preuve en assommant d'un coup de bock le Viking du Wild Irish et le traumatisme crânien qui en avait résulté.

— C'est bien ce qui m'étonne, dit-elle pensivement et comme pour elle-même, mais en répondant à mes insinuations. Les « quels-qu'ils-soient », comme tu les appelles, ne justifiaient pas un tel acharnement…

— On ne s'est pas acharné sur Wasp, fis-je remarquer.

— Non ? dit-elle. Je ne savais pas… J'étais tellement terrorisée que je n'ai pas remarqué…

Ce qui était vraisemblable mais pouvait tout aussi vraisemblablement être le plus éhonté des mensonges…

*

La piste que je suivais traversait maintenant une petite forêt de mulgas aux troncs bruns tordus et dont les feuilles en forme de canoë semblaient quémander l'eau pour se décroqueviller et permettre à leurs noix de s'épanouir enfin. Les mouches qui prenaient le frais relatif des ombrages clairsemés m'indiquèrent qu'il devait y avoir des mammifères à sang chaud dans le coin. Pick, lui, aurait su déterminer en les voyant si c'était des mouches à bœufs ou à moutons, mais je n'avais jamais pu faire la différence, trop impliqué par la lassante nécessité d'avoir à les chasser de la commissure de mes lèvres et du coin de mes yeux.

Je me retins de demander son avis à la distinguée entomologiste européenne qui s'agitait à ma gauche et avait spontanément adopté notre Grand Salut Australien pour écarter les infects diptères de son visage. Je craignais qu'elle ne me fût pas d'un grand secours dans la différenciation des deux espèces, plus savante qu'elle était, semblait-il, dans l'extinction des morses de Sibérie ou dans la nidification difficile des perruches d'Oz.

Mais je sus très vite que j'étais sur la bonne piste et que je ne m'étais pas égaré. Je pilai brusquement, à la sortie d'un virage assez marqué, envoyant Anaïs le nez dans le pare-brise.

— Merde ! fit-elle dans un français courroucé. Tu pourrais prévenir quand tu freines…

Elle n'avait pas encore vu ce qui avait motivé mon brusque coup de patin. Au beau milieu de la piste, une moto de trial était béquillée. Assis dessus en amazone, tenant négligemment une carabine, il y avait un homme d'une trentaine d'années dont les longs cheveux blonds dépassaient de sous son chapeau de brousse au bord relevé. Il était vêtu comme son patron, tout en jean, pantalon, chemise et veste, mais les siens étaient bleu délavé et non pas noirs.

Et il aurait vu le jour du côté de Cracovie ou de Varsovie que je n'en aurais pas autrement été étonné.

— Oh, merde ! répéta Anaïs en découvrant ce stockman pas très souriant. Ça ne va pas recommencer, les poursuites ?...

*

Si la moto de trial était de marque Kawasaki, la carabine de chez Winchester (une 30/30, à première vue), les vêtements griffés Levi's et le chapeau kaki en provenance des surplus de l'armée, le dénommé Boleslas était indubitablement du style pas causant.

Il vint tranquillement jusqu'à ma portière, sa carabine sur l'épaule, mâchonnant une brindille d'herbe Buffalo, traînant ses boots à élastique sur la terre dure de la piste. Il jeta à peine un regard sur Anaïs, un regard d'un bleu très clair, aussi délavé que ses frusques, enregistra sans broncher la présence à mes pieds de la boîte à fusil qu'il n'avait sans doute pas confondue avec un étui de guitare.

— Seul ? interrogea-t-il.

— Avec madame, oui, dis-je courtoisement. Mais on ne peut pas exclure qu'il y ait du monde derrière nous.

Ma tentative de beau langage fit un flop considérable puisqu'il se dirigea vers l'arrière de Ned, sauta dans la benne et souleva la bâche poussiéreuse pour s'assurer que personne n'était caché dessous. Puis il revint vers moi qui n'avais pas bougé de mon siège, sa carabine toujours tenue nonchalamment sur une épaule, sans qu'il l'ait pointée une seule fois dans notre direction. Marchant toujours d'un pas égal, il me jeta au passage un très laconique « Venir » et grimpa sur sa moto qu'il fit démarrer du premier coup après avoir glissé sa carabine dans un étui en cuir de roo accroché près de sa selle. Il démarra sans juger utile de déraper dans un de ces demi-tours frimeurs dont les possesseurs de motos tout-terrain ont le secret et je le suivis, tranquillisé par son apparente absence d'hostilité.

— On dirait qu'on nous attendait, non ? dis-je à Anaïs qui avait paru intéressée par le beau visage bronzé et les larges épaules de ce Slave parfait.

— Il a l'air à peu près aussi humain qu'un mannequin de cire du musée Grévin, émit-elle en faisant passer dans sa voix un je-ne-sais-quoi d'admiratif qui devait tenir à la solidarité des vrais blonds.

— Quand tu verras son patron, c'est encore pire, dis-je. Lui, ce serait plutôt le musée de Nuremberg, rayon criminels de guerre.

Le contremaître de la station Verdun conduisait son trial sans à-coups, à une vitesse paisible, et ne se retournait pas plus que s'il était seul en plein milieu de la Mazurie. Il avait environ mon âge, était de la même taille que moi, en plus fin. Davantage escrimeur que rugbyman. Et c'est vrai que ses yeux pâles lui donnaient l'allure d'un mannequin ou encore d'un clone au regard givré à force de venir de nulle part.

Nous arrivâmes à une barrière à bétail en sortant du bois de mulgas et j'étais en train de m'interroger sur le fait de savoir si je n'allais pas demander à Anaïs d'aller la manœuvrer, quand je constatai avec surprise qu'elle s'ouvrait toute seule, sans doute actionnée par un petit moteur à ultrasons.

J'avais bien sûr déjà vu des portails équipés de ce système, mais jamais encore des barrières à bétail. Si elles étaient toutes munies de ce dispositif, sur quatre-vingt mille hectares, ça avait dû coûter bonbon.

Nous étions maintenant dans une vaste prairie et la relative verdeur des pâturages n'était pas sans me surprendre. Un troupeau de mérinos de plusieurs milliers de têtes y vaquait tranquillement, sortant des ombrages de bosquets de gommiers, maintenant que la chaleur commençait à tomber. Deux éoliennes situées de part et d'autre de l'immense prairie tournaient doucement et on voyait, aux troupes de perruches ondulées et de cacatoès gallahs qui s'y abreuvaient, que les grands bacs des réservoirs, fraîchement peints en blanc, étaient bien approvisionnés en eau.

— Incroyable, fis-je, snobé par tout ce vert au milieu du cœur rouge du bush alentour, on se croirait…

— En Suisse ? m'interrompit Anaïs en souriant.

— N'exagérons rien, dis-je, disons chez les Kiwis de l'île nord. Rarement vu une propriété aussi bien tenue.

Nous parcourûmes ainsi une dizaine de kilomètres au milieu de ces pâturages qui n'auraient pas fait honte à un golf de deuxième catégorie et où des moutons gras comme de petits bedeaux broutaient paisiblement en ignorant tout de leur funeste destin arabe[1]. À chaque barrière, celle-ci s'ouvrait automatiquement, actionnée par Boleslas qui roulait toujours aussi impavide, sans daigner s'assurer que nous le suivions bien.

Nous parvînmes enfin à un grand portail de bois et de fer en forme de voûte, peint en noir, rouge et jaune, des couleurs qui, à mon sens, devaient davantage évoquer le *Vaterland* que constituer un hommage au drapeau aborigène. Comme pour m'approuver, un grand panneau surmontait la voussure du portail, arborant l'inscription VERDUN en caractères semi-gothiques.

— Ça manque un peu de croix gammées, estima Anaïs quand le portail s'ouvrit en grand pour nous laisser passer, mais à part ça, c'est plutôt coquet comme bunker.

Une longue allée rectiligne, faite de termitières concassées et de débris de briques qui devaient provenir de bâtiments anciens, entourée d'une pelouse un peu jaunasse par rapport à celles de Mount Isa, mais très convenable quand même, menait à un grand bâtiment de pierres blanches, surmontées d'une toiture en tôle peinte en rouge. Une large véranda ceinturait tout l'ensemble et on ne voyait personne s'activer dans les parages.

1. Les pays du Moyen-Orient sont les principaux clients des exportations ovines d'Australie.

Sauf que depuis que nous avions franchi le portail et que nous évoluions sur la propriété d'habitation de Herr Heinrich Braun, quatre couples de chiens impressionnants et surgis de nulle part (deux danois, deux dogues argentins, deux rottweilers et deux colleys) encadraient la chère Vieille Neddie qui devait avoir l'impression de participer à un enterrement royal. Les clebs n'aboyaient pas, ne sautaient pas, ne jouaient pas. Ils nous faisaient escorte, simplement, en trottinant à petites foulées, comme s'ils étaient persuadés de leur bon droit ou de leur force. Et ils l'étaient assurément des deux. On sentait que la discipline régnait à Verdun, chez les bêtes comme chez les hommes.

— Ce qui m'inquiète, dis-je à Anaïs pour rester dans son registre de plaisanteries post-hitlériennes, c'est que je n'ai pas encore vu la cheminée des fours crématoires.

Nous arrivâmes devant la maison et Boleslas coupa le moteur de sa Kawasaki, mit pied à terre et dit quelque chose de très bref et de très énergique aux huit chiens qui se couchèrent sous les pilotis de la véranda, sans nous quitter des yeux.

— Moi, en tout cas, fit Anaïs de sa petite voix flûtée de fillette qui a retrouvé son pot de beurre volé par le grand méchant loup, je crois bien que j'ai vu le prisonnier du camp.

Et en effet. Assis sur un fauteuil à bascule, un pot de bière à portée de la main, finissant de rouler une cigarette, vêtu d'un short crème et d'un tee-shirt beige immaculé, les pieds nus, Pickwick-Pickwick Kadigbaku nous regardait descendre de la voiture dans le soleil qui baissait rapidement.

Sa vieille casquette publicitaire Foster's reposait sur ses genoux.

— Tu en as mis du temps, Paddy, dit-il en clignant de l'œil. Mais tu es pardonné, puisque tu amènes la jolie sheila étrangère.

Je sentais un gros poids, à peu près de la taille d'Ayers Rock, s'enlever de ma poitrine. Mais en même temps, allez savoir pourquoi, j'étais furieux contre ce foutu bâtard qui semblait se prélasser sans vergogne alors que je m'étais fait tellement de cheveux pour lui.

— Paddy est très long, approuva Anaïs en gravissant les trois marches qui menaient à la véranda aux lattes de poivrier bien cirées. Mais il est assez bon. Contente de vous revoir, lieutenant Snodgrass, ajouta-t-elle en tendant la main à Pick qui s'était levé.

Je me demandai l'espace d'un instant à qui diable elle pouvait bien donner ce nom nouveau pour moi. Et quand je vis mon équipier sourire en dévoilant un nombre incalculable de dents, je compris enfin pourquoi il m'avait toujours pris pour un tableau accroché carrément à l'envers.

CHAPITRE 24

— Lieutenant Snodgrass, hein ? fis-je un peu amèrement. Faut pas que je me mette au garde-à-vous, non ?

— Pas de problème, mon gars, dit celui que j'avais cru être mon équipier en nous invitant à nous asseoir autour de la table basse en citronnier blond. Mais repos pour le moment !

Boleslas avait disparu derrière la maison, aussi silencieusement qu'un renard du bush. Rond et rouge comme la plus grosse tranche d'une pastèque, le soleil face à nous regagnait son nadir pour entamer sa longue traversée vers les rives africaines, incendiant des strates de nuages bas et lointains fixés par les monts Kimberley. Les pierres de la vieille maison coloniale craquaient de toute la chaleur emmagasinée dans la journée et qu'elles rendaient à la nuit tombante. On ne voyait âme qui vive aux alentours et l'intérieur même semblait aussi vide que le crâne d'un émeu.

Pickwick ou Snodgrass (c'est vrai que son géniteur devait *sacrément* aimer Dickens[1] !) usa libéralement de la carafe de bière pour nous verser deux grandes rations dans les verres qui semblaient nous attendre sur la table basse. J'étais encore extrêmement vexé, mais surtout curieux et, ne voulant pas le montrer à mon étrange partenaire qui avait allumé sa fine cigarette, je feignis de m'intéresser à la pelouse qui s'étendait sur cinq bons hectares.

— Un vrai paradis, dis-je en dégustant la bière délicieusement fraîche. Ce Braun est un magicien… Au fait, il ne t'a pas enlevé ?

— Gars blanc pas devoir croire tout ce que vieille lubra dit pour lui, sourit le « lieutenant » en prenant sa voix un peu geignarde de boong crétinisé. En fait, reprit-il d'un ton normal, elle est en pleine infraction avec les lois sur l'alcool en milieu tribal et elle encourt des amendes tellement énormes qu'il faudra que je supplie mes supérieurs de la laisser courir quand tout cela sera terminé. D'autant plus que c'est ma tante… Bien évidemment, on saisira ses stocks de bibine. Quant à Heinrich Braun, c'est un type charmant.

— Tes supérieurs ? Braun charmant ? Si ça se trouve, tu vas aussi me dire que Jacinta est la crème des femmes, marmonnai-je.

— Pas mal vu, fit Pick, encore qu'elle est un peu raide à la toise parce que plutôt coincée. Mais elle a été très coopérative.

Je me levai, l'air pincé, prêt à entamer un de ces

1. Snodgrass est un des compagnons de M. Pickwick dans le roman éponyme de Charles Dickens.

grands numéros d'indignation irlandaise dont tous les O'Quelque Chose ont la spécialité depuis qu'ils ont inventé la pomme de terre et le lard qui va avec.

— Si on commençait à m'expliquer tout ce qui se passe, dis-je en arpentant la véranda, je me sentirais mieux. Lieutenant de quoi, au fait, monsieur Snodgrass ?

— De police, bien sûr, dit celui que je préférais continuer à appeler Pickwick. Un service tellement secret au sein de la Special Branch[1] du Queensland qu'on n'a pas encore réussi à lui trouver un nom. Moi, je l'appelle le Bureau Noir. Et mon véritable nom de peau est bien Kadigbaku. En revanche, je me prénomme John, comme tout le monde. Et ne te fâche pas, Paddy, mais on t'a un peu manipulé…

— J'ai tendance à le croire, dis-je, amer. Et elle aussi ? interrogeai-je en désignant Anaïs qui restait silencieuse, souriante et désirable sous son tee-shirt Greenpeace, lovée gracieusement dans le fauteuil en rotin placé à côté du rocking-chair de Johnny Snodgrass. Je suppose qu'elle n'est pas suisse et qu'elle s'appelle Jane Eyre ?

— Je suis parfaitement suisse et je ne travaille pas avec le lieutenant, dit-elle sans s'émouvoir. Pas sur la même affaire, en tout cas.

— On m'explique ou je casse quelque chose ! dis-je. Quelle affaire ? Quelles affaires ?

1. Équivalent de notre DST ou du FBI américain, chargé du contre-espionnage et de la lutte contre les menées subversives. Pas exempte de tout scandale : la Special Branch de Nouvelle-Galles du Sud a été récemment dissoute pour avoir fiché des journalistes et des hommes politiques.

— Je commence par la mienne, dit le lieutenant en dévoilant ses quarante-deux mille dents étincelantes dans son rond visage chocolat, encadré par ses deux millions de tresses rastas. Le Bureau Noir s'occupe principalement de tout ce qui se passe dans les communautés aborigènes, surtout quand il y a de gros intérêts financiers en jeu et que leur intégralité territoriale est menacée. Ce qui est le cas ici…

— La DOUM, glissai-je pour ne pas avoir l'air complètement idiot et en me rasseyant.

— Je vois, dit-il, que tu as trouvé le dossier de presse que j'avais laissé à ton intention. En effet : la DOUM, qui est en train de négocier avec les Waggaboonyas pour obtenir le droit d'exploiter ce qu'ils pensent être un important gisement d'uranium. L'État préférerait que ça reste australien, Brisbane aimerait autant que ça demeure queenslandais, la tribu entend en tirer le maximum. J'étais chargé de suivre les opérations et je me suis fait engager comme patrouilleur de clôture. Par parenthèse, Paddy, j'ai passé six mois épatants avec toi et c'est un boulot qui m'a bien plu…

— Merci, dis-je toujours pincé, et à ton service, mon prince ! Tu n'aurais pas pu m'en toucher un mot ? J'ai été SAS, je suis censé avoir le sens du sacrifice et de la patrie…

— J'en étais plutôt partisan, dit mon pote noir avec conviction, mais mes supérieurs du Bureau Noir s'y sont opposés pour des raisons qui tiennent plus à la parano qu'à l'efficacité. Bref, j'enquêtais essentiellement autour de la communauté dont tu sais qu'une bonne partie vit à Cloncurry.

Un de mes informateurs, que j'avais réussi à retourner, était Jack « Wasp », qui a un rang tribal important et qui est surtout le demi-frère du pasteur... enfin, quand je dis pasteur... du révérend Jeremiah Cromley qui mène la danse là-haut et qui a été parfaitement et complètement acheté par la DOUM...

La nuit était maintenant tombée et un groupe électrogène se mit en marche, aussi silencieux que le Polonais qui avait sans doute appuyé sur le commutateur. Une lumière douce envahit la véranda. Les huit chiens, toujours couchés sous nos pieds, ronflaient doucement et poussaient parfois de petits gémissements plaintifs de chiots rêveurs. Au loin, on entendait les bêlements collectifs des moutons saluant la fraîcheur revenue. Je me resservis en bière, sans m'occuper des deux autres afin de montrer à quel point j'étais fâché.

— Ouaip, fis-je enfin. Et c'est pour ça que Wasp a été tué, parce qu'il contrecarrait les projets de son frère ?

— Non, dit Anaïs en s'étirant dans son fauteuil avec des langueurs énervantes, il a été tué en partie à cause de moi...

*

Elle était bien suisse et s'appelait réellement Anaïs Unger. C'était à peu près tout ce qu'il y avait de vrai dans son adorable petit personnage qui m'avait, je m'en rendais compte, parfaitement subjugué. Ce qui n'était pas sans m'exaspérer au plus haut point.

Anaïs n'était ni entomologue comme je l'avais soupçonné et pas plus ornithologue comme je l'avais cru en constatant qu'elle trimbalait plus de livres sur les oiseaux australiens que sur nos insectes endémiques. Elle n'était pas non plus dealer de pakalolo, ni trafiquante de diamants ou d'or, ce qui me soulageait sans que je veuille l'avouer.

Mais elle aussi était infiltrée, à croire qu'il n'y avait que moi et Vieille Neddie qui étions exactement ce que nous prétendions être, c'est-à-dire une caisse hors d'âge et un misanthrope agressif, pris dans sa clôture aussi sûrement que les phalènes l'étaient de la lumière de la suspension accrochée au-dessus de nos trois têtes.

— J'appartiens, expliqua-t-elle, à la section européenne de l'EIA, l'*Environmental Investigation Agency*, une organisation mondiale qui combat les trafics d'animaux en tous genres. Cela va des rhinocéros décimés pour leurs cornes aux tortues dépecées vivantes pour leurs carapaces, en passant par les veaux en batterie…

— … et les morses de Sibérie, interrompis-je en me demandant si, par hasard, je n'avais pas couché avec la petite-fille de l'actrice française Brigitte Bardot.

— Effectivement, dit Anaïs avec passion et sans respirer, ma précédente mission consistait à dénoncer le scandale des morses sibériens en voie de disparition, parce qu'on les massacre afin d'en faire des tonnes de viande hachée pour les élevages de renards bleus de l'Arctique, dont d'ailleurs plus personne n'achète leurs fourrures aux Russes !

— On les appelle les « écodétectives », dit un peu narquoisement Pickwick-Snodgrass. J'ai une forte tendance à penser qu'ils feraient mieux de s'occuper des peuples en voie de disparition, mais je suis sans doute trop partial sur ce sujet…

— Tout est lié, s'emporta la blonde aux yeux d'émeraude, il y a interpénétration des écosystèmes…

— Oui, oui, bon, halte au feu ! fis-je pour arrêter le déluge verbal anthropomorphique que je sentais poindre. On en revient à notre histoire, si tu le veux bien. Les généreuses généralités, on verra après…

Elle haussa les épaules, vexée, et se servit le fond de la carafe de bière pour se venger. Face à nous, le grand ciel se trouait de constellations aux scintillements irréguliers, certaines chutant en d'élégantes ellipses filantes, tandis que l'énorme lune rousse exhibait tous les détails de sa morne anatomie avec une indécence placide. À l'est, la Croix du Sud se mettait en place dans sa fumée d'étoiles laiteuses et je vis au loin le double pinceau de lumière de phares qui venaient dans notre direction.

— Nos correspondants australiens nous avaient signalé une recrudescence depuis quelques mois du trafic d'oiseaux rares, reprit Anaïs un peu sèchement. On soupçonnait Mitch Barone d'en être l'instigateur. Il s'intéressait surtout aux perruches ailes-d'or qui sont revendues plus de quinze mille dollars australiens[1] pièce à de riches collec-

1. 7 950 euros.

tionneurs du monde entier. Je me suis arrangée pour me trouver sur le chemin de Barone qui recrutait des passeurs susceptibles de transporter les oiseaux en Europe et je me suis ainsi retrouvée dans son équipe.

— Les gosses Braun étaient les pourvoyeurs ? m'enquis-je.

— Oui, dit-elle. Ils étaient brouillés avec leur père, s'étaient installés chez les Aborigènes de Waggaboonya et, avec quelques-uns d'entre eux, faisaient des razzias de perruches qu'ils livraient à Mitch, avant leur envoi en Europe ou en Asie en bagages accompagnés.

— On les expédie dans ces tubes en carton que j'ai aperçus dans le combi et que la police a récupérés, compris-je en le disant. Mais comment les oiseaux respiraient-ils ?

— Ils y percent des trous minuscules, expliqua-t-elle. On arrive à caser cinq perruches par tube et ils sont censés contenir des posters ou des tapas[1] de peintures aborigènes. Les tubes portent des étiquettes de galeries d'art et certains contiennent bien des œuvres picturales. À une époque, Mitch m'a raconté qu'ils utilisaient des didgeridoos mais les instruments de musique étaient trop lourds et c'était trop compliqué pour l'aération des oiseaux. Avec ce nouveau système, il y a bien sûr toujours de la perte, mais les bénéfices sont tellement importants que ces salopards s'en fichent. Évidemment, on drogue les perruches pour qu'elles ne

1. Terme d'origine polynésienne, usité dans tout le Pacifique pour désigner des supports d'écorce battue ou de fibres écrasées.

bougent pas ou qu'elles ne se mettent pas à chanter sous le nez des douaniers…

— C'était un des nombreux trafics de Wasp Cromley, compléta le lieutenant Pickwick en roulant une nouvelle cigarette, ses yeux noirs et pétillants fixés sur les phares d'automobile qui se rapprochaient en oscillant doucement. Mais j'ignorais cette autre facette de son mauvais fond. J'étais braqué sur l'uranium, pas sur les zoziaux…

Anaïs ne parut pas apprécier le nom désinvolte que mon futur ex-partenaire employait pour qualifier les précieuses petites créatures de déesse Nature, mais continua néanmoins son récit.

— C'est justement cette histoire minière qui a sans doute poussé Wasp Cromley à vouloir arrêter le trafic de perruches, dit-elle. Ou la peur. Ou une prise de conscience de la perte de son patrimoine culturel. C'est en tout cas ce que j'ai cru comprendre la nuit du meurtre.

*

L'automobile dans la nuit striée d'étoiles filantes était arrivée au grand portail d'entrée qu'elle éclairait de ses phares et du projecteur fixé sur son toit. Les chiens réveillés se levèrent de sous la véranda en jappant de plaisir. Apparemment, ils connaissaient le bruit du moteur de l'arrivant qui était sans doute leur maître, le si hospitalier Heinrich Braun. Pour une raison connue de lui seul, Pickwick contemplait la casquette posée sur ses genoux d'un air contrarié.

— La nuit du meurtre, dis-je patiemment.

Venons-y… À moins que tu ne veuilles attendre Heinrich Braun pour échanger des considérations sur son patrimoine culturel…

Je résume ce qu'elle nous apprit alors et que mon cachottier de pote noir savait déjà en partie, semblait-il.

En compagnie de Wasp Cromley qui conduisait le minibus Wolkswagen et des deux couples australo-anglais, elle était donc partie du Waggaboonya Resort avant la tombée de la nuit du jeudi au vendredi afin de livrer à Mitch Barone et à son complice qui arrivaient de Brisbane la « récolte » d'un mois de traque des précieuses perruches arrachées à leurs termitières magnétiques ou capturées au filet. Une centaine d'oiseaux collectés par le métis abo étaient entassés dans les tubes truqués et cloisonnés afin que les malheureux volatiles aient chacun leur chez-soi, soit vingt tubes utilisés.

Ce qui représentait, si aucune bestiole ne calanchait pendant le transport, une valeur marchande d'un million et demi de dollars australiens[1]. Les perruches ailes-d'or justifiaient ainsi excellemment leur nom.

L'active et diligente écodétective Anaïs Unger avait été émue par la détresse des volatiles (par parenthèse, je trouvais son organisation bien légère qui la lâchait ainsi en pleine nature et sans « couverture ») et, profitant de ce que Wasp et les quatre autres croyaient qu'elle dormait dans le

1. 795 000 euros. Un trafic d'oiseaux rares, d'une importance à peu près similaire, a été démantelé en janvier 1996 par les services douaniers de l'aéroport de Perth (Australie occidentale).

combi, elle était sortie subrepticement par l'arrière, emportant les vingt tubes de cartons sous ses bras. Elle les avait cachés, « elle savait où », était revenue au véhicule pendant que ses cinq complices admiraient les étoiles filantes au télescope et juste avant que la Ford Galaxy amenant Mitch et Rico ne déboule dans le secteur, suivant « notre » piste de clôture après avoir cisaillé la chaîne cadenassée de l'entrée débouchant sur la route Matilda.

— Tu n'avais pas vu les traces de la Ford sur la piste ? demandai-je à l'ancien Pick, traqueur émérite de la Special Branch, service Bureau Noir.

— Sûr que oui, grand gars chef blanc, dit-il en rigolant. Même un scout débutant les aurait relevées. Mais apparemment pas un glorieux voltigeur de pointe des SAS…

Anaïs reprit son récit, se pelotonnant comme un chat dans son fauteuil de rotin. La fraîcheur tombait, les mouches fuyaient, remplacées par les moustiques, les étoiles filaient et les huit molosses frétillaient de la queue en fixant une grosse 4×4 noire qui approchait de la cour circulaire où étaient garées Neddie et la Kawasaki du Polack peu prolixe.

— Quand Mitch et Rico ont constaté la disparition des tubes, c'est devenu terrible. Jack Cromley n'y comprenait rien, les autres non plus, mais comme il avait déjà dû dire qu'il voulait arrêter le trafic, les deux trafiquants l'ont soupçonné de leur faire un enfant dans le dos. Mitch était très violent, souvent, une vraie caricature de macho latin (agrémentée de l'urbanité bien connue des Malais, pensai-je) et lui et le métis se sont battus…

— Où étais-tu à ce moment-là? l'interrompis-je.

— J'étais sortie quand la Ford est arrivée, faisant semblant de me réveiller. Comme j'étais la seule à être restée à l'intérieur, j'ai craint d'être soupçonnée de la disparition des perruches, mais Mitch ne s'occupait que du gros Cromley. Et puis d'un seul coup, il a sorti une espèce de poinçon de sa poche et il l'a frappé à la gorge. On était morts de trouille. Mitch était déchaîné et on s'est dit qu'on allait tous y passer…

Sa voix s'était brisée en revivant cette nuit de cauchemar, éclairée par une lune qui devait être semblable à celle qui baignait maintenant la cour d'une lueur jaune et sinistre.

— Vous y êtes *presque* tous passés, non? fis-je d'une voix douce.

Elle voulut poursuivre comme si un point capital s'imposait mais, son regard s'étant fixé sur la Nissan noire qui n'avait pas arrêté son moteur et que les chiens entouraient en grognant, l'échine basse, elle se figea soudain dans une terreur que je crus rétrospective.

Mais qui était très actuelle : juché sur la benne du pick-up Nissan appartenant à Braun et que les descriptions des témoins m'avaient fait confondre avec la Ford Galaxy, un type en catogan nous couchait en joue avec une carabine. Et, juste avant qu'il ne nous aveugle en dirigeant le projecteur dans notre direction, j'eus le temps de voir un autre gus à catogan, assis sur le siège passager de la cabine, qui tenait appuyée sur la gorge du conducteur en noir au regard de glacier ce qui semblait être une sorte de lame.

Ou une espèce de poinçon.

*

Savoir comment ces deux malfrats des villes avaient réussi à se débarrasser des policiers des champs, franchir la barrière et tomber sur le râble de Heinrich Braun, on n'a pas cherché sur le moment.

Tous trois épinglés par le puissant faisceau du projecteur, on ne bougeait en tout cas pas plus que si on était englués dans un lac de sel, c'est pourquoi j'ai trouvé presque cocasse l'ordre aboyé par l'éclairagiste armé, qui devait être Rico si j'en jugeais par l'accent espagnol :

— Pas une geste, levez des mains en l'air !

— Dur de faire les deux en même temps, j'ai dit, les yeux fermés et détournant à moitié la tête.

J'ai entendu plus que vu les portières s'ouvrir et claquer devant moi. Je savais maintenant ce que devaient ressentir les joeys quand on les braque au projo et pourquoi ils restaient immobiles sur leurs queues, figés et fatalistes.

— Éteins, a dit une autre voix. Qu'on cause.

Le projecteur cessa de me brûler les yeux mais il me fallut du temps pour les rouvrir, chasser les deux boules de feu qui demeuraient incrustées dans la rétine avant de devenir noires et de s'estomper enfin.

Rico était resté dans la benne, à demi allongé sur le toit de la cabine, sa carabine pointée sur nous. J'aurais presque parié qu'il s'agissait d'une 22 Long Rifle et en tout cas, la lunette prouvait qu'elle savait tirer loin. La voix qui voulait causer, dépourvue de tout accent sicilien ou malais, appartenait à Mitch que je voyais pour la première fois.

Il n'était pas décevant : grand, mince, excessivement bronzé et habillé comme plus un mec du cartel de Medellin n'oserait depuis au moins dix ans (tee-shirt blanc, costume noir très large de partout, grolles Caterpillar), il se la jouait jeune Parrain rectifié Tarantino à un point tel que je faillis ne pas le prendre au sérieux.

Malheureusement, il fallait à mon sens occulter le ridicule de son catogan rassemblant des cheveux longs et presque bleus à force d'être noirs et envisager que l'outil qu'il tenait sur la gorge de Braun (lui aussi en noir avec son feutre cachant ses cheveux blanc blond) n'était pas une flûte nasale.

Les huit chiens avaient encerclé le couple forcé mais restaient immobiles, grognant sourdement, attendant visiblement un ordre qui ne venait pas. Mitch entraîna le patron de la station au pied des marches de la véranda. Il se peignit un rictus démoniaque à l'aide de ses lèvres minces et qui paraissaient pâles en regard du bronzage de sa peau olivâtre.

— On va essayer d'être cools, tous autant qu'on est, fit-il. Ce vieux mec, y m'intéresse pas bézef. Toi, le boong, tu peux retourner graisser tes lubras. Quant au petit malin qui court la nuit dans les cimetières (il parlait de moi, je le crains...), il n'a qu'à aller se faire troncher. La seule à qui je tiens, c'est mon p'tit cœur de grenouillette, ma sheila d'amour suisse. Alors elle va venir gentiment avec nous, on ira faire un tour dans les bois voir si le loup n'y est pas et quand elle m'aura rendu ce qu'elle m'a pris, je vous la renverrai avec juste le trou du cul un peu moins étroit. Capito ?

Anaïs me jeta un regard éperdu. Manifestement, elle en avait un peu soupé des promenades nocturnes et champêtres. Pick ne bougea pas mais, à un soudain rétrécissement de ses pupilles, je compris qu'il avait entendu, vu ou senti quelque chose. Il posa sa casquette Foster's sur la lisse de la balustrade. Elle paraissait contenir des objets parmi lesquels j'espérais qu'il y avait au moins un pistolet.

Accolé à Mitch Barone, Heinrich Braun restait très calme comme si tout cela ne le regardait d'aucune manière. Mais je savais que si Mitch commettait la moindre erreur, il s'en débarrasserait et ses chiens ne feraient alors pas de quartier.

— La police…, commençai-je un peu sottement, immédiatement interrompu par le ricanement sardonique, comme dans un épouvantable doublage, du métèque véliplanchiste.

— Ta police, c'est pas des cadors, dit-il. Tellement cons qu'ils ont commencé à nous aider à sortir du trou d'eau pendant que l'autre bagnole continuait à vous filer le train. On n'a eu que la peine de les assommer et de leur piquer leurs armes et leurs clés. Ils doivent toujours être ligotés sous un gommier et sous la garde d'un varan. En tout cas, faut plus compter sur eux…

Mais il reste Jacinta, pauvre pomme, pensai-je,

tandis que le regard du lieutenant Pick Snodgrass devenait plus aigu et que j'entendais sous mes pieds un léger crissement de sable remué.

— Ensuite, on a eu la chance de rencontrer Herr Braun qui n'a pas cru devoir refuser de nous prendre à son bord. La suite, c'est maintenant et ça pourrait bien être la fin si vous ne vous montrez pas raisonnables. Allez, petite Anna, intima Mitch qui avait, semblait-il, des difficultés à prononcer le prénom de la troublante écodétective genevoise, viens voir ton grand chéri.

Indubitablement, quelqu'un rampait sous les lattes de la véranda et, à moins que ce ne fût un goanna géant[1], ça devait être soit Boleslas, soit un autre employé de la station Verdun.

Alors, à la grande indignation d'Anaïs, je l'attrapai par les épaules et la propulsai de toutes mes forces en bas de la véranda.

1. Reptile du genre grand lézard qui peut atteindre deux mètres de longueur.

CHAPITRE 25

Tout s'est certainement passé en moins d'une minute, mais c'est de dire les choses qui allonge le temps, affirment les Aborigènes qui préfèrent les chanter.

Mon impulsion était stupide, comme toutes ses parentes, les sœurs réflexes mais, dans un premier mouvement, elle sembla couronnée de succès.

Admirablement propulsé par mes soins, Anaïs dégringola les marches de la véranda, perdit l'équilibre et atterrit sur les deux hommes enlacés, poussant un juron en français que je n'ai pas pu identifier, tant il devait être abominable. Mitch Barone lâcha Heinrich Braun qui roula à terre sans perdre son chapeau ni sa dignité. Pickwick se jeta à l'abri de la balustrade de la véranda, ramassant sa casquette au passage.

Quant à moi, je suivis le chemin d'Anaïs, mais en plongeant, et me retrouvai à plat ventre, à côté de Boleslas qui avait émergé d'entre les pilotis, une espèce de serpette à la main.

— Attaque ! cria Braun aux chiens.

— Fumier ! hurla Anaïs en français tout en se débattant contre Mitch.

— Bougez ne pas ! piaula Rico toujours juché sur sa benne avec sa carabine.

— *Avagoyermug !* aboya le lieutenant Snodgrass qui devait se croire dans un stade de cricket.

— *Putana !* éructa Mitch dont Anaïs mordait la main pour lui faire lâcher son poinçon.

Grrrouarrrff ! grognaient les chiens, sans intervenir tant la situation leur semblait confuse.

En fait, les deux seuls qui ne dirent rien furent Boleslas et moi, lui par vocation, moi par obligation : Mitch avait posé son gros pied chaussé de Caterpillar sur ma gorge, tout en essayant de maîtriser l'impétueuse Suissesse qui ruait comme un jeune chameau à qui on est en train de percer la cloison nasale pour lui passer l'anneau de conduite.

Une balle siffla soudain à mes oreilles : tir de sommation de Rico. Boleslas se redressa et courut vers la benne, serpette brandie, dans la grande tradition polonaise qui s'illustra héroïquement en chargeant à la lance les panzers hitlériens. Une deuxième balle claqua mat, signe qu'elle avait touché de la viande.

Un des chiens — la femelle dogue argentin — s'étant fait une fausse opinion, s'attaqua à ma mi-botte, tandis que je voyais tomber Boleslas au ralenti, essayant de lancer sa serpette comme un boomerang. Une troisième balle me débarrassa de la chienne avant que sa mâchoire n'atteigne les os de ma cheville. Braun cria un ordre et les chiens se retirèrent du jeu, l'échine basse. La serpette brisa un phare de la Nissan.

Boleslas gisait sur le gravier d'argile dur concassé, une balle entre les deux yeux. Statufiée, Anaïs avait à son tour la gorge menacée par la pointe effilée du poinçon de Mitch. Je m'étais dégagé de sa semelle et des crocs du dogue argentin qui avait également écopé d'une balle en plein front. Rico était un excellent tireur, encore que routinier.

Heinrich Braun se releva lentement, ses yeux bleu glacier fixés sur les yeux bleu délavé et fixes de son défunt employé. Le lieutenant Snodgrass n'était toujours pas visible. Je me mis à genoux.

— Tout le monde est calmé, maintenant, constata Mitch Barone en tordant sa bouche. On aurait pu s'épargner un mort, d'autant que j'ai ce que je voulais…

— Ordure ! dit Anaïs.

— Je vous tuerai aussi pour *ça*, dit Braun en désignant de son menton carré le cadavre du Polonais.

Je me demandais quant à moi où était passé le superman de la Special Branch et du Bureau Noir réunis. On avait pourtant bien besoin d'un flic vraisemblablement entraîné à faire face à ce genre de situation commune qu'est une prise d'otage. Mitch dut se faire la même réflexion que moi, même s'il ne savait sans doute pas que Pickwick était policier.

— Rico, dit-il, envoie un coup de projo sur la piaule. Je ne vois plus le boong !

Le dénommé Rico, dont j'avais pu voir qu'il portait le même et obsolète uniforme de mafieux colombien que son chef, devait avoir malgré tout un peu moins de chou. Il inonda la cour brusquement, éblouissant tous les participants à la sauterie nocturne, sauf Boleslas qui s'en fichait parce qu'il était mort et moi qui avais fermé les yeux au moment où Barone avait donné son ordre.

Même s'il avait détourné la tête, ce dernier eut néanmoins l'espace d'un instant son champ de vision brouillé par les milliers de watts du projecteur. J'en profitai pour me ruer vers la Kawasaki où le défunt stockman avait laissé sa carabine dans l'étui, espérant qu'elle était chargée.

Dans le même temps, mais je ne le compris qu'après, Pickwick-lieutenant-Pickwick, posté je ne sais où en retrait et sans doute alerté par une image mentale qu'il avait captée, balançait en direction du projecteur la carafe de bière vide qu'il avait dissimulée dans sa casquette, avec cette adresse et cette force inimitables dans le jet que possèdent tous les Abos.

Tout en espérant que Mitch n'allait pas profiter de ces deux actions simultanées et combatives pour égorger ma petite camarade de matelas, j'atteignis la moto trial alors que le projecteur volait en éclats sous l'effet de la carafe, attrapai au vol la Winchester 30/30, l'extirpai de son étui et fis rapidement jouer le levier de culasse.

Mon idée était de descendre Rico qui, je ne pouvais l'ignorer, disposait d'une position en hauteur et d'une carabine 22 dont il savait diablement bien se servir. Je tirai à la hanche mais on ne fait pas toujours ce qu'on veut et, faute d'avoir accommodé mon angle de visée, ma première balle atteignit le capot de la Nissan tandis que la Kawasaki, déséquilibrée, me tombait sur le pied.

Une balle de 30/30 est censée pouvoir arrêter un éléphant, animal plutôt rare dans l'Outback où l'on trouve en revanche des buffles à qui le Polonais devait destiner ses grosses munitions. Dans un moteur de voiture japonaise, fût-elle tout-terrain et solide comme un dromadaire afghan, elle cause des dégâts considérables lorsqu'elle le traverse de part en part. Un long jet de vapeur s'échappant du capot de la Nissan comme un soupir ultime m'informa qu'elle avait atteint son but. Doublement d'ailleurs car Rico dut être sidéré par la perte de son projecteur, par le bruit de la détonation et par le nuage de vapeur : il rata sa riposte et sa balle alla se perdre dans le bush.

Je m'apprêtais à réitérer mon tir, planqué derrière la moto, quand Mitch Barone se rappela à mon bon souvenir.

— Halte, cria-t-il, ou je bute la sheila.

— Il va le faire, miaula celle-ci, je saigne déjà.

— Jette ton fusil, m'ordonna Mitch, et que le koori[1] sorte de son trou à rat.

Je lâchai la Winchester et le lieutenant Snodgrass apparut à l'angle de la véranda, les mains en l'air, arborant cette physionomie niaise et effrayée de l'Abo primitif qui a efficacement trompé les Blancs depuis plus de deux siècles.

Mitch serrait toujours fortement Anaïs contre lui et je vis qu'en effet, un petit filet de sang coulait de son cou (gracile, le cou, et tellement émouvant !) sur son tee-shirt écologiste à la gloire

1. Autre terme raciste pour désigner un Aborigène, plus spécialement dans le sud de l'Australie.

des ennemis des champignons atomiques français.

— Embarque dans le vieux tas de rouille, lança Mitch à son complice, et tire sur le premier qui bouge. Toi, dit-il à mon intention, prends le fusil par le bout du canon et balance-le dans la benne de ta ferraille…

Je m'exécutai, maudissant mon tir qui avait mis la Nissan hors service et qui allait m'enlever non seulement la femme pour qui j'éprouvais un certain sentiment, mais aussi la chère Neddie pour qui j'avais aussi un sentiment certain, surtout quand elle était diffamée comme elle venait de l'être par le bellâtre malais.

Rico, sans cesser de nous tenir en joue, se hissa sur le plateau de la Land Cruiser, pendant que Mitch entraînait la blonde écodétective vers l'avant, la poussait dans la cabine et s'installait au volant. Le Portoricain ajusta posément la 125 cm^3 couchée sur le flanc avec sa Winchester et expédia une balle dans le réservoir qui explosa après un temps d'hésitation, faisant cramer tout le moteur de la Kawasaki dans une vive lueur qui troua la nuit.

Pendant ce temps, Mitch avait fait démarrer le moteur sans souci de préchauffage et partit dans un long *U-ie*[1] de frimeur motorisé qui aime martyriser les boîtes de vitesse. Les six chiens survivants s'élancèrent furieusement à sa poursuite mais furent vite distancés. J'espérais vaguement que Neddie, tel un fidèle coursier du Poney-Express volé par un hors-la-loi, allait le désarçonner sur le chemin

1. Ou *chuck a Uey* : faire un demi-tour.

du portail, mais mon attente fut déçue : nous vîmes ma vaillante monture atteindre le portail en quelques minutes et, le défonçant dans un fracas de ferraille, disparaître dans le bush, enveloppée d'un nuage de poussière.

— Gars métèques pas gentils, commenta Pick en contemplant d'un air navré le corps de Boleslas que Heinrich Braun avait pris dans ses bras pour lui fermer les yeux.

— On va les avoir, dit-il en se relevant, alors que les chiens revenaient, hors d'haleine.

— Ils vont la tuer, dis-je, et tout le monde comprit que je ne parlais pas de l'increvable Neddie.

*

Un couple d'Abos était arrivé silencieusement et nous avait aidés à transporter le corps du Polonais dans un salon aux meubles clairs où nous l'étendîmes sur un divan. Lui était un homme âgé, grand et voûté, aux cheveux gris, le visage couvert de scarifications rituelles. La femme était une bonne mamie qui sentait la cuisine et l'encaustique et paraissait manifester à Pickwick les plus grandes marques de respect qui consistent à ne jamais regarder les hommes et à passer devant eux en courbant le dos.

— Allons dans mon bureau, si vous le voulez bien, dit Braun. Je vais alerter tous mes stockmen et également les voisins. Quand on aura repéré leurs traces, on se rendra sur les lieux.

Si son visage buriné et bronzé était fermé comme un blockhaus, son ton était empreint de la plus grande courtoisie et, n'étaient ses yeux glacés ainsi que l'intraitable raideur de ses attitudes, on aurait presque pu le prendre pour un être humain.

Son bureau ressemblait à ce qu'on pouvait supposer des goûts d'un supposé tortionnaire nazi : des toiles abstraites, géométriques et aussi chaleureuses qu'un fjord, pendaient aux murs où se voyait aussi une grande carte de la région dont les limites de la propriété avaient été tracées au Stabilo. Le sol était couvert d'un parquet aux lattes claires et sa table de travail était absolument nette de toute trace d'activité paperassière.

Voisinant avec un imposant poste radio HF, une grande photo encadrée représentait deux adolescents blonds aux yeux céruléens que j'avais pu voir, figés à jamais par une indicible horreur, la nuit où tout avait commencé, au milieu de visages et de corps qui n'étaient plus que chairs torturées.

Heinrich Braun posa la photo à plat et à l'envers sur le bureau, comme s'il craignait que nos yeux puissent souiller l'image de ce bonheur envolé. Par la fenêtre donnant sur la véranda, on voyait la lueur de la moto finissant de se consumer et l'odeur de caoutchouc brûlé parvenait dans la pièce où on ne nous invita pas à nous asseoir, pour l'excellente raison qu'il n'y avait pas de sièges de visiteurs.

Je m'adossai au mur sous une peinture où des triangles jaune cru tentaient de sodomiser des carrés d'un bleu de lame de rasoir tandis que Pick s'accroupissait pour se rouler une cigarette. Le maître des lieux alluma le poste de radio qui émit un couinement strident en se mettant en contact avec le courant capricieux du groupe électrogène.

Braun s'assit dans un fauteuil de cuir blanc et, décrochant le micro, lança un appel général de « Victor-Romeo-Delta » pour VeRDun à tous les VRD à l'écoute.

Son message à destination de ses stockmen disséminés sur les quatre-vingt mille hectares fut bref, clair et précis : ordre de repérer tout passage d'une Land Cruiser du service de la clôture anti-dingo ayant à son bord deux individus dangereux. Ne pas intervenir, lui signaler leur position. Le message destiné aux voisins fut à peine moins aimable mais recommandait en outre de ne pas alerter la police, qu'il s'agissait d'une affaire « privée ». Les rudes Australiens des alentours qui avaient tous conservé l'esprit pionnier de leurs ancêtres, parfois convicts de Sa Majesté, savaient ce que ça voulait dire…

Il reposa le micro et nous considéra d'un air las mais déterminé. J'étais pour ma part au bord de l'épuisement et, la tension s'étant brusquement relâchée, je n'aspirais plus qu'à m'évanouir comme une mauviette. Pickwick lécha sa cigarette et remisa sa blague à tabac dans sa casquette publicitaire.

— M'est avis, dit-il, qu'ils vont aller du côté du creek Gunpowder.

— La majorité de mes gars sont par là, acquiesça Braun en se levant. Mais ces deux crapules ne vont sûrement pas rouler la nuit sur des pistes qu'ils ne connaissent pas. On les coincera demain matin. Je suppose que vous voulez vous reposer…

— Pas de refus, fis-je en faisant craquer mes phalanges. J'ai un gros déficit de ce côté-là… Et également du côté des révélations, ajoutai-je plus bas à l'intention de Pick qui tirait des bouffées paisibles.

— Vous logerez dans la maison des stockmen, dit Heinrich Braun. Le lieutenant Snodgrass connaît déjà. Il va vous y conduire.

C'était une manière boche de nous signifier son congé et peut-être aussi de dissimuler son chagrin. On lui avait d'abord tué ses deux enfants et, maintenant, celui qu'il considérait sans doute comme le fils de substitution à qui il aurait pu se raccrocher disparaissait aussi.

Cet homme semblait ne jamais pouvoir clore son travail de deuil, un deuil dont il portait le costume de toute éternité.

*

Marchant d'un pas égal sur le chemin d'argile de termitières concassées, mon pote et moi nous dirigeâmes vers un bâtiment bas couvert de tôles dont la blancheur chaulée des murs en pierres reflétait la lueur de la grosse lune. Les chiens nous escortèrent un moment, ils semblaient s'être faits à notre odeur puis, parvenus à la porte que Pick ouvrit, ils firent un demi-tour avec un ensemble parfait, comme des chevaux dans une parade de rodéo.

Nous pénétrâmes dans une grande cuisine impeccable où une bouilloire sifflotait gaiement sur une plaque électrique. L'homme du Bureau Noir en versa l'eau frémissante dans une théière ventrue où une main prévenante avait déjà jeté une poignée de thé. Puis il alluma deux lampes à pétrole, signe qu'il connaissait les usages de la maison et que le groupe électrogène n'allait pas tarder à émettre son dernier ronflement de bête puissante avant le sommeil.

Je m'assis à la grande table en bois de gommier rouge lustré sur laquelle était disposée une assiette contenant des *chico-rolls*[1] et des nems indonésiens. J'en avalai deux ou trois, alors que la lumière vacillait pour s'éteindre et que Pick nous versait le thé brun dans deux mugs extraites du placard. Il me traitait comme si j'étais une sorte de grand dingo malade qui aurait été un proche totem de sa parentèle.

Je bus une gorgée bouillante de thé après y avoir mélangé trois grosses cuillerées de sucre en poudre. Mon père, ce vieux gredin de général dur comme du bois de fer, concédait volontiers que le seul héritage anglais qui valait était le thé, et on avait beau lui représenter qu'il s'agissait à l'origine d'une culture chinoise, il se refusait à l'admettre, comme si le fait de trouver quelque mérite aux Pommies était suffisant sans qu'il faille y mêler des histoires de putains de bâtards jaunes.

— Tu crois que ces deux salopards vont buter la sheila ? demandai-je enfin au lieutenant de la Special Branch qui s'était coulé en face de moi, ses dreadlocks éclairés par la flamme dansant sur le manchon de la lampe. Comme ils ont tué les autres ?

— Comme ils ont tué Wasp Cromley, corrigea-t-il en me scrutant de son air habituel qui me met immédiatement de guingois. Les quatre gosses, ce n'est pas eux…

1. Petits pâtés en croûte à la viande hachée.

— Ouaip, dis-je en reprenant une tasse de thé qui avait remarquablement noirci, on en était là quand on a été interrompus. Tu devrais peut-être finir le récit de cette nuit du crime où on dirait qu'il n'y avait que moi qui dormais…

CHAPITRE 26

— Je crois que Miss Anaïs était en train de te raconter comment, les volatiles ayant disparu parce qu'elle les avait cachés « quelque part », Mitch avait proprement saigné le jeune Cromley, commença Grand Gars Noir du Bureau de la même couleur, de ce ton sentencieux et horripilant qu'emploient volontiers les conteurs folkloriques, toutes coutumes confondues.

— 'Xact, lieutenant, dis-je. Au fait, est-ce que je peux continuer à t'appeler Pickwick ? J'ai du mal à me faire à ta nouvelle peau de Super-Salvo…

— Pas de problème, mec, sourit-il enjoué. De toute façon, chez nous les gars noirs, les noms sont comme les pelures de l'oignon du désert : on les enlève en fonction de la sécheresse… Donc, voilà Wasp sèchement médusé par ses complices de la Golden Coast et les cinq petits Blancs qui n'en mènent pas large, surtout Anaïs qui se dit que si Mitch et Rico découvrent sa véritable identité, ça va être pour elle la très mauvaise limonade…

— Elle a une carte, un badge ou un truc comme ça, je suppose, dis-je en allumant une Winfield.

Tous les agents secrets en ont un, fourni avec la capsule de poison en cas de capture… Toi, qu'est-ce que tu transportes : une pièce de cinq dollars Oz truquée avec une scie à ruban à l'intérieur[1] ?

— Rien dans les poches, tout dans la tête, rigola-t-il. Mais je présume que ces barjots de l'Environnement-Machin, eux, doivent être équipés comme des malades. J'aurais bien voulu avoir le temps de jeter un œil dans le sac à dos de ta sheila, par parenthèse…

— L'est resté dans la cabine de Neddie, grommelai-je, avec ma cartouche neuve de cigarettes et le cadeau de maître Reginald Hawkes. Donc, nos cinq branleurs et branleuses sont face aux deux méchants à catogan, Wasp Cromley gît dans son sang et…

— Attends, Paddy, m'interrompit-il à son tour, tu as vu l'avocat après être sorti du trou ?

— Ouaip, dis-je, à Mount Isa, ce matin. Comme ça que j'ai appris que c'était une agence fédérale qui avait versé notre caution. J'aurais dû deviner alors que tu étais poulet…

— Perché sur une branche spéciale, plaisanta-t-il. Et le cadeau du Stan Laurel moustachu, c'était quoi ?

— Un prêt, plutôt, dis-je agacé par ces arguties. Un flingue, vu que grâce à toi, je n'avais plus le mien…

— Mouaip, fit-il d'un air dubitatif. Bien accommodant, ce cher Reginald… Je te continue l'affaire : Mitch s'est d'abord mis à cuisiner le fils

1. La pièce de cinq dollars australiens n'existe pas.

Braun, parce qu'il était le plus en contact avec Cromley et qu'il le soupçonnait d'avoir eu partie liée avec le métis pour l'escroquer. Par parenthèse, ce Barone est un crétin fieffé : si Wasp ou les autres avaient voulu le refaire, ils ne seraient tout simplement pas venus au rendez-vous. Mais tous ces truands à la sauce de cheval mort ont toujours plus de crinière que de cervelle. C'est alors qu'Anaïs a profité de l'inattention des deux gars et s'est enfuie dans le bush, emportant son putain de sac à dos. Elle a longé la piste de la clôture, s'est planquée dans le fossé quand ils se sont mis à sa poursuite, ayant enfin compris que c'était elle qui devait détenir les perruches…

— Mais enfin, dis-je indigné, comment sais-tu tout cela ?

— Les os des morts parlent aussi, fit-il gravement avant de se marrer. Oh, bon, d'accord, c'est elle qui m'a raconté pendant que tu roupillais…

— Parce que tu ne l'as pas découverte, comme tu me l'as raconté, dans la benne de Neddie au retour de notre petite escapade ?

— Non, dit Pick sans daigner s'excuser de ce nouveau manque de confiance. Grâce à mes oreilles de wallaby, je l'ai entendue arriver sur la piste. Elle avait vu la fumée de notre feu de campement sur fond de lune et s'est dirigée dans notre direction quand les deux voyous ont abandonné les recherches. Je l'ai coxée avant qu'elle ne parvienne jusqu'à nous et elle m'a raconté brièvement sa petite histoire…

— Vous aviez échangé vos cartes de visite de

barbouzes ? interrogeai-je. Pour qu'elle te fasse confiance, il fallait au moins ça…

Pickwick resservit du thé qui avait tiédi et ressemblait maintenant à un échantillon de marée noire. Dehors, le silence était complet et tout juste pouvais-je apercevoir, par la fenêtre de la cuisine, la lueur d'une autre lampe à pétrole, celle qui éclairait la fenêtre du bureau où veillait Heinrich Braun.

— Quand elle m'a parlé d'un meurtre, je lui ai dit que j'étais officier de police, convint-il, et elle m'a alors dit qui elle était. Je l'ai cachée dans la benne, je t'ai réveillé et toi et moi, on est partis en reconnaissance. D'après sa description de la victime, j'avais reconnu Cromley et comme je pensais toujours à mon affaire d'uranium, j'ai également décalé les quartz de la radio afin que personne ne puisse donner l'alarme et gêner mon enquête.

— Ben ça, alors, explosai-je, tu es vraiment gonflé !

Je réagissais comme s'il s'agissait d'une trahison majeure. Pourquoi étais-je ainsi toujours à cran ? Parce que j'étais *dedans* ou *dehors* d'une barrière mentale ? Ou parce qu'il était *réel* que j'avais abandonné mes filles ? Et que tout le reste n'était qu'un rêve, pas celui de l'homme blanc qui est lourd et gras, un rêve qui contenait le cadavre sec d'un vieillard galonné qui n'était bien entendu pas mort dans une boîte à tantouses comme je le prétendais dans ma colère, mais paisiblement dans son lit. Un rêve obsédant et nomade qui me voyait cavaler aux quatre coins de la planète, boire le *kawa*[1] au Vanuatu, l'alcool de figue au Liban ou leur espèce de jus d'essence en Croatie. Et abandonner mes filles.

C'était peut-être le Rêve des Abos qui était bien réel, celui qu'on chantait pour baliser sa piste où restaient les vieux-vieux ancêtres comme des bornes narquoises, où le temps se déchenillait pour devenir papillon et où le crocodile saltie allait se ressourcer dans l'eau douce des billabongs.

— Toi, t'as des visions d'Indien hopi, dit Pickwick-Pickwick en plissant ses yeux noirs. Tu devrais peut-être dormir…

— Pas avant de savoir jusqu'où on m'a enculé, fis-je avec fermeté. Parle-moi du yowie… Et sans me faire le coup du gars noir qui parle avec les os des morts, s'il te plaît.

— C'est *la chose* qui a tué les quatre gamins, dit le matérialiste lieutenant de police Snodgrass. Ce ne sont pas nos deux voyous. Après avoir éliminé Cromley et pas retrouvé la sheila, Mitch Barone et Rico avaient filé par la grande piste pour rejoindre la route Matilda et descendre sur Cloncurry. À ce moment-là, les deux couples de jeunes étaient encore vivants et ils devaient avoir pour mission de récupérer Anaïs et sa cargaison de moineaux dorés. Alors le yowie est arrivé…

— Tu as vu ça dans les traces ?

— C'est précisément parce qu'il n'y avait *pas de traces* qu'on peut dire qu'un yowie était de sortie, fit-il sans sourire. Même les oiseaux laissent des

1. Boisson lénifiante à base de racines broyées, commune en Mélanésie et dans une partie de la Polynésie.

empreintes dans le ciel, ne serait-ce qu'une vibration. Seul le yowie est issu du Temps du Rêve.

— C'est des conneries, décrétai-je tout en sachant que ça n'en était pas. Tu fais le mystérieux pour oublier que tu as perdu ton nom de peau et que tu travailles dans des bureaux sur les rives de la Brisbane River, à traquer des financiers qui veulent faire entrer les tiens dans le XXIe siècle ou à empêcher que des hôtels se construisent sous prétexte qu'ils seraient bâtis sur l'emplacement d'un site des Enfants-Esprits. Le yowie, je l'ai entrevu, ce n'était pas un Rêve de boong qui a sniffé du trichlo…

— Tu connais l'Urapunga ? interrogea-t-il en se confectionnant une millième cigarette. C'est le Rêve le plus sacré, celui du Grand Kangourou. Tellement sacré qu'on ne le désigne jamais sous son vrai nom et c'est pourquoi on l'appelle le Rêve du Grand Lézard…

Au milieu de la nuit du bush, dans le silence immense du Grand Jamais-Jamais toujours renouvelé, je sentais que ses paroles devaient être chargées d'un tas de significations, mais je m'y refusais avec hargne. Je n'étais plus un homme traqué, recherché par la police et par de mystérieux assassins, sauvant une gente damoiselle en péril, affolé comme une phalène dans le rayon d'une lampe à gaz, mais quelqu'un qui avait été joué pendant six mois par un flic vicieux, un niais qui avait forniqué avec une militante écologiste à la noix et qui avait vu en face ses redoutables agresseurs : deux minables voyous qui trafiquaient des oiseaux pour se payer des planches à voile !

— Tu es furieux, constata calmement le flic vicieux. C'est normal, tu es toujours en train de te faire cent mille reproches. Laisse un peu flotter, mec !

Par la fenêtre, je vis une pluie d'étoiles filantes rayer et éclabousser la voûte d'un ciel déjà éclairé par une grosse lune rousse. L'air était d'une transparence étonnante et même en pleine nuit, on pouvait distinguer nettement la forme en cactus mexicain d'un casuarina, le chêne du désert, qui se trouvait certainement à plus de cinq kilomètres. Le thé avait un goût de mastic, ma cigarette celui qu'on peut supposer à l'ultime, avant l'exécution. Le désert à haute dose donnait parfois de ces vertiges existentiels où plus rien ne semblait avoir d'importance et où seul comptait le prochain pas vers les mirages. Pourquoi les Aborigènes de Nouvelle-Galles du Sud appelaient-ils leur walkabout, « faire l'œil rose » ? Parce que partir ainsi vers l'infini des territoires était une drogue plus puissante que le pakalolo ou que le Pitchurry, le tabac sauvage à chiquer auquel on ajoutait des cendres de l'écorce des joncs et qui était un hallucinogène en même temps qu'un efficace coupe-faim.

— Et bien entendu, repris-je avec amertume, le sergent Jacinta Cromley savait parfaitement qui tu étais ?

— Négatif, du moins pas jusqu'à ce qu'elle nous arrête, dit l'homme du Bureau Noir. J'étais complètement immergé et elle m'a même arrêté plusieurs fois pour ivresse et bagarre dans des bars. Par la même occasion, je lui ai révélé l'identité de ta sheila…

— Ce qui explique comment j'ai pu cavaler aussi facilement jusqu'ici, soupirai-je. Je croyais être plus malin que tout le monde et tout le monde rigolait en me voyant m'agiter. À la limite les cautions payées par ton service n'étaient même pas utiles puisque Jacinta savait que nous n'étions pas les meurtriers. Mais il y a un truc qui m'intrigue : comment les deux malfrats de Brisbane pouvaient-ils m'attendre cet après-midi à l'entrée de la piste de Waggaboonya ? Ils ne sont pas sorciers, tout de même…

— Mitch pas *mapampa*, confirma Pickwick en rigolant. Mais c'est un maboule de l'électronique et ça ne m'étonnerait qu'à moitié qu'il ait filé un mouchard de positionnement sur Vieille Neddie, sur toi ou sur Anaïs.

— Sur la Land Cruiser, pas possible, affirmai-je, ils ne l'ont jamais approchée que pour la pousser au cul. Idem pour moi, je ne les avais jamais tant vus que ce soir et quant à Anaïs, ce matin elle s'est changée entièrement…

Puis je compris et pour une fois depuis le début de cette journée et de quelques autres, j'eus l'impression d'être un génie.

— Le sac à dos de la sheila ! m'exclamai-je. C'est là-dedans qu'ils ont dû placer une puce ! Mais dis donc, ce sac est encore dans la benne de Neddie : si on pouvait capter les signaux qu'émet sans doute toujours le mouchard, on saurait où ils sont !

— Fin, dit-il. Mais il faut avoir le récepteur idoine…

— Qui a dû rester dans leur Ford Galaxy, m'enthousiasmai-je.

— Qui est entre les mains de la police de Mount Isa ou restée sur le radier où tu les as plantés, tempéra-t-il. Et tu as entendu Heinrich Braun à la radio : pas de contact avec la police…

— Pourquoi protégerait-il ces deux pâles escarpes ? interrogeai-je. Surtout dans la mesure où presque tout le monde est d'accord qu'ils n'ont pas tué ses deux gamins ?

— Je vais vous le dire, fit la voix glaciale mais sans accent teuton du maître des lieux qui avait ouvert la porte du réfectoire des stockmen sans qu'on l'entende. Parce qu'ils ont tué Boleslas à qui j'avais légué ma propriété après la mort de Junior-Willem et de Michelle. Parce que s'ils ne sont pas les auteurs de ce massacre, ils en sont responsables par leur trafic. Et surtout parce que s'ils ne sont pas les meurtriers…

— Je vois ce que vous voulez dire, monsieur, l'interrompit avec gravité Pickwick-Pickwick en le regardant droit dans les yeux. La révélation publique de l'identité du ou des véritables meurtriers causerait encore plus de problèmes.

*

Heinrich Braun s'était attablé avec nous, contemplant la pièce sévère comme s'il y mettait les pieds pour la première fois et désapprouvant nettement le fait que je fume, alors que les minces cigarettes roulées de mon pote abo ne semblaient pas l'incommoder. Drôle de raciste ! Nous étions convenus que dès avant l'aube, dans quatre heures environ, nous décollerions tous trois dans son hélicoptère personnel afin de nous rendre jusqu'au radier où, avec un peu de chance et beaucoup de prévisible inertie de la part des flics de l'Isa, la Ford Galaxy de Mitch serait encore enlisée dans le billabong. Là, nous essaierions de positionner le sac d'Anaïs et par conséquent, si les trafiquants de zoziaux ne s'en étaient pas débarrassés, la chère Vieille Neddie.

Lui et Pickwick-Pickwick m'avaient raconté comment, en compagnie de Boleslas, ils avaient abordé le flic du Bureau Noir au campement près du cimetière afghan et l'avaient convaincu de les suivre jusqu'à la station Verdun dont les terres jouxtaient celles de la réserve Waggaboonya où vivaient les enfants Braun, en rupture familiale. Pick leur avait dévoilé son identité réelle, ce qui avait facilité les choses, d'autant que son clan l'apparentait, par sa tante utérine la vieille lubra de la caravane, à la tribu dominée par le pasteur Jeremiah Cromley, demi-frère de Wasp et de Jacinta. Mais que faisaient ses gosses dans la tribu ?

— Mes enfants m'avaient échappé, disait amèrement Braun dont on commençait à voir l'âge, une soixantaine d'années, alors que je lui en avais donné cinquante. Rien que de très classique, la station qui m'importait plus que tout, leur mère morte très tôt, en partie à cause des conditions climatiques du coin.

Je soupirai intérieurement : à moi également mes filles avaient « échappé », pris que j'avais été par cette bougeotte bohémienne — l'appel du Grand Dehors — dont je ne savais pas de qui elle me venait. De mon père, le gégène ? Pourquoi pas, les militaires sont des vagabonds habillés tous pareils. Mais plus sûrement encore de cet atavisme irlandais qui nous poussait sans cesse à jouer les filles de l'Eire et dont le grand-père O'Flaherty, grand anarchiste devant l'Éternel, était le parfait prototype, lui qui avait été tondeur de moutons, mineur, jackaroo, swagman pour tout dire.

— Peut-être aussi, dis-je, sommes-nous trop durs avec nos enfants qui n'ont plus de repères. C'est ce que me disait le sergent Cromley à propos des jeunes boongs de Cloncurry...

Heinrich Braun me regarda avec l'amorce d'un sourire, ce qui paraissait aussi chaleureux qu'un pique-nique sur un lac salé desséché en compagnie d'une araignée atrax.

— Trop dur ? reprit-il. Vous aussi croyez, comme les gens de la ville, que je suis une brute boche ? Vous supposez sans doute que je ne sais pas qu'on m'a surnommé « le Nazi » ?

Il éclata d'un bref rire qui retentit dans le silence de la nuit comme le cri de l'oiseau kookabura, surnommé « le réveil du colon ».

— C'est mon grand-père qui est arrivé ici le premier, reprit-il avec une certaine rancœur dans le ton, en 1918, après avoir fait la Grande Guerre et le nom de la station vous indique assez par quel enfer il est passé. Ni de près ni de loin, nous n'avons eu affaire à Hitler et à son régime et pendant la dernière guerre, mon père a débarqué en Crète et en Sicile avant d'être blessé en Italie...

— Mon grand-père avait fait la Libye et le débarquement à Bornéo, dis-je, sentant combien c'était ces vieux-là qui avaient donné une âme à ce pays.

— Et maintenant ? interrogea doucement Pickwick les yeux dans le vague, triturant son informe casquette publicitaire.

— Maintenant, dit Braun froidement, il n'y a plus rien, ni enfants ni ami… Il n'y a plus que ces deux vieux Abos que vous avez vus tout à l'heure et dont le petit-fils est sans doute le dernier descendant de la tribu kalkadoon. Une tribu pouilleuse mais qui résista pendant cinq jours, à quarante-trois, uniquement armés de leurs lances et de leurs bâtons de jet, à l'assaut du mont McKeon par cinq cents Européens bardés d'armes à feu. Un fait d'armes qui égale le Fort Alamo des Américains ou le Camerone des Français.

Il y eut un temps de silence rêveur, comme si le courage des hommes désespérés transcendait l'histoire pitoyable de leurs massacres.

— C'est à eux que je léguerai Verdun, dit enfin Heinrich Braun en prenant congé. Après tout, ils étaient là avant nous…

CHAPITRE 27

Braun avait recontacté tous les stockmen, qui à moto, qui à cheval — et je ne jurerais pas qu'il n'y en ait pas à dos de dromadaires ! — égaillés sur les quatre-vingt mille hectares de la *sheep station* Verdun sur lesquels broutaient pas loin de quarante mille moutons, presque tous destinés à l'exportation, vers les pays du Golfe principalement. Les gars n'avaient rien vu, Neddie et ses trois occupants s'étaient comme volatilisés dans le bush. Le vent ayant soufflé très fort vers la fin de la nuit, nulle chance non plus qu'un traqueur abo puisse reprendre les traces depuis le centre d'habitation pour découvrir où ils se planquaient.

— Ce qui serait logique, c'est qu'ils soient repartis vers la Dingo Fence, dit Pickwick, là où a eu lieu le massacre : c'est forcément dans le coin qu'Anaïs a caché les perruches…

— J'ai un Abo à cheval dans le coin, fit remarquer Heinrich Braun. Il n'a rien vu ni rien entendu. Je ne fais pas que du mouton, j'ai mille ou deux mille têtes de bétail et c'est lui qui en est responsable. C'est le petit-fils des deux vieux qui restent à la station…

Le nouvel héritier, pensai-je tout en remarquant à quel point ce pays était celui de la démesure, pour ne pas savoir, à mille unités près, à combien se montait un troupeau de bovidés !

Le jour ne s'était pas encore levé mais nous avions pris un solide breakfast (avec Vegemite bien sûr), servi par la vieille lubra au visage parcheminé par le soleil et les ans, vêtue d'une de ces robes en calicot très coloré que les missionnaires du début du siècle distribuaient à leurs catéchumènes, les protestants optant plutôt pour le vert et le bleu, les Micks cathos pour le rouge et le jaune. La sienne étant parme, je ne pus me faire une opinion sur la religion de la communauté, mais je penchais vivement pour les parpaillots.

Nous sortîmes dans l'obscurité, suivant Braun qui marchait d'un pas assuré vers un hangar en demi-lune situé derrière les *stockyards*[1] aux grandes portes à glissière et les vastes salles à tonte où persistait, à année faite, l'odeur du suint. C'est là qu'une fois l'an, les moutons étaient rassemblés par roulement, triés, marqués à l'oreille, castrés (on n'utilisait plus les dents des stockmen comme autrefois !) et qu'on leur coupait la queue afin que les mouches ne pondent pas leurs œufs dans leur anus. La station Verdun élevait principalement des corriedales, des leicesters et des suffolks à têtes noires, pour la viande, mais on y trouvait aussi, pour leur toison, des mérinos et des longwools,

1. Enclos pour rassembler le bétail.

encore que l'épaisse laine de ces derniers devenait raide et cassante lors des sécheresses et qu'on avait pu voir, il y a quelques années, près de quarante mille moutons morts de soif en une saison dans les Flinders Ranges[1].

Braun fit coulisser une porte et un petit hélicoptère blanc apparut, le cockpit-bulle débarrassé de ses portières. C'était, Allemagne oblige, un Bö 105 de chez Messerschmitt-Bölkow-Blohm, bimoteur léger de deux mille six cents kilos spécialement conçu pour un environnement chaud avec des caches sur ses turbomoteurs les protégeant de la poussière.

Pickwick et moi aidâmes notre hôte à le pousser dehors, alors qu'un mince pinceau de jour se montrait du côté du mont Oxyde, provoquant comme un faux raccord de teintes plus claires dans le ciel gris de l'Outback.

Entre les sièges de l'engin était posée une carabine Winchester 30/30, décidément l'arme favorite des gens de la station, et Braun nous tendit un pistolet qui me sembla être un P.38, sans doute un souvenir familial. Entre Pickwick-Snodgrass-Pickwick et moi, ce fut à qui ne prendrait pas l'arme mais, devant la très évidente répugnance de mon coéquipier dont les bonnes notes à la Special Branch ne devaient pas être dues à son assiduité au stand de tir, je me résignai à empoigner la crosse de bakélite striée, à vérifier le chargeur chargé à cinq balles et à glisser le tout dans la ceinture élastique de mon short brun.

1. Massif d'Australie méridionale bordé par les grands lacs salés arides.

Nous nous installâmes dans le petit cockpit de plexiglas, Braun en place à droite, le lieutenant Pickwick devant à gauche, moi derrière assis sur une mallette à pharmacie dont la croix rouge me rappela, inversée, certain sac à dos helvète. Nous coiffâmes tous trois des écouteurs et attachâmes nos ceintures. Les pales se mirent à tourner de plus en plus vite, l'hélicoptère fit un rapide stationnaire puis bascula en avant comme pour une révérence et s'éleva sans à-coups mais résolument dans le jour naissant.

*

On a tendance à croire que l'Outback est uniforme et que le rouge latéritique domine. Il n'en est rien et la propriété Verdun offrait une palette assez disparate, principalement parce que ses limites était bien irriguées par le creek Gunpowder et la rivière Leichhardt mais aussi par toutes les retenues d'eau que trois générations de Prussiens avaient su pratiquer en traquant la moindre nappe phréatique. Il était d'ailleurs rare d'être cinq minutes sans apercevoir une éolienne avec son *water-tank* en tôle ondulée monté sur échafaudage.

Le patchwork composé par les terres survolées n'en était pas moins étonnant : les étendues couvertes d'herbe Buffalo ou Mitchel jaune paille alternaient avec de larges runs où les casuarines du désert, d'un vert passé, disputaient les maigres ressources de survie au saltbush, plante euryhaline marronnasse dont d'ailleurs les moutons raffolaient. Les sempiternelles étendues de spinifex, qui se disloquaient parfois en longues touffes circulaires, les faisaient ressembler à des chenilles poilues vertes ou kaki lovées sur elles-mêmes. Des bosquets de mélaleuques aux grosses racines succédaient à des petites forêts maintenues où le gommier prédominait : gommiers doux aux troncs blancs comme des spectres, gommiers larmes-de-sang au feuillage vert vif et luisant, au tronc bleu-vert, gommiers tachetés comme des panthères ou gommiers rouge de rivière à la sève sanglante, toute la palette des eucalyptus endémiques figurait sur ce tapis magique que nous remontions vers l'ouest, tournant le dos au soleil qui était maintenant sorti de l'abri de l'horizon que lui offrait l'océan Pacifique.

Habitués à l'hélicoptère qui servait à les rassembler, les immenses troupeaux de moutons, qui paissaient l'atriplex offert à discrétion, ne relevaient même pas leurs têtes bouclées et seuls les *woolgrowers*[1] dont on voyait de loin la fumée des campements paraissaient s'intéresser à nous et nous faisaient de grands signes amicaux, leurs chiens bleus ou leurs colleys papillons jappant vers le ciel. Il fallait se méfier de ne pas entrer l'engin dans les immenses vols de cacatoès, sans doute des milliers d'individus, qui restaient aux alentours des réservoirs ou des retenues collinaires et qui auraient pu obstruer la rotation des pales de l'hélicoptère, mais eux aussi semblaient s'être adaptés à la modernité et s'écartaient sans panique sitôt que nous entrions dans leur aire de vol.

1. Stockmen bergers.

Nous survolâmes un bref instant un troupeau de buffles sauvages qui pataugeaient dans un marécage bordé de pandanus et de l'élégant feuillage en chevelure des *grass trees*. Ces bêtes énormes d'une tonne, porteuses de cornes de plus de deux mètres, originaires d'Asie d'où elles avaient été importées en 1824 par des militaires en poste (dont peut-être mon ancêtre O'Flaherty) dans les îles du nord de Bathurst et de Melville comme animaux de boucherie et de trait, s'étaient introduites sur le continent par l'intermédiaire de la garnison de Port Essington, dans la péninsule de Cobourg. Remis en liberté en 1848, ces bovidés redevenus sauvages et qui avaient proliféré au point de compter trois cent mille têtes, avaient été « redécouverts » seulement en 1885, par un squatter.

On avait dû, depuis, procéder à leur éradication, comme on le faisait pour les lapins, les renards et les chats : on les chassait en hélico, au fusil à éléphant tant ils étaient rapides et puissants et même capables d'effectuer des demi-tours complets en pleine charge. Il était alloué une prime de deux cent cinquante dollars par tête et il ne restait plus aujourd'hui que vingt-cinq mille unités de ces bêtes magnifiques, mi-terrestres, mi-aquatiques, dont les steaks de langue grillé faisaient les délices des stockmen.

En moins d'une demi-heure, nous étions rendus au-dessus du radier et, comme nous l'avions espéré, la Ford Galaxy de Mitch baignait encore dans son jus de billabong, sans gardien mais entourée d'un ruban de plastique jaune et rouge portant répété le mot POLICE. Heinrich se posa à proximité et j'allai jusqu'au véhicule dont les portes n'étaient pas fermées tandis que Pickwick ouvrait le capot.

J'avais tellement été persuadé, depuis six mois que nous faisions équipe, qu'il était absolument inapte aux techniques modernes tant c'était toujours moi qui m'occupais de la radio ou même de mécanique, que je fus stupéfait (attitude paternaliste à la limite du racisme) quand je vis l'écran du GPS s'allumer dans la cabine de la Ford, conséquence d'un branchement subtil opéré à la source par le représentant d'une des plus vieilles ethnies au monde.

— Je m'en occupe, dit-il avec un bon sourire cannibale en me poussant de la hanche sur le siège avant.

Je lui laissai la place, légèrement contrit, et il titilla les boutons jusqu'à avoir sur l'écran une image nette reproduisant une carte d'état-major du secteur, depuis Mount Isa jusqu'aux monts Waggaboonyah. C'est dans ce coin-là qu'un minuscule losange clignotait, à la limite d'une grande étendue désertique sans reliefs et de la Dingo Fence. Je voyais à peu près l'endroit : un ancien lac salé qui n'avait pas été en eau depuis plus d'un siècle, bordé d'un petit bois d'acacias sous l'ombrage desquels étaient sûrement dissimulés Neddie et le trio aux perruches. À vue de nez, ils étaient à une bonne dizaine de kilomètres de l'endroit où l'on avait retrouvé le combiné Volkswagen et les cinq cadavres et je ne voyais pas bien comment Anaïs aurait pu se rendre dans le coin pour dissimuler les tubes en carton contenant les cent perruches ailes-d'or, mais je me doutais bien qu'elle devait, sinon faire tourner en bourriques Mitch et Rico, du moins les faire tourner en rond pour gagner du temps.

— Bon, dit Pickwick-Pickwick impérial, on démonte ce *whatchamacallit*[1] pour le brancher dans l'hélico et on y va !

*

Une fois le GPS installé dans le cockpit et connecté sur la batterie de l'engin, nous redécollâmes en direction de l'est, soleil dans le pif. Le jour était maintenant bien établi, avec ses sempiternels nuages roses comme la crête pâle diadème des cacatoès Magnifiques ou comme les bigoudis des mamies de Sylvania Waters[2].

Sur l'écran du GPS, la position du mouchard ne changeait pas ; soit ils dormaient, soit ils avaient balancé le sac dans un trou. J'espérais seulement que la sheila n'y était pas, elle aussi, une balle entre les deux yeux, selon la bonne habitude de Rico. Ma seule consolation étant que les deux loubards avaient déjà deux meurtres sur les endosses, un chacun (Cromley pour Mitch, Boleslas pour Rico), ils y regarderaient peut-être à deux fois avant d'en commettre un troisième, surtout sur la personne de ce qui, pour eux, était une touriste européenne.

Par la radio, Braun contacta « VRD 7 » qui n'était autre que le jeune Abo en charge du bétail

1. Truc, bidule. Autres mots : *thingo*, *thingamajig*, *hooza meebob*...

2. Banlieue populaire de Sydney.

et lui communiqua notre destination afin qu'il converge vers l'ancien lac salé dont il n'était éloigné que d'une couple de kilomètres.

— Avec le troupeau, patron ? interrogea la voix nasillarde de celui qui se prénommait Djitjima-Upfield, nous apprit le pilote — et j'espérais que c'était en hommage au grand auteur de polars australiens.

— Avec le troupeau, opina Heinrich Braun que cette traque semblait faire sortir de sa froideur. Avec le troupeau et avec les chiens. Les types qui sont là sont ceux qui ont buté Boleslas…

Pickwick-Pickwick le regarda avec un certain air de reproche : il n'est jamais très bien vu de parler de la mort de quelqu'un à un Aborigène, surtout s'il était proche du défunt : des fois que son Esprit-Enfant se réveillerait et viendrait vous enquiquiner, on ne saurait être trop prudent et on devrait, à tout le moins, éviter de prononcer son nom.

Mais il n'eut pas le temps de développer son manuel de savoir-mourir au Temps du Rêve : nous arrivions en vue du lac salé qui, vu de haut, semblait une cible ou une cocarde formée au centre par le grand cercle d'argile blanc ivoire parcouru par les chenaux des salins, puis par l'anneau des dunes rouges et enfin, à l'extérieur, par le vert de la végétation, des acacias au feuillage bronze ponctué par les taches jaune vif et orangées de la floraison en cours.

— Les couleurs nationales, ironisa le lieutenant de la Special Branch.

Braun parut ne pas excessivement goûter l'offense au drapeau. D'accord, il n'était peut-être pas nazi mais en tout cas foutrement psycho-rigide nationaliste. Il n'eut pas le loisir d'épiloguer sur le manque de patriotisme du sieur Kadigbaku, vraisemblablement motivé par le fait que les Abos n'étaient considérés comme citoyens que depuis peu d'années.

— *Pikatjara !* jura Pickwick, invoquant en langue anangu la maladie la plus nauséeuse qui se puisse trouver.

Sans qu'on ait entendu la moindre détonation, une balle de gros calibre venait de transpercer le plexiglas du cockpit juste devant lui et le léger hélicoptère, sous la puissance de l'impact, se mit à tanguer d'avant en arrière, comme s'il allait sancir.

CHAPITRE 28

Il m'était arrivé une fois de me faire canarder en plein vol, comme un colvert : c'était au Sud-Liban alors que ma section patrouillait au-dessus de l'enclave-tampon avec Israël, à bord d'un hélicoptère Puma de nos amis français du 2e RPIMA. Une rafale de mitrailleuse 13 mm soviétique tirée par les Morabitouns avait d'un seul coup perforé le plancher (non blindé, on y avait remédié après cet « incident ») de l'habitacle arrière où nous nous trouvions et on avait l'impression, en voyant le jour à nos pieds, de s'être fait poinçonner à l'entrée d'un musée.

Un de mes gus était mort et je ne tenais pas du tout à revivre une telle expérience. Nous étions à un peu plus de mille pieds d'altitude et le coup de feu était parti de face, soit venant du petit bois d'acacias d'où, la coïncidence était parlante, émettait en clignotant avec allégresse sur l'écran le mouchard positionnel. Braun rétablit son assiette et dégagea vers l'autre extrémité de la cocarde du lac salé. Au loin, on voyait l'épais nuage de poussière que faisait naître le troupeau de bovidés mené par Djitjima-Upfield.

Après un impeccable stationnaire, l'éleveur teuton se posa avec délicatesse en bordure des dunes rouges, pas très élevées, et le bruit sec, bien reconnaissable, de la munition de 30/30 retentit après que nous eûmes vu un petit cratère s'ouvrir dans la latérite émiettée, à cinq ou six mètres de l'engin dont nous nous carapatâmes avec vélocité, Braun emportant la carabine.

Nous nous jetâmes à l'abri d'une petite ondulation de terrain au moment où un troisième coup de feu était tiré et pulvérisait l'une des biellettes de pas de l'arbre du rotor du Bö 105. Le tir provenait, à l'exact opposé du cercle à trois bandes, d'un bosquet d'arbres peu élevés où l'acacia prédominait, mulga ou wichetty, mais où se voyaient d'autres espèces, dont des eucalyptus, des filaos et quelques pins-cyprès à la gracieuse silhouette élancée. Sous le couvert, on pouvait distinguer le capot couleur sable de Vieille Neddie tourné vers le lac asséché, mais les malfrats étaient bien dissimulés derrière les boqueteaux.

Nous avions quant à nous le nez dans cette plante couleur kaki qu'on appelle coussinet de kangourou et qui ressemble plutôt à une patate de corail. Je vis Heinrich Braun épauler sa carabine.

— Ne tirez pas, prévins-je, vous risquez de toucher ma bagnole… ou ma sheila !

Il eut un bref sourire et baissa le canon. Cette guerre de position, qui devait lui rappeler le vrai Verdun de son aïeul, pouvait durer longtemps. Vraisemblablement, l'hélicoptère était hors d'état de redécoller et mis à part la petite dépression formée par les chenaux des salins où nous étions tapis, le terrain n'offrait guère de possibilité de se cacher. Et Rico n'avait plus besoin de prouver à quel point il était bon tireur.

Le soleil commençait à se transmuer en une sphère de plomb fondu qui allait caraméliser le ciel d'un bleu pur de cadmium. Au loin, vers le nord, nées sur le plateau de Barkly, des masses nuageuses brunes se formaient très haut et avançaient à grande vitesse, poussées par les vents marins nés dans le golfe de Carpentarie. La chaleur devenait insupportable et l'air frémissait d'ondes qui changeaient les dunes en montagnes, les acacias en gigantesques pylônes et le moindre buisson d'herbe porcupine en un monstrueux chameau de bât. Braun rampa vers l'hélico dont les pales, sous l'effet miragineux, paraissaient s'être complètement gondolées et couler comme un camembert français trop fait. Il en revint, toujours en rampant comme un varan à collerette, avec une gourde qu'on se passa de bouche en bouche.

Pickwick-Pickwick restait parfaitement silencieux et immobile, comme si tout cela ne le concernait pas. Il était plus recroquevillé qu'allongé et semblait considérer le monde proche comme l'élément du décor d'un tableau accroché à l'envers mais qui n'en gardait pas moins toute sa raison profonde. Ainsi sont les Aborigènes qui estiment que l'empreinte d'un être est aussi consistante que son existence, que le passage d'un individu émet des vibrations qui sont le chant de la vie et que tout ça est peut-être de la foutaise. J'avais parfois assisté à des palabres menées par mon compagnon avec des vieux gars de rencontre, derniers survivants des tribus nomades d'autrefois : accroupis devant un petit feu minutieusement entretenu brindille par brindille, les yeux dans un vague lointain, les haussements de sourcils ponctuant les maigres échanges verbaux, ils étaient impressionnants de gravité et comme chargés de tout le sens de l'existence. Jusqu'à ce qu'ils éclatent d'un rire bref, comme deux augures romains qui se rencontrent, signifiant peut-être par là que tout ça n'avait qu'une importance moyenne.

Une balle de 30/30 claqua soudain, nous sortant de notre torpeur et, comme au ralenti, le plexiglas de l'habitacle du Bö 105 se fendilla avant de se répandre sur l'argile. Je fis monter une balle dans la culasse du P.38 et, bras tendus, la deuxième phalange de l'index bien placée sur la queue de détente comme le dit le règlement, je tirai en direction du bosquet, dégommant une branche de pin-cyprès.

— Économisez les munitions, maugréa Braun, on risque d'être bloqués longtemps ici.

— Peut-être pas..., émit mystérieusement mon équipier qui avait les yeux fixés sur le nord où les nuages d'altitude s'étaient rassemblés comme de jeunes veaux au Merry Muster, le rodéo de Cloncurry du mois d'août.

Personnellement, cette épaisse couverture nuageuse me paraissait bien lointaine et je ne voyais pas, à part une pluie de grenouilles de mousson ou un orage tropical, ce qu'elle pourrait bien nous apporter. Mais Braun, vieux broussard, semblait avoir compris de quoi il retournait car il opina, vérifia que sa carabine Winchester était bien approvisionnée et, pointant son pouce sur sa chemise noire, il sembla indiquer qu'il allait agir. Il était impressionnant, on aurait dit un Crocodile Dundee prussien prêt à charger entre le Chemin des Dames et la piste de Waggaboonya, mais je me repris : pour l'instant, il paraissait surtout suicidaire s'il envisageait de s'avancer avec près de deux cents mètres à découvert.

La haute masse nuageuse était encore très en arrière mais l'air était tellement limpide qu'elle me permettait de voir que loin au nord, elle occultait totalement la lumière solaire et que là où elle était située, elle avait créé une sorte d'éclipse qui se déplaçait lentement sur le sol plat du désert.

— Si vous comptez sur cette ombre pour y aller, dis-je au propriétaire de la station Verdun, ça me paraît un peu juste. D'autant que les deux malfrats ont dû aussi la repérer.

— Pas l'ombre, rigola Pick, le *willy-willy* !

*

En gros, le willy-willy que les Américains appellent *Dust Devil* (Diable poussiéreux) est une minitornade formée par la rencontre entre un courant d'air frais, ici généré par l'ombre nuageuse, et l'air chaud du désert stocké par le sol.

Le phénomène est spectaculaire et pas très dangereux. Large de trois à cinq mètres de diamètre à la base et d'environ vingt à cinquante mètres à son sommet qui peut aller de trente à cent mètres, cette toupie d'air se dirige toujours du nord au sud et entraîne dans sa ronde infernale de la terre, des buissons et tous les débris qu'elle peut capturer en tourbillonnant à des vitesses qui dépassent rarement les trente kilomètres-heure et sa durée d'existence reste limitée à une heure.

Ce willy-willy-là était de taille moyenne, n'allait pas très vite et charriait des nuées de poussière, des broussailles de spinifex et des feuilles marron d'eucalyptus en mugissant gentiment dans les graves avant de flûter quand il reprenait son souffle en valsant avec élégance dans le sens contraire des aiguilles d'une montre. Il serait sur nous dans une couple de minutes et, coupant en diagonale l'ancien lac salé, se dirigerait droit sur le bosquet d'acacias où il y avait gros à parier qu'il se dissiperait dans les branches des arbres. Un autre repartirait plus loin, sitôt que l'amas de nuages provoquerait une nouvelle baisse de température sur la latérite, se nourrirait de nouveaux débris jusqu'à ce qu'il rencontre un obstacle où il se disloquerait.

— Jamais j'en avais vu de si harmonieux, dis-je, on devrait le photographier pour le Bureau australien de météorologie…

— Espérons surtout qu'il est confortable, lâcha l'honorable lieutenant Snodgrass, ex-Kadigbaku. Parce qu'on va entrer dedans !

Heinrich Braun approuva le plan et le compléta.

— Il faudra courir vite pour rester dans l'œil du tourbillon, dit-il, et rester bien groupés. Quand on arrivera au bosquet et que le willy-willy s'y brisera, dispersion générale.

— Je ne suis pas armé, dit courageusement mon pote abo. Je devrais bien rester ici.

— Vous êtes fonctionnaire de police, lieutenant, sermonnai-je en faisant les gros yeux, et vous devez veiller à la régularité des opérations.

Il grommela une phrase extrêmement vulgaire sur la prétendue régularité de son membre viril mais sa queue de phrase fut avalée par le feulement du phénomène climatique qui arrivait sur nous, à une dizaine de mètres sur main gauche et vers lequel nous courûmes pour nous y introduire.

Je craignais que ce ne soit plus brutal et que nous n'entrions en collision avec des fragments durs. Mais il apparut vite que ce Diable poussiéreux n'était composé en grande partie que de sable, que le seul élément vraiment solide était une topette de bière Four X que Pick se prit de chanfrein et qu'il était en vérité fort habitable.

Une fois à l'intérieur de la toupie atmosphérique, accroché à la ceinture de l'Abo qui tenait l'éleveur par son pan de chemise noire (de marque Levi's toutefois), tout en courant pour suivre le mouvement, j'ouvris les yeux que j'avais fermés pour pénétrer dans cette dimension venteuse. Le centre, d'un diamètre de quatre bons mètres, était parfaitement épargné par les projections de poussières amassées au cours de son périple qui lui avait permis de collationner les latérites, des points d'oxyde de fer, des gypses salines, une claquette comme nos voisins français de Nouvelle-Calédonie appellent les tongs, des brindilles de casuarines, des feuilles de chénopodes triangulaires, des couronnes d'atriplex, des lambeaux de buissons de molènes, des renoncules jaunes et des immortelles vertes.

Minéraux et végétaux composaient un tableau mouvant en camaïeu qui réjouissait l'œil, tandis que l'oreille n'était nullement agressée par le doux gémissement de l'air aspiré en permanence et qui nous baignait dans une bienvenue fraîcheur. On avait même l'impression que le willy-willy s'était fait notre complice, qu'il accommodait sa vitesse à notre course et qu'il protégeait notre avancée comme l'aurait fait l'Esprit-Enfant des ancêtres du redoutable lieutenant Snodgrass.

On franchit les deux cents mètres qui nous séparaient du bosquet d'acacias comme dans un rêve lewiscarollien, en apesanteur ouatée, courant dans un ralenti aérien et…

… Et plus dure sera la chute ! Aussi vite qu'il était apparu, notre pote poussiéreux se dissipa contre la barrière des arbres, nous laissant bien à découvert sous le feu de Rico. On était encore à une trentaine de mètres d'eux abrités derrière Vieille Neddie garée sous un arbre et nous plongeâmes dans les buissons de spinifex qui formaient la frontière de cette oasis tandis que craquait dans le silence revenu la détonation puissante de la munition de 30/30. La canette de bière était retombée à mon côté et la balle la fit sauter en l'air comme dans un western-spaghetti. Je m'accroupis encore plus, si c'était possible, dans la végétation de l'herbe porc-épic aux feuilles coupantes, piquantes, épineuses et, comme si ça ne suffisait pas, à la sève collante et urticante !

Par chance, le willy-willy nous avait déposés derrière le tronc mort d'un acacia grass-tree wichetty dans lequel grouillaient ces larves *bardees* pleines de protéines dont les bongs sont si friands et en s'aplatissant bien, nous étions hors d'atteinte de la carabine du frénétique Rico.

— Vous n'êtes guère avancés, grinça la voix malaise de Mitch. Et si vous bougez, je brûle la cervelle de la sheila.

— Si tant est qu'elle en ait une, murmura Pickwick, sexiste comme tous ses pareils.

Braun ne dit rien et examina la situation, tel le maréchal Rommel à El-Alamein : les deux trafiquants étaient mussés derrière la Land Cruiser, sous un arbre qui m'était inconnu et Anaïs était dans la cabine, apparemment attachée au volant ou à la portière mais on distinguait qu'elle n'était pas libre de ses mouvements.

— Laissez-nous partir, cria encore Mitch. On vous laissera de l'eau, la sheila et nous on ira récupérer notre bien et on la laissera tranquillos sur place.

— Comme Wasp Cromley ? demandai-je d'une voix forte.

— Je me suis toujours douté que vous aviez mauvais esprit, l'Irlandais, lança-t-il d'une voix narquoise. D'ailleurs faut être pédé dans sa tête pour marcher en pool avec un *koori*.

Le mot ne plut pas au ci-devant Kadigbaku qui le manifesta par un doigt qui aurait fait honte au pénis bifide d'un grand roo roux. Puis ce majeur puissant fit place à un index directionnel qui indiquait l'arbre sous lequel se tenait Rico et la carabine de grande chasse.

— *Strigin tree*, chuchota-t-il.

Je restai quelque peu perplexe devant cette leçon de botanique en plein bush mais apparemment l'éleveur allemand comprit et leva lentement sa propre carabine, n'usant pas de la lunette de visée inutile à cette distance. J'en étais encore à contempler les ébats amoureux de deux larves grassouillettes sous l'écorce du wichetty-grub mort quand le coup d'arrivée claqua net et fort avant la détonation de départ. La balle de gros calibre s'était fichée dans le tronc noueux de l'arbre sous lequel se tenait Rico et je me demandais pourquoi Heinrich Braun, si économe de ses munitions, en avait gaspillé une pour écorcher l'écorce d'un arbre.

Mes deux compagnons, allongés de part et d'autre de ma personne et pas moins égratignés de partout par les feuilles des coussinets de spinifex, se jetèrent un regard de complicité par-dessus moi, comme si j'avais été le cadavre de l'homme invisible. Passée la masse nuageuse, l'accablante chaleur avait repris son cours meurtrier et je savais qu'il faudrait bientôt bouger sous peine d'être cuit sur place ou de devenir fou par insolation.

Ce fut Rico qui le devint avant nous. On entendit un hurlement de douleur provenant du centre du bosquet et, au mépris de toute prudence, le Porto surgit de derrière Neddie, se frottant le visage en gesticulant, le bras de Mitch essayant en vain de le retenir. Il avait lâché son arme et continuait à beugler dans sa langue natale, bien dans l'axe.

Posément, Braun l'ajusta dans la croisée de sa lunette de tir et pressa la détente lentement, comme on aligne un gibier à la barre du cou et ce fut là effectivement que la balle de 30/30 l'atteignit, sectionnant l'artère carotide et les veines jugulaires internes d'où jaillit un geyser de sang en cascade.

Jusqu'à présent, je ne m'étais guère distingué dans cette bataille du Grand Never-Never, aussi, que ce soit pour sauver l'honneur de mon foutu régiment SAS, pour célébrer le souvenir de mon fucky de paternel ou, plus simplement, parce que j'avais conçu un certain attachement à l'égard de la jeune sheila prisonnière du désert, je m'élançai en brandissant le P.38 au-dessus de ma tête, dans le plus pur style Ned Kelly partant à l'assaut d'un pub où il n'y avait plus de bière.

— Fais pas le con, Paddy, entendis-je de la part de Pickwick-Pickwick.

— *Avagoyermug !* hurlai-je en courant vers ma Toyota chérie.

Et je rappelle que ce mot rauque et terrifiant comme une invective maorie n'est pas un cri de guerre sauvage mais le cri de ralliement des supporteurs de ce jeu paisible et *so british* qu'est le cricket.

CHAPITRE 29

La tête me tournait et je n'avais pourtant pas valsé avec le willy-willy qui nous avait déposés là comme un commode transport en commun, mais j'étais furieux. Ainsi la rage prend-elle les chiens bleus les plus paisibles et le papillon butineur mord-il parfois la fleur qui le nourrit.

Je ne sais plus bien ce que je dis mais ma furia quasiment *francese* dut se lire sur mon visage — et surtout d'après mon attitude de babouin hurleur — car Mitch, son tee-shirt blanc maculé de boue ocre, son costume noir trop large souillé du sang de son complice et le catogan défait qui lui donnait l'air d'une fille louche, parut complètement décontenancé.

Il tenait le luxueux fusil de chasse que m'avait confié l'avocat de Mount Isa d'un air à ne pas savoir qu'en faire. Il aurait pu sauter dans la Land Cruiser et s'enfuir à son bord mais la sheila dont je distinguai par la vitre cassée le chignon blond lui bouchait la place de conducteur et il s'enfuit à toutes jambes dans le petit bosquet. Je l'abandonnai à son triste sort : j'avais pu voir en faisant l'approche en hélicoptère que derrière, c'était le désert absolu sur plus d'une dizaine de kilomètres (jusqu'à la barrière à dingos, en fait) et je savais que Barone n'irait pas très loin. Je fis même mieux, ce qui prouve que la colère des chiens bleus et des papillons butineurs ne dure qu'un temps : enjambant le corps inerte de Rico qui avait fini de saigner, j'abaissai le canon de la carabine Winchester de Braun qui se braquait sur le dos du fuyard.

— T'as pas tort, petit Blanc, dit le lieutenant Snodgrass. Il n'y avait plus légitime défense et j'aurais été obligé de vous arrêter, monsieur Braun.

Je me précipitai vers Vieille Neddie mais j'eus tout de même le tact de m'intéresser en priorité à la jeune Anaïs dont les poignets étaient entravés par du fil de fer provenant de notre matériel, le tout relié à la portière de la Land. Elle n'avait pas l'air d'avoir trop souffert de son équipée et même si son tee-shirt Greenpeace était quelque peu détrempé par la transpiration et le sang qui avait coulé de sa légère blessure au cou, ce qui aurait présenté l'avantage de mouler somptueusement ses avantageux lolos si je n'avais pas insisté pour qu'elle enfile un soutif à cause des cahots du 4×4, elle restait très présentable.

— *Chic européen*, dis-je en français dans le texte, ce qui fit sourciller Pick qui parle cinquante dialectes mais pas la langue de Molière et sursauter Braun qui doit considérer que cette langue est celle de l'ennemi héréditaire.

— Comment avez-vous fait ce tour de magie ? interrogea-t-elle. Cette espèce de tourbillon de sable ? Et le coup de Rico qu'on aurait dit piqué par un serpent ? Ça a rendu Mitch absolument hystérique…

— Ce pauvre imbécile de citadin s'était placé sous un *strigin tree*, un arbre dont la sève contient de l'acide formique. Une seule goutte sur la peau d'un bovin le rend fou, alors vous imaginez ce que ça peut donner sur la peau fragile d'un petit Portoricain quand on a ouvert l'écorce avec une balle de 30/30 ! Quant au willy-willy…

— Magie d'Oz, l'interrompis-je en souriant, histoire que les mâles australiens conservent leur prestige tout en m'employant à la détacher avec une paire de tenailles extraites de la caisse à outils. Pas trop souffert, mon petit wombat ?

Elle parut surprise de la tendre comparaison. Après tout, officiellement, elle s'occupe d'espèces menacées et l'attachant wombat, exterminé par les bestioles importées, tels le *feral cat* retourné à l'état sauvage, les belettes et les renards importés pour chasser à courre au début du XXe siècle, y appartient au premier chef, au même titre que le numbat, le bandicoot ou le koala.

— Ils m'ont un peu secouée pour me faire dire où j'avais planqué les perruches mais ils n'ont pas eu le temps de trop s'occuper de moi. On a roulé toute la nuit et comme ils ne connaissaient pas le secteur, ils étaient complètement affolés. Mais comment nous avez-vous retrouvés ?

J'avisai son sac à dos dans la benne, débarrassé de sa croix blanche, m'en emparai et entrepris de découdre la doublure, ce qui parut la courroucer jusqu'à ce que j'en extirpe une puce grosse comme une fève.

— Ces deux types sont des branques, dis-je, pas mécontent de river leur clou à mes deux flics, le pote du Bureau Noir et la potesse de l'Environmental Agency, c'est eux qui avaient placé ce bidule dans le sac à dos mais ils n'ont même pas pensé que ça pouvait se retourner contre eux.

— La plupart du temps, dit Miss Unger, ils étaient schnouff grave et marchaient aux amphets…

— Mes gamins aussi, intervint Braun d'une voix sourde. Et je me demande si ce ne sont pas ces deux individus qui les ont initiés.

— Vous savez, dis-je en pensant à mes deux filles qui vivaient dans le Big Smoke de Sydney et dont je ne savais presque rien depuis que leur mère me les avait enlevées, les gosses sont plus responsables qu'on le dit. Et justement parce qu'ils sont irresponsables…

— Philosophie de busard, dit le flic noir de la Special Branch, dans ma communauté, on sniffe du trichlo et on s'abrutit à la ganja. Mais ceux qui veulent s'en sortir et ne pas rester confinés dans les réserves le peuvent. La *White Australia* c'est fini et je trouve même qu'on en fait un peu beaucoup trop avec la discrimination positive. Comment un racisme quel qu'il soit peut-il être positif ?

— On pourrait peut-être interrompre cet intéressant débat sociétal, remarqua Miss Anaïs, et s'occuper des perruches ailes-d'or qui doivent commencer à se faire du souci.

— Et retourner à l'hélicoptère, fit Heinrich, lancer un appel radio pour qu'on me dépanne et prévenir mes stockmen d'arrêter la chasse.

— Elles sont où ces perruches ? m'enquis-je

courtoisement. Parce que en plus, si elles sont restées en plein soleil, elles ont dû crever de soif…

— Elles sont à l'ombre, énonça la sheila en rajustant son émouvant chignon. De plus, chaque compartiment est séparé par des éponges gorgées d'eau. Tout était prévu…

— Ce que je ne comprends pas, intervint Pickwick-Pickwick, c'est pourquoi vous ne les avez pas relâchées, ces bestioles ?

— Parce qu'elles constituaient une preuve qui aurait permis de faire lourdement condamner Mitch Barone et son complice. Les vingt tubes aménagés auraient été nécessaires pour authentifier le trafic…

C'était bien dans les manières de ces défenseurs de la nature que de tordre le cou au bon sens pour faire triompher leurs thèses anthropomorphistes ! Mais je suis un réac et Anaïs ne me l'avait pas envoyé dire. Aussi fut-ce avec précaution que j'interrogeai derechef l'helvète donzelle :

— Où sont-elles, nom d'un dingo ?

Elle tendit l'index dans une direction précise, celle qu'avait prise Mitch avec le fusil Merkel et qui était aussi, bien orientée nord-sud, celle où passait notre clôture bien-aimée. Cette Suissesse-là avait un damné sens de l'orientation ou bien, comme les pigeons, un cerveau magnétique qui leur servait de boussole.

Mais c'était aussi la direction d'où s'élevait l'épaisse poussière formée par les milliers de sabots d'un troupeau de bétail en marche dans le bush. Celui que menait l'honorable jeune Djitjima-Upfield, héritier présomptif des quatre-vingt mille hectares de la station Verdun.

— J'espère que vos tubes sont en hauteur, dit lentement Heinrich Braun. Parce que si mes deux mille têtes de bovins passent dessus, il ne restera pas grand-chose de vos perruches.

*

Laissant le cadavre de Rico allongé sous le strigin tree qui continuait de suer sur lui ses larmes vénéneuses, nous sautâmes dans Neddie, les deux flicards à l'arrière sur le plateau, Braun à mes côtés. J'étais drôlement content de récupérer ma Toyota dont je vérifiai la jauge de carburant : il en restait un petit quart mais de toute façon, j'avais des nourrices en réserve dans la benne.

— L'hélicoptère d'abord, commanda Braun alors que j'allais me diriger vers la barrière. Je vais essayer de joindre Djitjima par la CB et lui demander d'arrêter le troupeau en attendant qu'on arrive.

— Pourquoi avez-vous… invité le lieutenant Snodgrass sur vos terres ? demandai-je en entamant ma manœuvre.

— Je pense et lui aussi que la solution de ces meurtres est ici. Ou plus exactement dans la tribu Waggaboonya. Que ce soit pour les affaires d'uranium ou pour ce trafic d'oiseaux rares qui se sont enchevêtrés, c'est au resort que ça se trame. Vous savez que les obsèques coutumières du jeune Cromley se déroulent cet après-midi ?

— Je l'ignorais, dis-je. Je suppose que son sergent de sœur y sera ?

— Je suppose aussi, dit-il brièvement. On verra bien.

— Parce qu'on y va ?

— C'était l'intention du lieutenant Snodgrass, répondit-il. Vous y voyez un inconvénient ?

Je ne répondis pas parce que nous arrivions à l'endroit où le ventilateur s'était posé et qu'il sauta à terre, ne lâchant pas sa Winchester. Il alla s'affairer dans le cockpit au plexiglas en miettes tandis que je rejoignais mes deux prétendus amis qui avaient surtout passé ces derniers jours à se ficher de moi. Ils m'accueillirent comme deux flics peuvent accueillir un simple pékin, avec cette manière de condescendance excédée qui caractérise tous les fonctionnaires du monde. Je le sais, j'en suis un et c'est la mine que j'arbore quand je verbalise les contrevenants sur les pistes de la clôture, qu'ils aient oublié de refermer un portail ou flingué des kangourous sans permis.

— Alors, va-t-on savoir où tu as planqué tes preuves ailées ? demandai-je.

— D'où elles viennent, répondit la mutine Genevoise. D'une termitière. J'ai dessinée une croix dessus pour la reconnaître.

Je l'ai déjà dit, les perruches ailes-d'or nichent en effet dans ces gigantesque termitières qui sont en réalité des fourmilières et qui s'élèvent par centaines dans certaines parties du bush, parfois plus hautes que trois mètres, qui ressemblent à des cathédrales gothiques constituées de concrétions d'insectes, dures comme du ciment et invariablement orientées nord-sud, comme les willy-willy et l'arbre des voyageurs de Madagascar.

— J'espère que c'est une croix rouge, dit spirituellement le lieutenant Snodgrass en se roulant une cigarette galbée comme une ronce, ce sera plus facile à distinguer.

Heinrich revenait vers nous à grands pas, le visage contrarié.

— Une des balles a dû toucher l'antenne, dit-il, je ne peux plus contacter mes gars. On a intérêt à aller vite fait vers la clôture si on veut arrêter mon stockman avec le troupeau.

— On pourrait peut-être récupérer Mitch au passage, suggéra Pickwick. Y doit commencer à fatiguer de courir dans le désert sous ce soleil…

Effectivement le cagnard était maintenant bien haut dans le ciel d'un blanc bleuâtre étamé et décochait des rayons jaunes assassins qu'on avait l'impression de distinguer tellement l'air était transparent, bien que traversé d'ondes de chaleur qui faisaient trembler les roches chocolat et le pourpre doux des touffes de chénopodes. Il devait faire aux alentours de 40° et ce n'était pas fini car il n'était que onze heures et le pire restait à venir. Je ne plaignais pas Mitch, parce que les salopards doivent payer un jour ou l'autre, mais je ne l'enviais pas non plus : ce citadin devait être plus à l'aise sur une planche de surf dans un spot vertigineux que dans le Grand Neverland infesté de serpents mortels, de monstres antédiluviens comme le lézard Moloch ou le goanna Whango qui lance des jets d'urine pour se défendre, d'araignées atrax ou à dos rouge et bien sûr des sempiternelles mouches à bestiaux qui devaient le harceler, l'aveugler et essayer de lui butiner l'intérieur de la bouche.

Je fis un plein du réservoir, vérifiai l'huile, l'eau et le liquide de freins. Dans le bush, une panne ne pardonne pas, d'autant que nous étions privés également de radio : les deux voyous de Brisbane avaient fracassé la CB de Vieille Neddie, ce qui prouvait bien leur stupidité. Ils auraient mieux fait de balancer la puce qu'ils avaient cousue dans le sac à dos d'Anaïs, nous aurions eu ainsi infiniment plus de mal à les retrouver. Ensuite je pansai l'égratignure de Miss Unger avec la pharmacie du bord et alors seulement nous partîmes, Braun se serrant pour faire une place à l'écodétective dans la cabine, Pickwick préférant rester sur le plateau d'où il faisait la vigie, cramponné aux projecteurs.

Il eut tôt fait de repérer la silhouette chancelante de Mitch Barone dont les grosses chaussures Caterpillar avaient imprimé leurs traces dans le sable mou du plateau que nous traversions. Une ligne verte au loin (plus de dix bornes, mais on la distinguait comme si elle avait été à un kilomètre) indiquait la proximité du creek Gunpowder et des pâturages d'herbe Mitchel où devait venir le troupeau conduit par Djitjima-Upfield dont nous ne voyions toujours que l'empreinte poussiéreuse dans le ciel.

— Il peut encore nous tirer dessus, remarqua l'éleveur qui n'avait pas lâché sa Winchester. Vous auriez dû me laisser le descendre…

— Ça n'était pas l'envie qui m'en manquait, dis-je, mais la présence de deux policiers assermentés ne me paraissait pas propice à un tel procédé.

— D'autant que je ne suis pas assermentée, dit la sheila qui comprenait l'anglais de mieux en mieux. Mais M. Braun a raison, tu devrais prendre des précautions avec Mitch. Il a tous les vices.

Je ralentis et ouvris la vitre de séparation qui donnait sur la benne. Je tendis « mon » P.38 à Pickwick qui le prit avec un dégoût non dissimulé et le glissa dans l'entrebâillement de son flottant informe. Nous étions à une centaine de mètres du fuyard qui s'arrêta et nous fit face. Il avait perdu son panama depuis belle heurette, en même temps que sa superbe. La sueur avait plaqué, mieux que de la gomina, ses longs cheveux défaits déjà huileux et qui avaient viré du noir corbeau au roux filasse sous l'effet du soleil, encadrant un visage qui avait perdu son hâle si séduisant pour se couvrir de cloques rouges et de bubons croûteux. Des traces de *technicolor yawn*[1] se voyaient sur son costume de clown triste. Il tenait à bout de bras le somptueux Merkel de maître Hawkes à la crosse de ronce royale et il titubait sur place, les yeux clos. Tout en avançant au ralenti, j'hésitai sur la conduite à tenir : n'ayant pas une vocation d'assassin bien affirmée, je répugnais à lui foncer dessus et à l'écrabouiller comme une petite merde qu'il était, mais d'un autre côté, j'en avais un peu assez qu'on me tire dessus à tout bout de champ.

Le destin décida pour moi sous la forme d'un énorme meuglement collectif et d'une marée de

1. Vomissure.

têtes de bovins qui émergèrent paisiblement d'un repli du terrain qui nous les avait dissimulés, marchant d'un pas de sénateurs cornus vers leur paddock d'herbe tendre. Il y avait des taureaux brahmanes dont l'ancêtre était le zébu, mais aussi des limousines (robe unie rouge-brun) et des charolaises (robe crème clair à blanc), ainsi que leurs croisements chabrais et bramousins, mais aussi la robe marron foncé et taches blanches sous le ventre des shor-horns, leur croisement américain avec le zébu en la personne majestueuse de la Santa Gertrudis, la robe noire lustrée des aberdeen-angus et la reine des reines, la vache au T-bone, la hereford à la belle robe rouge et à la noble tête blanche.

On aurait dit que l'éleveur s'était ingénié à composer un bouquet de ruminantes en sélectionnant un melting-cows de toutes les races voulues et conservées par les Européens au plus loin de leurs terres natales et force était de constater que si Heinrich Braun était « nazi », cela ne concernait que les bêtes à cornes, d'ailleurs souvent croisées entre elles.

Au milieu du bush, vacillant comme un homme ivre, Mitch Barone épaula lentement le calibre 12. Nous n'étions plus qu'à une cinquantaine de mètres de lui et derrière, au double de cette distance, avançait dans un sourd piétinement qui déclenchait des masses de poussière comme si un monstrueux willy-willy s'était levé, le troupeau gaiement multicolore ; mille à deux mille têtes, avait dit Braun qui tenait pour quantité négligeable le chiffre exact des bovidés puisqu'il s'était consacré aux ovins.

J'étais bien infoutu de savoir leur nombre et ça devait être comme la moyenne d'une manifestation établie selon l'effectif fourni par les organisateurs et celui donné par la police, mais ça faisait une sacrée marée mouvante.

En tête, sur un cheval bai, venait le *drover*, le conducteur de cette « conduite », jeune cavalier au teint bistre, et sur les flancs pétaradaient des jackaroos juchés sur des motos de trial. Des chiens de bétail infatigables, croisement de Bleu-Merle « Smooth Collie » incluant deux infusions de dingo, complétaient l'encadrement parfait de cette armée brune et blanche en ordre de marche. Tous les hommes portaient le feutre Akubra fait avec dix peaux de lapin et ayant nécessité pas moins de deux cents manipulations, tous les chiens étaient d'une robe bleutée, portant oreilles courtes et alertes, l'œil vif et l'aboi clair, toutes les motos étaient récentes et tout ce petit monde clos était couvert d'une identique couche de poussière ocre qui les caparaçonnait comme un uniforme de camouflage. Le conducteur, qui semblait être un cavalier de première bourre, leva son long fouet, le *stockwhip*, en guise de salut : c'était sans doute le fameux Djitjima-Upfield qui ne savait pas encore qu'il hériterait un jour de ce vaste domaine sur les terres duquel s'élevait ce petit mont McKeon où quarante-trois hommes de sa tribu natale des Kalkadoons résistèrent jusqu'à la mort pendant cinq jours à cinq cents Blancs armés jusqu'aux dents qu'ils avaient gâtées. Braun lui répondit de la main.

Mitch nous braquait toujours, immobile, et je sentais notre dernière heure arriver : même s'il n'était pas chargé à chevrotines ou à plombs ramés, le fusil de chasse de l'avocat de la DOUM pouvait faire des ravages à une si courte distance et nous trois dans la cabine morflerions les premiers. Pourtant, ce fut le lieutenant Snodgrass qu'on entendit alors que je laissais tourner le moteur de la Land au ralenti.

— Barone, fais pas le con, tu aggraves ton cas !

Mitch haussa les épaules avec fatalisme, esquissa un sourire de surfeur en haut de la plus haute vague du monde dans un rouleau parfait et chacun put voir son index se crisper sur la queue de détente du Merkel.

Il y eut une détonation et quand la fumée se fut dissipée, le Malais n'avait plus de tête, emportée par la chambre de tir qui avait explosé, réduisant le canon en pelures de banane noircies, ruinant l'élégante ronce de noyer sous la platine en une espèce de chou-fleur métallique. Mitch resta un moment debout, le magma sanglant sur ses épaules où se voyait encore la mâchoire luisante, semblant s'évaser comme un monstrueux bouquet d'éclats de cervelle et de cartilages broyés. Puis il lâcha enfin son arme éclatée et tomba tout d'un bloc en avant, ses chaussures Caterpillar raclant un moment le sol avant de s'immobiliser à jamais.

Des que l'explosion du fusil n'avait pas immobilisées, c'était les wouaches de la collection Heinrich Braun. Quoi qu'on dise de leur intelligence, ces bétails savent parfaitement faire la différence entre le claquement de la mèche d'un fouet et une forte détonation. De plus, elles étaient sous le vent qui leur apportait l'odeur du sang de Barone et aucune bête ne reste insensible à ces remugles en quoi elle reconnaît la mort violente. Avant que les stockmen aient eu le temps de réagir, les vaches de tête obliquèrent soudain du sens de leur marche et d'un seul mouvement, se coulèrent dans une ravine qui menait vers le rideau de verdure de la clôture et du creek Gunpowder. Les chiens bleus eurent beau s'évertuer à galoper le long de la cavalcade à coups de gueule et à coups de dents, les motards faire mille va-et-vient pour couper la course des meneuses (une grande brahmane efflanquée, sorte de vieille fille vindicative, menait la danse éperdue), le conducteur lancer son cheval en biseau pour couper l'homogénéité de la troupe, l'élan était irrésistible.

— Elles vont défoncer notre barrière, cria Pickwick-Pickwick par l'entrebâillement de la vitre de séparation d'avec le plateau.

— Elles vont écraser mes perruches ! pépia la blonde Helvète en me serrant le biceps.

— Elles vont s'égailler sur des kilomètres, constata Braun qui ne paraissait pas plus ému que ça.

— Elles ne vont rien faire de tout ça, dis-je pour une fois inspiré. Braun, passez derrière et prêtez la main au lieutenant…

CHAPITRE 30

L'éleveur tout de noir vêtu avait vite pigé mon idée et il était passé dans la benne sans que j'aie à m'arrêter. Pour son âge, il était spectaculairement bien conservé, pensai-je avant de réfléchir qu'il avait un peu plus de cinquante balais et que j'y serais moi-même dans dix ans. La mort de ses enfants me fit gamberger à mes filles et je me demandai ce que je faisais ici, dans ce bush desséché, à jouer les cascadeurs avec un Abo qui me prenait pour une peinture déséquilibrée, une fliquette écologiste qui me manipulait peut-être et une espèce de faux nazi des antipodes régnant sur un royaume bestial, avec des éventreurs qui disparaissaient comme par magie, une tribu boong entre âge de pierre et uranium et deux surfeurs défunctés qui ricanaient maintenant au creux de leur spot sidéral.

Pour l'heure, je me contentais d'appuyer sur le champignon de Vieille Neddie qui rajeunissait à vue d'œil de s'ainsi décoincer les soupapes et, je voulais le croire, fin contente d'avoir retrouvé son seigneur et conducteur. Je pris un itinéraire en biais pour ne pas heurter de front la tête du troupeau avec sa vieille haridelle de vache zébulée et ses copines folles mais de manière à gagner avant elle l'orée du rideau de verdure. Il y avait là, je l'avais remarqué de loin, grâce à sa masse impressionnante qui tranchait sur la chétivité des eucalyptus et des acacias, un vieux baobab « arbre à thé » en forme de calebasse, aux énormes racines et aux branches noueuses et c'est sur lui que je dirigeais le capot de la Land Cruiser.

Je prenais bien garde à la conduite : des couches de billes d'oxyde de fer recouvraient le sol de latérite et c'était aussi glissant qu'une route verglacée dans les Montagnes Bleues. J'orientai mon rétroviseur pour voir où en étaient les deux hommes, le blond aux cheveux ras et au regard de sérac, et l'homme-chocolat aux dreadlocks et aux yeux d'opale noire. Membre de la Special Branch ou pas, Pick avait gardé ses réflexes de six mois de clôture en ma compagnie : maintenu par Braun pour éviter qu'il soit déséquilibré par les cahots (nous avions quitté la piste et roulions sur une dune), il avait délivré le mécanisme à cliquets du dévidoir à barbelé et dégagé un bon mètre de ce que les vieux broussards appelaient autrefois le fil de fer ronce.

— Tu crois que ça va marcher ? interrogea Anaïs qui, comme toutes les filles, a un don inné pour poser des questions crispantes au moment où les garçons ont autre chose en tête que leur petite culotte.

— Hon, fis-je malgré tout en me concentrant bien pour ne pas heurter le flanc droit du troupeau que je longeais en roulant un poil plus vite qu'il ne courait.

Sur le plateau, Heinrich Braun faisait maintenant de grands gestes pour écarter les stockmen qui risquaient de gêner notre habile manœuvre. Il avait expliqué à Pick mon idée et il ne restait plus qu'à voir si elle allait fonctionner. Je constatai en tout cas que j'avais vu juste : le baobab était très en avant de la lisière végétale, laquelle était suivie par l'étendue d'herbe rase où, si ma mémoire était bonne, se trouvaient les alignements de termitières, laquelle était parallèle au creek Gunpowder.

J'avais réussi à distancer de plus de deux cents mètres le gigantesque troupeau en folie et pilai net devant l'arbre-calebasse. Pick et Braun sautèrent de la benne, l'extrémité du barbelé aux mains qu'ils avaient gantées, portant également, l'un la grosse masse à enfoncer les piquets (Pick), l'autre un fort marteau (Heinrich), tous les deux avec quantité de grosses broches en U dans la bouche. Ils ceinturèrent de trois tours le tronc énorme du baobab et en toute hâte se mirent à enfoncer les cavaliers sur tout son pourtour afin de maintenir le fil de fer barbelé. Si le troupeau arrivait droit dedans cette barrière improvisée qu'on allait tendre, ça ne suffirait pas à l'arrêter, mais s'il la prenait de biais comme j'espérais, ça devrait tenir.

Je cédai ma place de conducteur à Braun quand ils eurent fini et sautai dans la benne avec le lieutenant Snodgrass, comme au bon vieux temps : l'éleveur savait mieux manier un troupeau de bovidés que moi et il fallait la jouer finement, longer les bêtes de tête, leur faire sentir sur leurs flancs le barbelé qui continuerait de se dévider quand nous roulerions et les encercler en les faisant dévier de leur itinéraire qui conduisait droit sur la petite plaine aux termitières.

Braun remit en route et j'enfilai une paire de gros gants de cuir afin d'assurer le bon déroulement du dévidoir qui cliquetait de toutes ses dents d'acier. On aurait pu mettre du grillage aussi, mais c'était plus long à poser et, déjà, la grande vache brahmane arrivait sur nous, suivie par ses comparses mugissantes. Ce fut elle qui, comme de juste puisqu'elle jouait les meneuses de revue, reçut la première la déchirure du fil barbelé sur son maigre flanc gauche. Elle poussa un meuglement qui avait quelque chose d'humain et d'autres pointes dessinèrent des traits sanglants sur sa robe marron que surmontait une bosse adipeuse en vérité peu marquée, la devon l'ayant définitivement emporté sur le zébu. Elle mugit derechef mais semblait ne pas vouloir céder tandis que Pick et moi bloquions la crémaillère du dévidoir afin de tendre le fil de fer. Braun avait compris et ralentissait tout en décrivant un lent virage vers la latérite afin de dévier en douceur la course des têtes cornues de peloton.

La vieille vache coriace faiblit soudain et calma son galop pour passer à un trot qui se voulait plein de dignité, aussitôt imitée, comme s'il y avait eu télépathie abo, par ses congénères essoufflées. Ça tombait on ne peut mieux. On n'était pas loin d'avoir déroulé cinq cents mètres et on était presque au bout du rouleau. L'immense horde revint au pas, canalisée par le barbelé bien tendu que les bêtes semblaient considérer avec reproche de leurs bons yeux doux aux longs cils, puis enfin s'arrêta, les chiens de bétail ayant été lancés par les stockmen qui convergeaient vers nous.

— Jolie technique, patron, dit le cavalier en souriant de ses innombrables dents blanches dans un beau visage bistre aux traits réguliers.

— Dites ça à ces citadins, fit Braun en nous désignant du pouce, c'est eux qui ont fait tout le boulot.

Djitjima et Pickwick-Pickwick échangèrent un bref signe de tête mais je savais, en voyant l'attitude de respect du jeune homme descendu de son cheval, qu'il avait reconnu en mon compagnon un initié, comme le prouvaient les nombreuses scarifications rituelles qui couvraient son torse.

Les jackeroos avaient béquillé leurs engins et ne purent retenir un sifflement admiratif quand Anaïs, son somptueux derrière moulé dans son jean et son tee-shirt Greenpeace un peu étroit ne cachant rien de ses boîtes à lait suisses, descendit du Vieux Gars Ned Kelly tout fringant dans son armure poussiéreuse.

— Eh bien, *mates*, leur lança-t-elle en s'étirant voluptueusement, on dirait que vous n'avez jamais vu une sheila dans le désert !

*

Nous sommes allés à pied tous les trois, Anaïs, Pick et moi, à travers le petit bois où les gommiers-spectres succédaient aux mulgas aux larges feuilles en forme de pirogue. Un livistona, sorte de palmier qui avait emprunté la forme du pommier, était en train de se faire étouffer par un banian, ce figuier parasite qui assassine lentement mais inexorablement ses voisins. Un rare santal déployait ses feuilles élancées d'un vert pur et brillant, semblant réfléchir le soleil qui s'était posté à la verticale.

Nous arrivâmes sur l'étendue qui succédait à la longue bande boisée et qui était couverte de spinifex et de ces buissons de molènes qu'affectionnent les hardes de chameaux sauvages nomadisant dans tous les déserts australiens. Quelques fleurs non moins sauvages commençaient d'éclore mais attendaient les fortes pluies qui transformeraient la zone en un vaste lac : fleurs des pois de Swainsona dont chaque tige portait plusieurs milliers de minuscules fleurettes violettes, pois de Sturt qui évoquaient de rouges yeux globuleux, aigrettes aux corolles blanches, *Kakadu plums* aussi appelés nerpruns, ces prunes sauvages dissimulées sous un feuillage bleu roi qui sont les fruits les plus riches du monde en vitamine C, et banals Wattle, ces mimosoïées qui sont l'emblème du pays d'Oz.

Des alignements de termitières, toutes dirigées dans un même sens comme à la parade, dessinaient une architecture étrange, mélange de monuments sacrés et de menhirs païens, ocre et paille, construites si durement qu'il fallait des barramines pour les mettre à bas. Pour la plupart, les fourmis les avaient désertées, sans doute à la suite d'un de ces immenses feux de brousse qui servaient à régénérer les espèces végétales mais détruisaient toute une partie de la faune. Était-ce des fourmis vertes qui vivaient ici, sécrétant un fil gluant solide comme du coton ou de ces terrifiantes fourmis-bouledogues dont trente piqûres suffisaient pour tuer un homme ?

Non, m'apprit Anaïs qui avait quand même quelques notions d'entomologie, c'était une espèce à part, les bâtisseuses, qui montaient leurs constructions sans relâche, les quittaient sans remords pour en fabriquer une autre, toujours dans le même axe, toujours avec le même nombre d'étages, les supérieurs étant dévolus aux reines monstrueuses, avec un semblable escalier intérieur circulaire construit comme par un maître maçon.

Une cinquantaine de termitières s'offraient à notre vue sous le soleil accablant et pourtant on sentait qu'elles devaient être très fraîches à l'intérieur, des créneaux d'aération ayant même été conçus par les ingénieuses petites bestioles. Mais une seule portait une croix de Malte gravée sur sa face nord et le silence qui régnait quand nous entreprîmes d'en sortir avec précaution les tubes de carton me parut de mauvais augure.

Et pourtant, après les avoir tous inventoriés et avoir réhumecté les éponges qui séparaient leurs boxes, il apparut que seules trois perruches avaient avalé leur bulletin de naissance. Les autres semblaient anesthésiées, que ce soit par la chaleur ou l'obscurité, et on ne les entendit pas quand on les remit dans les tubes. Seuls les trois petits cadavres déposés en triangle devant l'entrée de la termitière nous permirent de voir combien ces oiseaux rares étaient beaux et méritaient bien leur nom d'ailes-d'or tant ils semblaient cuirassés de métal précieux sur les rémiges scapulaires et bâtardes, enchâssé dans le noir perlier des rémiges primaires, le tout sur un corps d'un bleu de lagon, tête noire et sous-bec blanc. Contrairement aux perruches ondulées très communes dont on voyait parfois des volées de milliers d'individus et aux Inséparables omnicolores qu'on rencontre surtout dans tout le sud-est rural de l'Australie, la chatoyante perruche Golden Mantle était plutôt solitaire tout en vivant en couple mais sans montrer cet insupportable attachement conjugal manifesté par les Inséparables africains.

— Toutes les perruches du monde entier viennent d'Australie, pérora la donzelle en revenant entre nous vers le campement improvisé des stockmen, et elles n'ont été exportées que fort tard. C'est un couple d'Anglais, Mr et Mrs Gould, qui en ont rapporté un couple à Londres et publié une photographie — une des premières — de ce si bel oiseau. Ensuite les marins qui faisaient escale sur l'île-continent contribuèrent à les faire connaître en Europe, puis en Amérique, puis en Asie, tant et si bien qu'en 1884, l'Australie dut interdire leur exportation. Elle est maintenant possible sous certaines conditions et ne concerne que les espèces communes. Les espèces rares, comme nos amies, menacées par les feux, les prédateurs importés ou par les... collectionneurs, restent strictement interdites de sortie de votre territoire.

Nous portions chacun six ou sept tubes légers comme des plumes, avec précaution pour ne pas secouer les gentils zoziaux, et nous les déposâmes debout sur le plateau comme si c'eût été des flacons de nitroglycérine. Braun et ses employés s'étaient rassemblés sous le grand baobab (qu'on appelle *boab* ici), un des rares arbres du bush à perdre ses feuilles à la saison sèche, ce qui était le cas. Néanmoins, sa masse imposante, s'interposant entre le soleil et le sol, suffisait à donner une ombre bienvenue aux hommes épuisés par la poursuite du troupeau désormais adouci et qui broutait l'herbe Buffalo en lisière du petit bois, surveillé de près par les chiens bleus vindicatifs.

Les stockmen avait eu tôt fait d'allumer un grand feu, d'abattre un jeune veau, de le dépouiller et de débiter sa carcasse suspendue aux basses branches du boab, semblables à de longs doigts de sorcière. Improvisant une broche avec des branches d'acacia écorcées, ils y avaient suspendu les deux gîtes arrière du broutard qui grillaient sur les braises dans une odeur alléchante, encore qu'elle me rappelât inopportunément le gigantesque BBQ de Cloncurry. Braun et le jeune Abo se tenaient à l'écart, l'éleveur l'ayant sans doute mis au courant de la mort de Boleslas et de celle des deux voyous de la Gold Coast. Il nous présenta brièvement, le regard de Djitjima-Upfield glissant sans paraître la voir sur la gracieuse silhouette de ma petite camarade. Pudeur *kanaka*…

— Nous devons aller aux cérémonies d'obsèques du petit Cromley, dit Pickwick à Braun. Le sergent Jacinta y sera aussi, je pense… Viendrez-vous ?

— Je ne voudrais rater ça pour rien au monde, martela l'éleveur, son regard bleu glacier parcourant les mornes dunes qui nous séparaient du resort et de la tribu Waggaboonya. Parce que je pense que l'assassin de mes gamins y sera aussi !

— Le yowie ? murmurai-je en fixant le lieutenant Snodgrass qui détourna son regard séculaire.

— Bête ou homme, il faudra bien qu'il me rende des comptes, dit sourdement Heinrich Braun. Après, plus rien n'aura d'importance…

*

Nous mangeâmes et bûmes de bon appétit en tournant autour du grand boab à la recherche de l'ombre perdue. Pick et Dji-Up (j'abrège) accroupis dans une position que seuls les Abos peuvent adopter sans choper de crampes, Anaïs, Braun et moi debout autour d'eux, comme si nous étions les serviteurs de ces deux seigneurs du bush. La viande était succulente, les paroles rares. Nous avions tout de même appris que le dernier descendant de la tribu des Kalkadoons, Djitjima-Upfield (prénoms) Napaltjari (nom), sans préjudice du « nom de peau » que nous ignorerions toujours, avait un diplôme de gestion rurale de la faculté de Sydney-Orange, qu'il détestait Midnight Oil mais aussi qu'il trouvait Yothu Yindi[1] un peu putassier.

— Mais qu'est-il arrivé à Mitch ? interrogea la sheila. Un accident ?

— Avec une arme de cette qualité de fabrication, c'est quand même rare que le canon explose, fis-je remarquer. Un peu comme si une Rolls quittait la route à la suite d'un cahot.

— Je pense aussi que le fusil avait été trafiqué,

1. Groupe de rock aborigène dont le tube *Treaty* évoque les traités reniés par les Blancs.

dit le lieutenant Snodgrass qui avait rendu son P.38 à Braun et qui était aussi compétent en armes que moi en conchyliologie. Et que ce n'était bien sûr pas cette pauvre pomme de Maltais qui était visé, mais toi, mon petit Paddy O'Flaherty...

— Maître Hawkes, hein ?... murmurai-je pensivement.

— À moins que ce ne soit lui qu'on voulait tuer, intervint l'écodétective qui, maintenant qu'elle avait sauvé ses zoziaux, paraissait nettement plus détendue.

— La DOUM est au cœur de tout ça, dit Pick en se relevant, la fin de son épais steack de broutard lancé à un chien de bétail glouton qui l'attrapa au vol. Il y a de trop gros intérêts financiers en jeu.

— Les Vieux de la tribu waggaboonya sont contre l'exploitation, avança prudemment le jeune stockman noir. Ils ont trop vu ailleurs les dégâts que ça causait à la Terre...

— Ya, les Ancêtres ? dis-je imprudemment.

— Non, l'environnement, fit sèchement le jeune Abo.

Un peu douché, je me demandais où les Vieux de la tribu avaient bien pu constater les dégâts miniers dus à l'uranium. À Mary Kathleen où il avait été exploité des années cinquante à 1982 ? Mais tout avait été rebouché, remis en état et les Abos du secteur tellement couverts de livres (c'était avant le dollar) qu'ils s'étaient fait construire des piscines en opale. Il est vrai qu'il suffisait qu'une envie de walkabout prenne un clan ou même un individu solitaire, pour qu'ils accomplissent des centaines de kilomètres jusqu'à Bullamakanka[1] et en reviennent « pleins d'usages et de raisons ».

Les mouches à bœufs avaient entamé leur infernal ballet quand nous nous apprêtâmes à nous remettre en route vers le resort du mont Oxyde où devaient avoir lieu les obsèques du jeune Wasp Cromley. Les jackeroos faisaient déjà pétarader leurs motos aux garde-boue cabossés et le jeune drover s'apprêtait à enfourcher son cheval bai pour ramener le troupeau vers un autre paddock moins piétiné (la vieille vache brahmane nous zieutait avec reproche, ses plaies ayant été désinfectées) quand Braun qui se tenait à côté de moi s'affaissa doucement, alors qu'un petit craquement sec, comme une branche qui se casse, troublait l'air brûlant des deux heures de l'après-midi.

— Eh bien, mon vieux, dis-je lui saisissant le bras, croyant à un malaise, remettez-vous.

C'est alors que je vis, suintant de son feutre Akubra noir, une fine traînée de sang se dessiner sur sa joue et que je constatai que le chapeau portait un petit trou tout rond à la hauteur de sa tempe gauche.

— 22 Long Rifle ! hurla Djitjima-Upfield en se jetant sur le corps étendu de son patron, comme pour le protéger.

Il attira à lui la Winchester 30/30 que l'éleveur tenait encore dans sa main crispée tandis que nous nous égaillions dans la nature. Je me demandai fugitivement d'où le coup de feu avait été tiré : alentour, ce n'était qu'arbustes disséminés autour

1. Loin, très loin : correspond à notre Pétaouchnock.

du vieux baobab et l'herbe Buffalo était trop rase pour qu'on puisse s'y dissimuler. Les rives du creek à sec ? Trop éloignées. Braun ne bougeait plus, tué net d'une balle dans le crâne, vraisemblablement une *Hight Velocity*, pour qu'il n'y ait pas de dégâts plus importants que ce trou rond comme un compostage de ticket dans son chapeau.

— Là-haut ! dit à voix basse le jeune conducteur de troupeau et désormais patron de la station Verdun en désignant la cime du boab.

En plein dans l'axe du soleil plus éblouissant qu'un projecteur pour chasse de nuit, juché sur une haute branche en forme de hernie, je distinguai en effet une curieuse masse, comme un gigantesque aigle uarète prêt à prendre son envol pour cueillir en pleine course un lapin imprudent.

Nous étions tous des lapins, comme fascinés par cette « chose » qui se décrocha soudain de l'arbre et partit dans un long vol plané vers le creek Gunpowder tandis que, pétrifié de stupeur, Djitjima ne songeait pas à pointer sa carabine sur la créature planante qui disparaissait maintenant dans les gorges de la rivière asséchée.

— Le yowie, murmura le lieutenant John Snodgrass, ci-devant Pickwick-Pickwick Kadigbaku.

— L'aile volante, ouais ! dis-je en me relevant.

CHAPITRE 31

Un vol bref d'une petite compagnie d'alouettes boueuses surgit de la direction du creek Gunpowder en striant le ciel d'une signature en V, sans doute dérangées par l'irruption dans leur espace d'une chose aussi inhabituelle qu'un deltaplane poilu.

Car je l'aurais juré, l'aile d'un brun tacheté était recouverte de poils et elle n'avait pas la forme traditionnelle des engins volants qui sillonnent nos côtes au-dessus de la Grande Barrière de corail. Au lieu du delta habituel, c'était un sygma et la position de son « pilote » n'était pas horizontale mais verticale, l'homme — ou la femme — étant replié en position fœtale avec, m'avait-il semblé, son arme en bandoulière.

Dans les troupes d'élite de tous les pays du monde on a depuis une dizaine d'années des *chute-op*[1], expérimentés dans l'art éolien du deltaplane qu'on largue derrière les lignes ennemies avec tout leur barda de survie et des moyens de communication et de repérage sophistiqués. Plus que des bras

1. Pour « chuteurs-opérationnels ».

armés, ces champions de la glisse aérienne sont des yeux reliés par satellite à ceux qui les ont propulsés comme des armes de jet. Dans les SAS australiens, ils sont regroupés dans le *Lobb Range Reconnaissance Patrol* mais je ne savais pas qu'ils avaient fait des émules chez les Abos du Grand Jamais-Jamais…

— Je me doutais d'un *watchamacallit* pareil, émit sans la moindre vergogne un Pickwick-Pickwick qui me l'avait joué yeti depuis le début de l'affaire. Le mec non seulement vole, mais il a aux pieds des mocassins Kudaitcha.

J'avais lu ça dans le génial Arthur Upfield : composées de plumes et de duvet d'émeu collés avec du sang, ces chaussures autoeffaçaient leurs empreintes et laissaient ainsi croire aux indigènes crédules (mais pas plus que mes ancêtres irlandais avec leurs korrigans !) que c'était des esprits invisibles qui avaient perpétré leurs mauvais coups, tels que brûler la litière d'une femme pour lui faire des avances sexuelles ou traverser avec un javelot pendant son sommeil le mollet d'un homme à un endroit insensible afin de lui faire croire que les Maams — les Esprits méchants — l'avaient ferré et le pêcheraient à son réveil.

Cela expliquait en effet le manque de traces sur la portion de terrain qui séparait le chemin de la Dingo Fence où était stationné le combi Volkswagen de l'éperon rocheux de la falaise surplombant le creek Gunpowder d'où le « yowie » s'était envolé, porté par les lourdes masses d'air chaud qui stagnent dans le bush jusqu'au milieu de la nuit, laissant s'échapper une plume d'emu[1], la même qui, Dieu me klaxonne, voltigeait en ce moment devant nous avant de se poser au pied du vieux baobab boursouflé.

— Si tu t'en doutais, dis-je à l'honorable lieutenant Snodgrass de la Special Branch, tu as bien caché ton jeu, mon garçon.

— Homme noir abîme de secrets, énonça-t-il en tortillant ses tresses d'un air embarrassé.

— Vous m'expliquerez plus tard, couina la gracieuse Helvète tandis que le bouvier en chef se contentait de fixer le sommet du boab comme si, de toute éternité, il s'était attendu à y voir perché un homme qui allait flinguer son bienfaiteur.

Lequel gisait dans l'herbe à buffle, aussi mort qu'un démocrate, contemplant de ses yeux dont la glace avait fondu le morne désert qu'il allait fertiliser de ses os germains, loin du Walhalla guerrier de ses ancêtres. Mais n'était-il mort en combattant, comme tous ceux qui avaient péri à Verdun, le nom que son grand-père avait emprunté pour baptiser sa propriété, transformant ainsi un lieu d'enfer de la folie des hommes en ce qu'il y a de plus proche du paradis ?

Djitjima-Upfield lui ferma les yeux avec une espèce de tendresse filiale et tous les jackeroos vinrent faire cercle autour du corps, certains métis, d'autres plus blancs que moi, un Asiatique même, tous jeunes, vigoureux, hâlés, oscillant entre le style motard de demain et celui des stockmen d'autre-

1. Appellation familière de l'émeu qui appartient à l'espèce des dromicéidés.

fois, beaux et rudes comme ce pays qui avait conservé l'esprit pionnier des squatters et des convicts libérés. Je fredonnai *Waltzing Matilda* en guise de chant funéraire : cette ode agreste et nostalgique d'un chemineau qui se noie par amour correspondait bien, selon moi, à l'humeur de l'âme désormais errante de feu Heinrich Braun.

Le jeune meneur de troupeau aux traits fins et aux jambes d'échassier donna quelques ordres aux hommes qui se dispersèrent autour du troupeau de ruminants, les chiens bleus se remettant à la tâche, langues pendantes. L'énorme masse des vaches adoucies se mit lentement en branle, escortées par les pétarades sonores des motos tout-terrain, et leur flot s'écoula paisible vers les rives du creek. Djitjima se hissa en selle avec légèreté.

— Vous allez à Waggaboonya, je présume ? demanda-t-il en nous contemplant de haut.

— Oui docteur, répondit le flic du Bureau noir. Comme disait votre défunt patron, on ne voudrait rater les obsèques de Wasp Cromley pour rien au monde. Gars fuligineux très curieux...

— Je viens avec vous, dit le cavalier en ajustant son feutre. J'ai été élevé avec les petits Braun et je leur dois bien ça. De plus, nous les Kalkadoons, on n'a jamais pu blairer les Waggaboonyas.

*

On avait hissé sans cérémonie le cadavre déjà presque rigide de Heinrich Braun dans la benne de Vieille Neddie. Les deux malfrats de la Gold Coast étaient restés, eux, là où ils avaient défuncté, Rico sous l'arbre à la sève astringente, Mitch en plein bush, son cadavre sans doute un peu piétiné par le troupeau en folie. Curieux destin que celui de ces fringants citadins venus calancher dans ce que l'Ancien Monde pouvait sécréter de plus rustique et de plus primitif.

Mes deux compagnons s'étaient tassés avec moi dans la cabine de la Toyota où la chaleur devenait insupportable. Devant nous, au trot, une allure que les chevaux de stock n'apprécient que médiocrement, D.U. allait son train sur sa monture baie, la carabine 30/30 glissée dans un étui de cuir pendu à l'arçon d'un côté de la selle, le *stockwhip*, le long fouet de bétail enroulé de l'autre.

— Il a fière prestance, non ? dit Pick en vieil anglois. Voilà un retour de la terre à la terre comme je les aime…

— Ouaip, fis-je, sauf si ça se termine en guerre tribale entre ces deux clans. Ce qui arrangerait sûrement les petites affaires de la DOUM…

— Vous misez sur qui pour le conducteur de cette… chose velue et volante ? s'enquit la donzelle en se pressant sur moi d'une manière rien moins que convenable.

— Abraham Cromley, répondit le flic abo, sans hésiter, le fils du pasteur. Et la jeune gin qui est sa petite amie. Ils sont les seuls à être assez légers pour pouvoir planer en partant de si peu haut.

— L'albinos, hein ! grognai-je d'un air rancuneux en me souvenant de l'adolescent aux yeux malsains, au bonnet rasta et au nunchaku tout ce qu'il y a de plus valide. C'est ce que t'a suggéré ta tantine ?

— Jeremiah Cromley mène la danse des Waggaboonyas, dit Pick qui avait tenu à conduire Vieille Neddie « pour une des dernières fois », avait-il fait mine de pleurnicher, et je m'avisai alors seulement que dans peu de temps, j'allais perdre mon équipier. C'est lui qui fait monter les enchères avec la Deutsch-Osaka Union Mines et par parenthèse, gars blanc, j'avais découvert en passant des coups de fil à mon Black Bureau, avant ton arrivée à Verdun, que maître Reginald Hawkes était également l'avocat de la tribu. Ce qui avait apparemment échappé à mes supérieurs hiérarchiques quand ils l'ont si généreusement commis à notre défense…

— L'administration, soupira Anaïs, qui devait trouver qu'on ne s'occupait pas assez d'elle. C'est pareil chez nous à Genève !

— Les deux frères Cromley négociaient en fait dans le dos de leur tribu et pour leur propre compte. Avec la complicité de l'avocat marron. Tu comprends pourquoi celui-ci n'avait nulle envie que nous venions fourrer notre nez ici, expliqua le flic du Bureau Noir. Ils étaient très liés alors que les liens s'étaient distendus avec notre vieille amie le sergent Jacinta. Ce qui est curieux, c'est qu'on pourrait croire que les deux frangins sont des Abos de sang plein comme moi, alors que leur père était un Black Yank[1] venu pendant la guerre du Pacifique… Elle est métissée de japonais, leur mère, une authentique Waggaboonya ayant également

1. Noir Américain. On dit aussi *Septic Yank* rimant avec *septic tank* (fosse d'aisances).

fauté avec un pêcheur de perles nippon de Broome. Le nègre ricain lui a donné son nom.

— Tout ça ne nous dit pas pourquoi les quatre jeunes gens ont été massacrés d'une façon aussi atroce par le... yowie, intervins-je. Si on admet que c'est Mitch qui a suriné Wasp Cromley avec son poinçon, pourquoi massacrer les enfants Braun et un couple d'innocents Angliches...

— ... sans compter ma pomme si je ne m'étais enfuie, coupa la sheila en secouant ses nattes d'espiègle Suissesse.

— Ce môme est un furieux dégénéré gonflé à la ganja et aux amphets, émit Pickwick-Pickwick en agitant ses propres tresses rastas. Il a pu croire que ce sont les quatre Blancos qui avaient tué son oncle, ou alors il pense que ce territoire est sacré et qu'ils l'avaient profané, ou c'est tout simplement un serial killer qui accomplit ses séries de meurtres en une seule fois...

— On saura ça bientôt, conclus-je. Regarde ta route, poétique Snodgrass[1] que nous ne versions dans quelque ornière !

*

Nous roulions plein nord vers la ligne noire que des strates de nuages en formation sur le golfe de Carpentarie avaient dessinée, barrant l'horizon d'un espoir de pluie. Tous les dix ou quinze kilomètres, le cavalier au teint bistre sautait de sa monture

1. C'est ainsi que Dickens qualifie souvent l'honorable Auguste Snodgrass, MPC (Membre du Pickwick Club).

pour ouvrir une barrière et la refermer derrière nous, quand elle n'était pas automatique, ce qui lui faisait sortir un *whatchamacallit* de la poche de son jean et le pointer sur un boîtier fixé au portail.

Les Waggaboonyah Range étaient maintenant proches et la chaleur extrême de l'après-midi pétrifiait tout ce qui était vivant : les spinifex étaient comme minéralisés en boules porquépines, les lézards scinques pommes-de-pin statufiés par l'aplomb du soleil avaient interrompu leurs courses de lenteur et nous devions zigzaguer pour éviter ceux qui s'étaient garés sur la piste, au grand plaisir d'Anaïs qui n'aurait pas supporté qu'on en écrasât un, les vols des galahs rosalbins étaient comme suspendus dans le ciel plombé par la torpeur. Seuls de petits kangourous gris avaient encore quelque activité mais arrêtaient fréquemment leur déplacement sautillant pour lécher leurs pattes antérieures, rafraîchissant ainsi leurs veines par évaporation et tambourinant leur poitrail en signe de désapprobation de notre passage.

Nous rejoignîmes le creek Gunpowder qui avait fait un large détour et qui était plus en eau qu'au sud. Il se jetait loin de là, dans la rivière Leichhardt, mais prenait naissance à notre proche destination, le lac Waggaboonya sur la rive duquel était construit le resort géré par la tribu, laquelle vivait regroupée sur la rive opposée. D'après ce qu'on pouvait supposer, le lac devait être à moitié sec, les poissons en léthargie dans la glaise, les grenouilles-outres enfouies plus profond encore, tout ce petit monde à l'existence suspendue attendant les pluies qui les feraient renaître.

Arrivé au sommet d'une faible montée, Djitjima leva la main et arrêta son cheval bai qui en profita pour allégrement crottiner sur la piste sèche. Il démonta et nous sortîmes de Vieille Neddie pour effectuer un palabre coutumier. On n'entre en effet pas comme cela dans une communauté abo et le *Native Title*[1] a encore durci les conditions d'accès. Normalement, il faut une autorisation écrite du Conseil aborigène des réserves autogérées du Queensland pour pénétrer dans leur réserve mais je savais qu'avec la présence de l'honorable ci-devant Pickwick-Pickwick Kadigbaku, gars noir initié, et de Djitjima-Upfield, dernier des Mohicans des Kalkadoons, on ne saurait nous refuser l'accès du territoire waggaboonya.

En contrebas, écrasé de chaleur, se voyait l'hôtel rectiligne de deux étages, aux murs chaulés peints à l'atroce peinture violette du combi et au toit recouvert d'ajoncs séchés. Deux étages surmontés d'un grand panneau jaune, portant en lettres rouges les mots WAGGABOONYA RESORT, les stores vert crocodile des fenêtres étaient les seules touches de fantaisie dans ce bâtiment austère et qui paraissait bien entretenu. Quelques voitures rutilantes étaient stationnées sur un parking, mais on ne voyait personne.

Çà et là disséminés autour de la construction principale qui devait faire cinquante mètres de long sur quinze de large, une dizaine de bungalows

1. Législation datant (seulement) de 1993 et fixant les droits de propriété inaliénables des indigènes en entérinant définitivement le « jugement de Mabo ».

construits en argile et termitières concassées semblaient être réservés aux clients épris de solitude. La température devait y être intenable : couverts de tôles, non pas rouillées vu le manque de précipitations de ces dernières années, mais comme pelées par le soleil et desquamées par les vents brûlants, ils paraissaient être tous inoccupés, à l'exception du dernier, situé au bord du lac vaseux où l'on voyait du linge étendu sur un fil et une Nissan jaune garée derrière.

Ce plan, qu'on n'oserait nulle part qualifier d'eau, était vaste comme cinq terrains de cricket et entouré de roseaux et de joncs chétifs, seul son centre recelait suffisamment d'élément liquide pour être encore considéré comme un lac. Disons que c'était une grosse mare où, pourtant, une compagnie de *mudlarks*, les alouettes boueuses, s'abreuvait sans émouvoir un *brolga* solitaire, échassier majestueux au plumage gris argent, à la tache rouge sur sa tête et qui dépliait ses longues pattes noires comme s'il participait à une cérémonie coutumière. Il devait être peu ou prou apprivoisé et sans doute le totem de ce clan waggaboonya.

Quelques mulets pouvaient survivre dans cette eau stagnante, le reste de la faune piscicole et batracienne fermement enterré pour attendre les pluies. De l'autre côté du lac, étaient dispersées les cases, ou plutôt les gourbis de la tribu. Bidonville classique où personne n'avait eu l'idée de planter quoi que ce soit et qui était fait d'un assemblage de planches bancales, de tôles disjointes, de caisses de plastique et de bâches trouées. Des épaves de 4×4 avaient été utilisées comme base de construction et on avait empilé tout ce qu'on avait pu trouver d'un peu solide pour consolider des murs de branchages et de plaques de ferraille. Des chiens bleus et des bâtards de dingos rebaptisés *malakus* erraient dans les détritus jamais ramassés, tandis que dans un petit bosquet de mulgas, un chameau était à l'attache, blatérant misérablement en exhibant son excroissance linguale tout écumante. On ne voyait personne, sans doute étaient-ils rassemblés dans le bâtiment central où, nous apprit la sheila suisse qui connaissait déjà les lieux, étaient les bureaux administratifs et le *store* où clients et Abos pouvaient s'approvisionner en denrées diverses, ces derniers après avoir touché les prestations sociales du *welfare*[1].

L'ensemble dégageait une ambiance de désolation et pourtant je savais que la tribu était loin d'être pauvre. Baux fonciers privilégiés, subventions de toutes sortes, y compris d'autres pays (l'hôtel Waggaboonya avait été bâti grâce à des aides du Parlement européen), exonération totale d'impôts, vraisemblablement avances sur les futures royalties des sites d'exploitation minière et location factice par le gouvernement fédéral des réserves au titre de la préservation des territoires, l'argent « gratuit » se déversait plus que la pluie sur cette tribu gavée qui choisissait de vivre dans des taudis, des subventions de l'État du Queensland étant également généreusement distribuées pour améliorer l'habitat tribal.

1. S'obtient après avoir simplement prêté serment auprès de l'administration qu'on est sans ressources. S'élève à environ cent quatre-vingts dollars australiens par semaine.

Mais là comme partout, des individus s'étaient arrogé le droit de gérer cette manne étatique et d'en bénéficier en cercle fermé. Le pasteur Cromley et sa clique devaient être de ceux-là, ressuscitant à leur profit et sans vrais titres coutumiers les anciennes chefferies autrement plus rigoureuses, détournant fonds publics et fonds privés, bref se conduisant comme de très ordinaires politiciens, tous semblables de par le vaste monde, si j'en croyais mes voyages.

Le jeune conducteur de troupeau s'accroupit sur la piste sèche, aussitôt imité par le lieutenant Snodgrass qui en profita pour s'en rouler une et la disposer sur son oreille. Anaïs et moi restâmes debout, appuyés à la carrosserie brûlante de Vieille Neddie dont le radiateur fumait comme une antique Holden en émettant de petits hoquets respiratoires. Ma délicieuse conquête paraissait quant à elle inquiète : le fait de se retrouver à cet endroit qu'elle avait quitté l'avant-veille pour plonger dans le cauchemar, ou bien quelque chose d'autre qui m'échappait encore ?

— Comment voyez-vous les choses ? s'enquit courtoisement Djitjima à l'ensemble de l'assistance, mais la sheila et moi comprîmes bien qu'il ne s'adressait qu'à son aîné.

— La cérémonie n'est pas commencée, dit doucement le flicard du Bureau Noir. Et ça ne serait pas bien qu'on la trouble.

J'allai prendre ma paire de jumelles dans la boîte à gants et la braquai sur le parking. Une grosse BMW, une luxueuse Subaru tout-terrain, une Mercedes flambant neuve entouraient une attendrissante Mini-Moke bâchée d'une toile à fleurettes très baba-cool que j'avais vue il y avait peu de temps sous un carport en compagnie d'une Holden HQ couleur pistache.

— Les funérailles n'ont peut-être pas encore commencé, dis-je, mais les rapaces sont déjà là.

CHAPITRE 32

Cet endroit valait tous les trous du cul du monde et j'étais pourtant assez fin connaisseur en ce domaine. Si ce n'était la mer de la Désolation sur notre satellite, je ne voyais rien dans l'infini de plus navrant que cette contrée désolée depuis plus d'un siècle par les travaux miniers qui l'avaient pelée comme une vieille carotte séchée : Oxyde Mine, Endeavour Mine, Mount Gordon Mine, Boomerang Mine, Lady Annie Mine, Mammoth Mines et enfin Kalkadoon Mine où les ancêtres de Djitjima avaient été les seuls Abos de l'île-continent à périr plutôt que de se rendre à la civilisation, tels étaient les riants sites qui faisaient comme une couronne de merde à cet anus horrible qu'était le lac Waggaboonya et son *resort* pourrave.

— L'avocat, non ? s'enquit le lieutenant du Bureau Noir en désignant la Mini-Moke quand je lui passai mes jumelles.

— Sûr, shérif ! opinai-je. Mais je me demande qui occupe le bungalow près du lac, avec la Nissan jaune canari. Un client ? Faudrait être maso !

— Ça existe, grinça la petite peste en secouant

ses nattes espiègles. J'en suis la preuve : qu'est-ce que je peux bien faire avec trois Australiens en expédition punitive alors que je suis recherchée pour témoigner dans un quintuple meurtre, qu'on a semé deux cadavres derrière nous depuis et que la police du coin est dirigée par la sœur d'un des principaux suspects ?

— Quand on parle de la louve..., émit Pick-Pick qui avait non seulement un œil d'aigle uarète mais une ouïe de kookabura, cet oiseau martin-chasseur qui pousse des jappements (ou des fous rires selon qu'on est bien ou mal disposé à son égard) dès potron-minet, ce qui l'a fait surnommer le « réveil du colon ».

Il nous fallut bien une bonne minute à Anaïs et à moi pour entendre ce que désignait le gros doigt du poulet du Bureau Noir et que Djitjima-Upfield avait lui aussi déjà perçu : le flip-flap d'un hélicoptère venant du sud, approximativement de Mount Isa, et qui semblait aller à la rencontre de la grosse barrière de nuages ténébreux descendant du golfe. Ce ne fut que cinq minutes plus tard qu'apparut la silhouette reconnaissable d'un BK117 de la police australienne — cet appareil équipant également en ambulances les *Flying Doctors* — moulinant l'air saturé de canicule de ses pales démesurées. Cocarde aussie, écusson de l'État des *Banana Benders*[1], grosse inscription POLICE sur ses deux flancs, l'engin approchait maintenant rapidement et un groupe de personnes sortirent du bâtiment

1. « Plieurs de bananes », surnom donné aux habitants du Queensland par le reste du pays.

parmi lesquelles je reconnus à la jumelle le seigneur Hawkes, avocat de son état, les autres m'étant inconnues mais à son col clergyman, je devinai en la silhouette replète d'un homme d'une quarantaine d'années qui ressemblait furieusement à son défunt frère et à sa toujours vivace sœur, le révérend Jeremiah Cromley.

L'hélico se posa dans un nuage de poussière qui rappelait le willy-willy salvateur. En sortirent courbés le sergent Jacinta, le Salvo dénommé Galloway, un autre flicard en uniforme que je ne connaissais pas et qui devait être de la police du comté, le pilote restant à sa place main droite. Après un rapide conciliabule, quatre jeunes Abos vêtus très rastas se détachèrent de la véranda et allèrent chercher dans l'habitacle le cercueil recelant les restes du malheureux Wasp et l'emportèrent à l'intérieur du bâtiment qui devait être climatisé, le ronron d'un groupe électrogène nous parvenant sur notre petite éminence.

Pick et D.U. se redressèrent d'un même mouvement et avec un synchronisme parfait, comme s'ils pensaient chaque geste en même temps, un exploit de music-hall qu'aucun Blanc n'est capable de réaliser de manière satisfaisante. Un tintamarre pourtant point disgracieux s'éleva de l'hôtel, mélange de didgeridoo, de bâtons à percussion frappant les tambours balnooknooks et de sifflements de toupie bouroo.

— Son Rêve l'a quitté, dit rêveusement le jeune stockman.

— Ouaip, dit le lieutenant Snodgrass qui récupéra le pistolet Mauser dans Vieille Neddie pour le glisser sous son tee-shirt. Le Grand Chien Noir se lèche avec volupté et gratte amoureusement son épaule.

Je vérifiai quant à moi le chargement de la Winchester 30/30 de Braun tandis que Djitjima faisait de même avec la sienne. Anaïs se contenta de regarder ses mains vides avec perplexité jusqu'à ce que je lui conseille de ne pas bouger de la voiture, ce qui était bien évidemment le meilleur moyen de la voir cavaler derrière nous.

Pendant que nous descendions vers le site, très lentement, l'œil aux aguets tout particulièrement vers le ciel qui se couvrait d'une nappe gazeuse annonçant qu'à des dizaines de kilomètres plus au nord, les nuages noirs avaient en partie crevé, Pickwick fit à mon intention le détail des rites funéraires qui devaient se dérouler dans la grande salle du resort. Cette première partie de la cérémonie, encore accessible aux femmes au front et aux joues lacérés qui pousseraient des lamentations et des cris de détresse pour informer les Enfants-Esprits Mimis qu'une âme allait venir et qu'ils devaient agiter le vent d'os afin d'empêcher le démon Démon de la dévorer. Puis le chamane, le *mapampa* (mais peut-être était-ce le pasteur qui officiait), mordrait la mâchoire du défunt et les femmes se lacéreraient la poitrine en poussant des gémissements youlm-youlm. On couperait les cheveux de Wasp et les femmes seraient alors priées d'aller se faire voir ailleurs, toutes sanglantes et déchirées qu'elles étaient.

— On l'enterrera non loin de là, conclut-il, d'abord parce qu'il est mort près de l'endroit où il est né et que c'est là qu'il sera enfoui entre les piquets sacrés peints qui se décomposeront en même temps que son corps. On déterrera celui-ci et les piquets pour les inhumer ailleurs à plusieurs reprises et on ne parlera plus jamais de Wasp : il sera interdit d'évoquer son nom, de conserver une photo de lui ou même un enregistrement vocal. Les lieux sacrés seront purifiés avec un petit feu de feuilles vertes d'eucalyptus et c'en sera fini de ce gros gars noir binoclard que son pays a quitté en même temps que son Rêve. Et l'endroit (secret) où il est censé être né n'est d'ailleurs pas le vrai que seule sa mère de peau connaît : celui où le fœtus a donné son premier coup de pied dans son ventre.

— Et on intervient quand ? intervins-je plus prosaïquement. Au moment où on lui mord la mâchoire ou quand on lui coupe les cheveux ?

*

Planqués dans un des bungalows de l'hôtel qui était en fait moins étouffant qu'on n'aurait pu le penser, la climatisation fonctionnant à merveille, nous attendîmes tous les quatre que les hommes aient terminé de cacher soigneusement aux femmes les détails occultes de leurs rites. On avait vu lesdites sortir en courant, peut-être un tant soit peu bastonnées à la massue Waddie pour les faire partir plus vite puis, un bon quart d'heure après, le cortège funéraire parmi lequel l'avocat de Mount Isa et, par une faveur extravagante pour une lubra, le sergent Jacinta Cromley sans doute en sa qualité d'officier de police. Le révérend menait le deuil, tenant une Bible entre ses mains croisées mais on ne voyait aucun jeune, hormis les quatre préposés au portage du cercueil.

S'étant étendue sur le lit au couvre-lit crasseux et peluché du bungalow, la jeune Suissesse dormait à poings fortement serrés et nous en étions tous trois quelque peu soulagés, comme si nous estimions, en accord avec la tribu, qu'une gin n'avait pas à assister aux cérémonies. À cent mètres, on entendait en sourdine la radio ou une chaîne hi-fi diffuser de la country aussie (c'était pour l'heure le plus touchant cri de frustration jamais poussé : *A pub with no beer*[1] par Slim Dusty précédant le populaire et traditionnel *Seven creeks Schottische*[2] par les Larrikins). Sans doute était-ce l'occupant du bungalow habité au bord de la vase qui noyait sa détresse de se trouver en un tel endroit (peut-être sa Nissan était-elle en panne ?) en écoutant des musiques aussi navrantes.

Le cortège se dirigea vers nous et vers le bord du lac, passant silencieusement entre deux cases, sans musique, sans personne de vraiment triste, sans rien. Le révérend Jeremiah menait la marche, sa demi-sœur le suivant, boudinée dans son uniforme numéro un, le chapeau à damier et au bord relevé penché coquinement sur sa grosse face lunaire et fuligineuse aux yeux bridés, puis une dizaine d'hommes portant des lances, des massues de jet ou des casse-tête oiseaux et les instruments de

1. « Le bistrot qui n'a plus de bière. »
2. « La gigue écossaise des sept rivières. »

musique muets, si l'on excepte le sifflet Bull-roarer qu'un vieux faisait tournoyer dans les airs au bout de sa cordelette et qui vrombissait comme une grosse mouche totoo. L'infect Galloway, tenant un fusil à pompe, fermait la marche d'un pas solennel d'imbécile anglais, l'autre poulet devant être retourné à l'hélico ou stationnant au bar avec le pilote.

Il me sembla qu'à notre hauteur, Jacinta marqua un temps d'arrêt et je retins mon souffle mais elle poursuivit son chemin. Pickwick-Pickwick haussa les sourcils d'un air dubitatif tandis que le jeune bouvier et riche héritier restait impassible comme un Mohican, surveillant le ciel sans désemparer.

Ce fut justement à ce moment-là qu'il prit fantaisie à la donzelle d'émerger de son sommeil de plomb et de s'apprêter à pousser un petit gémissement d'aise (que j'avais déjà remarqué chez elle au réveil, à Cloncurry), vite étouffé par ma main en bâillon. Elle roula des yeux bleus furibonds puis se rendit compte que nous étions tous terrés derrière les meubles succincts de notre abri : un lit genre Picot, une table et deux chaises et une commode sur laquelle était disposée l'indispensable bouilloire électrique.

— Je me doutais bien que tu finirais par te livrer à des sévices machistes, gloussa-t-elle quand je lui eus rendu la parole. Si ça se trouve, ça va finir par un viol collectif avec tes compatriotes.

— Je ne suis pas fou de la femme blanche, dit Pick en souriant. Sent pas assez bon fort et gars noir avoir grandes narines.

Les nuées venant du nord n'étaient plus qu'à

une vingtaine de kilomètres mais on les distinguait comme si elles se fussent trouvées toutes proches tant l'air demeurait limpide après le bref passage de la vapeur irisée. Le bouvier abo les montra du doigt.

— Ils viennent encore tuer, dit-il et je crus qu'il parlait des nuages quand je distinguai, fondu dans leur masse informe et boursouflée, l'engin rustique aux ailes Sygma qui planait doucement au milieu.

L'aile volante portait deux passagers et je n'avais pas besoin des jumelles pour distinguer qu'il s'agissait du sournois albinos Abraham coiffé de son bonnet rasta et accompagné de sa petite lubra malingre aux yeux de folle.

Ils avaient dû prendre leur envol du mont Oxyde qui culminait à trois cent soixante-quinze mètres et se trouvaient maintenant à l'aplomb des Mammoth Mines, profitant des vents ascendants créés par la dépression nordique. Les Abos ayant inventé un système aussi simplement sophistiqué que le boomerang, pas d'étonnement à éprouver qu'ils soient si à l'aise avec les courants ascensionnels et autres strates de vent porteuses. Nul doute que le fils du pasteur avait dû bénéficier de la technique occidentale mais aussi que sa propulsion devait infiniment aux leçons de ses ancêtres, maîtres de l'air, de l'eau et de la terre rouge.

— Tuer qui ? demandai-je doucement.

— Nous, l'avocat, la fliquette, peu importe, dit le lieutenant Snodgrass en grattant ses scarifications rituelles sous son tricot. Ils ont perdu leurs Rêves et se sentent en pleine purification sanglante. L'alcool, le pakalolo et les snifs de trichloréthylène n'arrangent rien, mais au départ, c'est parce qu'ils ont quitté les pistes chantées des sentiers coutumiers qu'ils sont bordurés. Il a suffi que Jeremiah en fasse ses exécutants ou ses exécuteurs pour qu'ils se sentent investis d'une mission sacrificielle et…

— Waggaboonya mauvais chiens, le coupa le jeune Kalkadoon, ce qui m'épargna d'avoir à supporter plus longtemps ces « distrusions » pseudo-ethnologiques qui m'énervaient déjà venant de Pick quand je ne le croyais être qu'un simple gardien de barrière mais qui s'expliquaient maintenant qu'il se révélait avoir fait des études.

— Si on allait sur les lieux des obsèques, dis-je. Au moins, pour une fois, on a vu le yowie à temps.

*

Ils fondirent sur le groupe comme nous le rejoignions au bord du lac où les piquets peints sacrés avaient été entassés en l'attente de leur érection. La jeune gin pilotait, Abraham étant accroché dans son dos comme s'il la sodomisait, épaulant une carabine dont le premier coup nous apprit sans surprise qu'il s'agissait d'une 22 Long Rifle, arme très imprécise au-delà de cinquante mètres mais qui pouvait tirer en rafale, étant automatique et sans doute approvisionnée en balles *Hight Velocity*.

L'avocat écopa en premier, la volée de balles rageuses comme des guêpes lui déchiquetant la gorge en petits pointillés très nets. Que payait-il ? Sa femme abandonnée, sa petite fille libanaise muette désormais complètement orpheline et contemplant le vide avec sa poupée ancienne dans les bras ? Ses malversations avec la DOUM et la tribu dont nous ne connaîtrions jamais exactement les prolongements ? Toutes les misérables combines que ce pauvre Pommie avait échafaudées pour modifier son médiocre destin de prisonnier d'un village de science-fiction qui ressemblait à Mount Isa, cette ville-fantôme où des spectres chromés roulaient dans des petites voitures de jardinet des années-fleurs, s'étaient réalisées sur les rives d'un lac boueux et pestilentiel.

Galloway hérita d'une balle dans le gras de l'épaule qui lui fit lâcher son riot-gun. Jacinta déboucla son étui de ceinture et s'emmêla dans la bride, le lieutenant Snodgrass tenait son P.38 comme une gaufrette et j'épaulais déjà vivement la Winchester en direction de l'engin qui planait déjà plein sud quand Djitjima-Upfield baissa mon canon.

— Vous n'avez PLUS le droit de tuer les Aborigènes, dit-il. La chasse est fermée.

— Et eux, ils ont le droit de tuer des Blancs ? hurlai-je alors qu'après une brève glissade sur l'aile, le yowie poilu (plumes d'émeu, sans doute) revenait vers nous.

Les vieux de la tribu paraissaient indifférents, à l'écart et seul un quadragénaire s'était jeté dans le trou où ne reposait pas encore Wasp Cromley. La sheila pataugeait bêtement dans la boue qui moulait des cuissardes sur son jean mais ne paraissait pas plus affolée qu'une tourterelle qui rencontre un tourtereau. Le pasteur arborait un air béat de péteur de soie, tandis que le sang coulant de la blessure de maître Hawkes se mêlait à la vase du lac Waggaboonya qui me semblait devenir de plus en plus liquide.

Le sergent Jacinta déboucla son talkie-walkie de sa ceinture et jappa un ordre bref dans une espèce de code abscons. Le couple aérien revenait vers nous après une large orbite puis s'éloigna soudain quand, trois minutes après l'appel de la fliquette en chef, nous entendîmes le rotor du BK117 se mettre à vibrionner dans l'air plus frais. Bon ventilateur, m'interrogeai-je, ou le vent du nord s'était-il décidé à chasser devant lui les lourds nuages de pluie ?

— Tous à l'abri, dit sottement le ci-devant Pickwick-Pickwick Kadigbaku en brandissant le Mauser du défunt Australo-Alboche, ils vont revenir !

À l'abri de quoi, je vous demande un peu ? Le seul endroit, c'était la tombe, déjà occupée, non par son légitime locataire, mais par un Abo terrorisé, les roseaux de la rive, aussi étiques que les rescapés d'un camp japonais en Malaisie pendant la guerre du Pacifique, étant impuissants à dissimuler autre chose que l'échassier domestiqué brolga qui s'y trouvait d'ailleurs, les alouettes boueuses s'étant envolées depuis belle heurette. L'eau, me semblait-il, montait régulièrement et baignait maintenant le corps blême de ce pauvre avocat qui portait son sempiternel short colonial et ses hautes chaussettes en saignant comme un goret dans la vase. Je roulai à ses côtés alors qu'Anaïs plongeait délibérément dans la flaque qui prenait de plus en plus de consistance.

Je compris ce qui se passait : il pleuvait déjà abondamment au nord, vraisemblablement vers Waggabundy, et l'eau de la rivière Leichhardt remontait vers son amont, au mépris de toute loi hydrographique, se déversait dans son affluent le creek Gunpowder qui venait à son tour remplir le lac Waggaboonya. C'était le monde inversé, ce qui n'avait rien d'étonnant quand on considérait l'endroit où nous étions et où l'eau des robinets s'écoulait à l'envers.

Dans un fracas assourdissant, l'hélico de la police vint se poser à proximité du lac, faisant enfin s'envoler l'oiseau apprivoisé mais n'empêchant nullement les deux jeunes fanatiques de revenir à la charge par la voie des airs. Pickwick s'était mis dans la position du tireur endormi mais le jeune stockman kalkadoon restait fermement debout, ne braquant même pas dans la direction des agresseurs sa Winchester 30/30 qu'il tenait à bout de bras.

Collé au corps encore mou de l'avocat dont la chemisette paraissait comme empesée par la boue et le sang, ce n'est pas sans une certaine répulsion que je vis émerger de la vase des petites grenouilles translucides, des gobbies amphibies aux yeux globuleux, des vers multicolores qui semblaient émerger du limon — qui en émergeaient RÉELLEMENT — et reprenaient goût à la vie en même temps que l'eau montait très lentement mais très sûrement.

Le sergent Jacinta Cromley avait réussi à dégainer son arme réglementaire, un Beretta 92 F, mais ne paraissait pas très déterminée à s'en servir contre son neveu et sa petite amie. Je baignais maintenant dans dix centimètres d'eau rosâtre et le corps de Hawkes flottait librement, ainsi que celui de Wasp dont la tombe semblait devoir devenir un site lacustre. Après les batraciens, les vers et les poissons monstrueux, d'autres bestioles sortaient de l'onde comme un cauchemar de Hieronymus Bosch : anguilles aveugles, chevrettes transparentes comme du cristal souillé, le tout avec des remugles écœurants dignes d'un concours de rototos dans un pub de Darwin.

— Touche pas à ça, négro! cria la métisse Jacinta quand elle vit, avec un temps de retard, Djitjima-Upfield « Braun » se débarrasser de sa carabine, se ruer vers l'hélico, en extirper les deux occupants en uniforme et décoller vertical avec la maîtrise de quelqu'un qui avait longuement piloté l'appareil de la station.

Ils se rencontrèrent à cinquante mètres du sol, juste au-dessus du lac, les pales du BK117 accrochant l'engin du couple tragique et hachant leurs corps comme s'il s'agissait de viande de kangourou destinée à l'alimentation des animaux domestiques dans le monde entier.

Issu de la tradition ancestrale et de la modernité la plus pointue, l'étrange appareil au Sygma couvert de plumes d'émeu se disloqua sans effort sous l'effet des deux puissants turbomoteurs Lycoming de 510 KW de l'engin construit en collaboration avec Kawasaki par Messerschmitt. Des débris minuscules tombèrent du ciel, blancs, rose pâle comme un vol de minuscules cacatoès rosalbins, rouge vif quand le cœur des amants explosa sous l'effet de la gigantesque moulinette.

J'en recueillis une bonne partie tandis que le corps de mon pauvre ennemi Hawkes partait au gré d'un faible courant, la pluie venant sur nous après des années de sécheresse qui avaient attisé les haines, carbonisé bêtes, gens et âmes. L'eau allait tout laver, ce sang des corps de cinq jeunes gens venant d'univers si différents, de deux foutus crétins de malfrats — mais en est-il réellement d'intelligents ? — embringués dans une affaire sordide de trafic de pauvres oiseaux qui ne justifiait pas un meurtre, celui d'un avocat cupide et perdu dans un monde compassé WASP[1] pâle comme la mort et deux jeunes abrutis racistes qui croyaient défendre leurs racines en se livrant à des orgies de massacre.

La pluie allait tout laver, faire refleurir le bush, ressusciter les cultures, abreuver la terre généreuse des prairies, nettoyer les souillures d'années de désespoir. Il devait y avoir des enfants de six ans qui n'avaient aucune idée de ce que pouvait être une bienfaisante et violente averse.

La pluie c'était la vie.

Mais la pluie c'était aussi la mort : pourquoi fallait-il qu'elle fasse renaître aussi les reptiles, comme celui dont la gueule garnie de crochets venait de survenir à cinquante centimètres de mon visage émergeant maintenant à peine de l'eau ?

1. *White-Anglo-Saxon-Protestant*, cette fois-ci, pas méduse !

ÉPILOGUE

Ce n'était rien, m'expliqua-t-on par la suite, lorsque je sortis en claquant des dents d'une espèce d'engourdissement cataleptique, juste une jeune vipère de la mort, certes venimeuse mais plutôt paisible et qui avait été dérangée dans sa sieste par la montée des eaux.

Ordinairement forestière, championne du camouflage, cette bébête s'est fait une spécialité d'attirer les giboyants imbéciles en agitant le bout de sa queue en guise de leurre. Elle venait d'attraper en ma personne une proie supplémentaire dont elle se serait assurément passée si j'en crois les témoignages rigolards du lieutenant Snodgrass, de l'écodétective Unger et du sergent Cromley (un peu pincée d'avoir à mettre les cadènes à son grassouillet demi-frère au col de clergyman, réfugié depuis lors derrière un bien commode rideau mental).

Mais on pouvait comprendre que j'aie été ému comme une jeune fille en me trouvant face à cet antipathique reptile. Après tout, j'avais eu une journée chargée : flingué dans un hélico qui s'était mis en torche, véhiculé dans un willy-willy, capturant un troupeau de deux mille vaches au fil de fer ronce, menacé d'un fusil explosif et par un « yowie » canardeur, il y avait là de quoi stresser le moins émotif des rangers de la grande barrière anti-dingo.

Les obsèques s'étaient terminées sans le pasteur et Wasp avait été inhumé dans les règles coutumières, plus en retrait du lac Waggaboonya toutefois, les hommes enduits de glaise blanche, les femmes s'entaillant profondément le front et leurs poitrines nues et flasques avec des pierres tranchantes. La tête orientée à l'est car les morts doivent être les premiers à voir le soleil levant. Le sergent Cromley n'avait pas moufté, se pliant aux rites qu'elle désapprouvait visiblement mais respectant un vœu émis par le défunt dont on ne parlerait plus jamais une fois qu'il aurait été enterré avec les piquets et les pierres *mouias* sacrées.

Lui et son frère s'étaient fait verser de gigantesques pots-de-vin par la Deutsch-Osaka Union Mines dont les membres les moins influents du conseil d'administration auraient à connaître quelques déboires judiciaires mineurs. Découvrant le corps de son oncle inanimé en survolant le site après le départ des deux Brisbaners, le jeune albinos qui était vraisemblablement nyctalope s'était posé, avait massacré les quatre Européens suspectés d'avoir tué Wasp et s'était envolé sous notre nez sans laisser de traces grâce aux chaussures Kudaitcha.

Le BK117 était reparti vers Mount Isa avec le corps de maître Hawkes et le blessé Galloway qui gémissait comme une femmelette, mais Jacinta était restée dans sa tribu originelle et Djitjima-Upfield, qui me paraissait être un garçon dénué de tout sens esthétique, paraissait la regarder sans déplaisir et cela semblait réciproque. Le séculaire antagonisme entre Waggaboonyas et Kalkadoons allait-il prendre fin sous l'aile tutélaire de l'aigle à deux têtes d'un vieil Allemand psycho-rigide ?

Le jeune bouvier avait été en tout cas assuré que son vol salvateur ne lui vaudrait pas des poursuites judiciaires et le révérend Jeremiah Cromley n'encourrait pas des peines extravagantes. J'avais également obtenu de Jacinta une certaine compréhension pour la conduite routière du « Che », notre chauffeur de Mack barbu et pédé.

Le conseil tribal s'était déjà réuni pour désigner un responsable du *resort* et c'était un Vieux de chez Vieux qui avait emporté la nulla-nulla en bois. Je sentais que mon long compagnonnage avec ce cher Pickwick-Pickwick touchait à sa fin comme Vieille Neddie était arrivée au bout de sa route et refusait désormais obstinément de redémarrer. Le service des clôtures du Queensland en ferait son deuil, moi plus difficilement.

— Au fait, me dit le sergent Cromley, il y a deux gamines qui sont arrivées à votre hôtel hier et qui demandent après vous… Maureen et Ann-Lise O'Flaherty. Elles sont plus jolies que vous et MacPherson s'occupe d'elles.

C'est à ce moment-là, je crois, que je me souvins de l'existence d'Anaïs Unger, belle Helvète en mission de démantèlement d'un réseau de trafiquants de perruches. Ça tombait bien, quelqu'un d'autre paraissait également s'en soucier…

Sortant de l'embrasure de son bungalow où il était resté sans se manifester durant les brèves scènes de violence qui avaient précédé (je n'osais imaginer le boulot des légistes pour récolter les petits morceaux des deux ados abos), un grand type pâle et sympathique se dirigea vers notre groupe, souriant généreusement à la sheila suisse.

— Euh, dit celle-ci, je vous présente Pierre Unger, mon équipier, ma couverture...

Elle me jeta un œil à peine contrit de parfaite hypocrite.

— ... et accessoirement son mari, compléta le mec en la prenant dans ses bras tandis qu'elle esquissait vers moi un petit haussement d'épaules en guise d'excuse. Elle me cause parfois bien des soucis !

— Tu l'as dit, *mate* ! nous exclamâmes-nous Pick et moi, avant d'éclater de rire, lui de toutes ses trente-deux mille dents, moi je dois dire un peu contraint.

Le couple se dirigea vers la Nissan jaune ou vers le bungalow et ce n'était plus notre problème en général ni, je le crains, le mien en particulier. La présence de mes filles faisait passer la pilule mais c'est vrai que j'éprouvais un vrai pincement au cœur, comme si mon général de père était sorti de sa tombe régimentaire pour me pincer l'oreille.

Adios, Anaïs in Neverland, tu auras joliment peuplé ce désert sec qui commençait à refleurir par l'effet de la séculaire magie climatique de l'Australie rouge et nourri mes rêves comme tu avais nourri les fantasmes du vieux voyeur de l'autre côté de la rue. Adieu, petite Suissesse perdue dans le Grand Jamais-Jamais et qui préférait peut-être les animaux aux hommes.

— Eh bien, me dit le lieutenant Snodgrass du Bureau Noir dont je préférerai toujours me souvenir sous son nom d'aminche de Pickwick-Pickwick Kadigbaku, en me considérant pour voir si la peinture était bien accrochée droite au mur, que vas-tu faire maintenant, Paddy ?

Le soleil commençait à descendre en direction de l'océan Indien et si la pluie n'était pas parvenue jusqu'ici, du moins les nuages noirs avaient-ils crevé au septentrion, générant l'irrigation des terres sèches. Il se préparait un coucher digne d'un grand roi, métal en fusion, nuées cramoisies par l'ardeur de ses rayons cuivrés comme un diadème inca. Je me souvenais de nos longues journées à tendre fils de fer et grillages, de nos bivouacs sous l'extraordinaire voûte étoilée où seule la Croix du Sud servait de borne à nos rêves de liberté.

Je ne lui en voulais plus de ses dissimulations, de son usurpation d'identité, de ses mystères. Qu'importait tout cela ? Il avait été mon copain, mon *mate,* et il le resterait toujours.

Je haussai les épaules et remis mon chapeau Akupra en peaux de lapin en contemplant l'horizon sans limite du bush renaissant. Je ne suis pas fort pour les mots.

— Continuer sur la barrière, dis-je. Empêcher les méchants lapins de proliférer et les gentils dingos de dévorer le bétail. La clôture n'est jamais terminée. Nulle part. Mais je crois bien que je suis désormais dehors.

DU MÊME AUTEUR

Aux Éditions Gallimard

Dans la collection Série Noire

LES BILLETS NICKELÉS, n° 2124, 1988.

C'EST LE BAGNE!, n° 2134, 1988.

JOUJOUX SUR LE CAILLOU, n° 2089, 1987.

ON N'EST PAS DES CHIENS, n° 1862, 1982, Folio Policier n° 189.

POUR VENGER PÉPÈRE, n° 1806, 1981, Folio Policier n° 153.

BALLES NÈGRES, n° 1825, 1981.

LE GRAND MÔME, n° 1717, 1977.

JUSTE UN RIGOLO, n° 1721, 1977.

NOTRE FRÈRE QUI ÊTES ODIEUX..., n° 1662, 1974, Folio Policier n° 171.

JE SUIS UN ROMAN NOIR, n° 1692, 1974.

BERRY STORY, n° 1586, 1973.

CRADOQUE'S BAND, n° 1493, 1973.

LA NUIT DES GRANDS CHIENS MALADES, n° 1482, 1972, Folio n° 2224.

LES PANADEUX, n° 1443, 1972.

LES TROIS BADOURS, n° 1544, 1972, Folio Policier n° 229.

LA MARCHE TRUQUE..., n° 1473, 1972.

LA DIVINE SURPRISE, n° 1429, 1971.

Dans la collection La Noire

KANGOUROAD MOVIE, 2003, Folio Policier n° 544.

Dans la collection Carré Noir

QUELQUES MESSIEURS TROP TRANQUILLES, n° 197, 1975.

Dans la collection Super noire

L'OTAGE EST SANS PITIÉ, n° 48, 1976.

Aux Éditions La Dilettante

PAPIERS GOMMÉS, 2008.
J'AI DÉJÀ DONNÉ, 2007, Babel noir n° 22.

Aux Éditions Balland

LA NUIT MYOPE, 1981 et Éditions Christian Durante, 2003.

Aux Éditions Ramsay

COUPABLE D'INNOCENCE, 1984.

Aux Éditions Jean-Claude Lattès

LA GRAND SUD, 1987, Le Livre de Poche, n° 6623.

Aux Éditions Dargaud

LES ENQUÊTES DE L'INSPECTEUR ALFRED BEAUGÂT, 1980.

Composition Interligne
Impression Novoprint
le 22 mars 2009
Dépôt légal : mars 2009

ISBN 978-2-07-038969-8./ Imprimé en Espagne

164032